द्विवेदी विला

मधु चतुर्वेदी

हिन्द युग्म

ISBN : 978-93-92820-90-8

प्रकाशक:
हिंद युग्म
सी-31, सेक्टर-20, नोएडा (उ.प्र.)-201301
फ़ोन- +91-120-4374046

मुद्रक : न्यूटेक प्रिंट सर्विसेस इंडिया, फ़रीदाबाद
आवरण-चित्र : मास्टर दक्ष
कला-निर्देशन : विजेन्द्र एस विज

पहला संस्करण : दिसंबर 2023
मूल्य : ₹299

Dwivedi Villa
A novel by *Madhu Chaturvedi*

Published By
Hind Yugm
C-31, Sector-20, Noida (UP)-201301
Phone : +91-120-4374046
Email : sampadak@hindyugm.com
Website : www.hindyugm.com

First Edition: Dec 2023
Price : ₹299

जीवन से मिले उन अनुभवों को
जिसने संवेदनात्मक स्तर पर एक भी पायदान ऊपर चढ़ाया।

एक

सुधा क्लास नाइंथ में लगातार दो पीरियड लेने के बाद फ़्री होकर स्टाफ़ रूम में बैठी थी। स्टाफ़ रूम से लगा लंबा गलियारा लगातार हो रही बारिश के भीतर आते छींटों से लथपथ था। सुधा के अलावा स्टाफ़ रूम में अभी कोई नहीं था। यहाँ की लंबी-लंबी टेबलों पर यहाँ-वहाँ छात्रों के बिस्किट रंग के कवर वाले कॉपियों के ऊँचे बंडल रखे थे। सभी टीचर्स अपनी-अपनी क्लास में पढ़ा रहे थे। सुधा का दिमाग़ उस अनदेखे लड़के में उलझा हुआ था जो उसे देखने एक घंटा पहले जगदलपुर पहुँच चुका था। बाबा कल माँ को बता रहे थे कि लड़का पुणे में सॉफ़्टवेयर इंजीनियर है। माँ-बाप नहीं हैं। सिर्फ़ दो भाई हैं। लड़का जल्दी ही ख़ुद का फ़्लैट ख़रीदने वाला है। लड़का सुधा को देखने पुणे से 24 घंटे ट्रेन का सफ़र करके पहले रायपुर रेलवे स्टेशन पहुँचा। बड़ा भाई भी दमोह से किसी ट्रेन से रायपुर आया। फिर दोनों भाई रायपुर से ट्रेन बदलकर अगले पंद्रह घंटे के सफ़र के बाद जगदलपुर पहुँचे चुके हैं। बड़े भाई ने बाबा को फ़ोन पर बताया कि लड़के ने सुधा की तस्वीर पसंद कर ली है और वो यहीं शादी करना चाहता है। बाबा ने माँ को लड़के की तरफ़ से सुधा से शादी करने के पक्के फ़ैसले के साथ जगदलपुर आने की बात बताई।

माँ असमंजस में आ गई, "लड़के के माँ-बाप नहीं हैं। माँ-बाप में एक का तो होना ज़रूरी है। बुरे-से-बुरे सास-ससुर भी अपने बच्चों की परेशानी में साथ खड़े हो जाते हैं। देखे नहीं नितीश को, नौकरी से दो साल के लिए सस्पेंड हुआ था। बाप ने पोतों की फ़ीस सहित दो साल बेटे की गृहस्थी का

बोझ हँसते-हँसते उठाया था। राजू का एक्सीडेंट हुआ था। साल भर बिस्तर में था मगर प्रीतो को सास-ससुर की वजह से दुकान सँभालने में मुश्किल नहीं हुई। त्रिपाठीजी के यहाँ देखो। बहू की डिलीवरी कराने कनाडा चले गए दोनों मियाँ-बीवी। विदेश जाकर बर्तन घसने का काम लड़की की माँ और सास ही कर सकती है। बिना सास-ससुर वाला रिश्ता जब आता है तो सुनने में अच्छा लगता है कि बेटी को ससुराल में रोक-टोक करने वाला कोई नहीं है, दामाद के साथ अकेले ऐश करेगी। जीवन का कोई भरोसा नहीं लेकिन माँ-बाप का भरोसा होता ही है।"

बाबा चिड़चिड़ा गए, "शादी के बाद यदि ससुर को अटैक आ गया, सास को लकवा मार गया तो काहे का संग? ज़िम्मेदारियाँ भी होती हैं। अब उस लड़के को इस बात पर इनकार कर दूँ कि तेरे माँ-बाप ज़िंदा नहीं हैं? लड़के के जन्म से कुछ दिनों पहले पिता की मौत हो गई थी। पंद्रह साल का था जब माँ मर गई थी। लड़का दो साल से पुणे में अकेला है। बड़ा भाई तो है लड़के का।"

माँ की आवाज़ में अब नरमाई थी, "जानती हूँ रिश्ता ढूँढने में बहुत दिक़्क़त हो रही है। हर जगह कुंडली में मंगल होने से बात अटक रही है। मगर ये क्या बात हुई मिश्राजी कि अनाथ संग बेटी बिहा दो! लड़के का भाई इतना अच्छा होता तो सुधा को देखने यहाँ आने को ख़ुद का रिज़र्वेशन लड़के से नहीं करवाता। मतलब तेरे लिए लड़की देखने जगदलपुर जा रहा हूँ तो दमोह से रायपुर, फिर रायपुर से जगदलपुर तक का ख़र्चा तू ही उठाएगा। आपने ही तो बताया कि बड़ा भाई आपसे बोल रहा था छोटू को हम छुट्टी के दिन का रिज़र्वेशन कराने मना किए हैं!"

बाबा को माँ की बात समझ आ रही थी। उन्होंने लड़के का क्वॉलिफ़िकेशन, बड़ी कंपनी का पैकेज तो देखा लेकिन पारिवारिक भविष्य नहीं देख पाए। शादी के बाद किसी मुश्किल में सुधा के पास यदि मैं और अनीता नहीं पहुँच पाए तो उधर से कोई होना चाहिए। बाबा ने

उलझन भरी आवाज़ में कहा, "अब क्या करें? लड़के ने 15 दिन पहले से ऑफ़िस में छुट्टी का एप्लिकेशन दे दिया था। बड़े भाई ने भी इस दिन के लिए हाँ किया तब दमोह और पुणे से की फिर रायपुर में ट्रेन बदलने को मिलाकर टोटल आठ टिकटें बुक हुई हैं। 30 घंटे आना 30 घंटे लौटना। एक रात के लिए दोनों भाइयों ने यहाँ जगदलपुर में होटल भी बुक कर लिया है। लड़का बहुत हैंडसम है। बड़ा भाई बोल रहा था कि छोटू बहुत ख़ुश है। वो बोल रहा है कि हम लड़की वालों को बोलेंगे कि वो लोग यदि रायपुर आकर शादी करेंगे तो हमारे मेहमानों को भी आसानी हो जाएगी। जगदलपुर बहुत रिमोट एरिया हो जाता है। आधे बाराती बस्तर का नाम सुनकर ही बारात जाने से मना कर देंगे।

माँ ने चावल चुनना रोक परात किनारे रखा, "सुनो मिश्राजी, लड़के के लिए बुरा मुझे भी लग रहा है। सुंदर है, कमा रहा है, बहुत लड़कियाँ मिल जाएँगी। लड़की वाले तो ऐसा रिश्ता ढूँढते हैं जहाँ बेटी को पूरी आज़ादी हो। लड़के को बुरा न लग जाए इसलिए सुधा की शादी वहाँ नहीं कर सकते। उनको टिकट कराने से पहले एक बार हमसे बात करनी चाहिए थी। यही तो होता है घर में बड़े-बुज़ुर्ग न होने पर। अब जगदलपुर के लिए ट्रेन चढ़ चुके हैं तो आ जाने दो घर। जब ये लोग लौट जाएँगे तब हम फ़ोन पर कुछ बहाना बना देंगे।"

बाबा ने न्यूज़पेपर तह करते हुए बात ख़त्म की, "सुधा को कल छुट्टी लेने बोल दो स्कूल से।"

माँ ने बेरुख़ी दिखाई, "क्यों छुट्टी लेगी! उनको सुधा के लौटने पर दोपहर बाद बुला लेंगे। वैसे भी जगदलपुर से उनकी वापसी की ट्रेन रात की है।"

बाबा असहाय लगे, "सुधा के स्कूल से आने के बाद बुलाएँगे तो उनके लंच का टाइम भी निकल चुका होगा।"

माँ ने कठोरता से कहा, "जिस जगह शादी करनी ही नहीं है उस

लड़के को बेटी के साथ बैठाकर लंच करवाने से बात और बढ़ेगी। उम्मीद देने का क्या मतलब? बिना माँ-बाप का लड़का है, मुझे उसके लिए ख़राब लग रहा है। जब उसका फ़ोन आया था तो जगदलपुर आने के लिए हाँ कहने से पहले आप मुझसे पूछ तो लेते।"

बाबा तमतमा गए, "अनीता, जब तुम्हें इस लड़के का बायोडाटा दिखाया था तब तो तुम कह रही थी बहुत हैंडसम है! विनोद खन्ना जैसा लग रहा है!"

"आप फ़ोटो तो दसियों लड़कों की दिखाते हो। शादी का हमारा बजट सुनकर तो कोई बड़े घर का रिश्ते वाला आता ही नहीं। मुझे लगा ये कौन-सा आ रहा है।"

सुधा स्टाफ़ रूम में अकेली बैठी उस लड़के के बारे में सोच रही है जो जगदलपुर पहुँच चुका है। बाहर हो रही बिफरती बारिश का शोर भयावह है। सुधा कॉरिडोर में आकर खड़ी हो गई। प्रेयर ग्राउंड छोटे तालाब में बदल गया था जिसमें असंख्य जलबिंदु मोतियों से उछल रहे हैं। विशाल पीपल लथपथ अपना अस्तित्व बचाने व्याकुलता से फुँफकार रहा है। तीसरी मंज़िल से नीचे उतरे सीमेंट के पाइप के मुँह से भलभलाता पानी बाँध के दरवाज़े खुलने का भ्रम दे रहा है। बारिश के धुआँधार पर्दे के पार दूर क्लास में पढ़ाते टीचर्स बोर्ड में कुछ लिखते तो दिख रहे हैं मगर पानी के शोर में क्या बोल क्या रहे हैं समझना मुश्किल है। आसमान से लहराती स्याह झीनी चादर ने स्कूल प्रांगण ढँक दिया। रह-रहकर आसमान चीरती कौंध से स्कूल की जर्जर इमारत थर्रा रही है। टीचर्स बारिश से बचने स्टाफ़ रूम तक ग्राउंड से न होकर लंबा घूमते हुए कॉरिडोर से आ-जा रहे हैं। बाबा ने आज तीन बजे लड़के को घर आने को कहा है। सुधा कॉरिडोर में खड़ी गालों पर ठंडे छींटें समोती सोच रही थी– 'वो पुणे से आकर इस अनजान शहर में सिर्फ़ एक छोटी-सी मुलाक़ात की प्रतीक्षा में ठहरा है। शायद वो भी होटल की खिड़की से नितांत अपरिचित शहर में आसमानी

आफ़त देख रहा होगा। ये अजीब बात है कि बरसात का ख़ुद का कोई मिज़ाज नहीं होता। वो देखने वाले के मन की स्थिति के मुताबिक़ रुमानी या ग़मगीन हो जाती है। आज की बारिश में सुधा के मन की तरस उदासी बन घुली थी। हमने उस लड़के को लंच या डिनर तक के लिए इनवाइट नहीं किया। उसे शाम के गुदगुदाते इंतज़ार में ये बारिश भली लग रही हो शायद! दोनों भाई बिना मेज़बान के अभी होटल में लंच कर रहे होंगे। उन्हें नहीं मालूम कि हमारे यहाँ फ़ैसला लिया जा चुका है। ईश्वर करे बड़ा भाई उसे समझाए कि लड़की वालों का बिहेवियर ख़राब है, मत कर यहाँ शादी। न तो होटल में लंच कराया और न ही घर में। या फिर भगवान करे उसे मैं पसंद न आऊँ। बाबा को बात ही नहीं बढ़ानी चाहिए थी। मैं उस बेचारे का सामना कैसे करूँगी!'

सुधा स्कूल से ऑटो से एक बजे घर के लिए निकली। ये ऑटो वाला सुधा का नियमित बँधा हुआ था इसलिए आज वो घर जा पा रही है। पूरा शहर पानी में डूब गया है। सड़कों पर कहीं कोई रिक्शा-ऑटो नहीं है। ऑटो के भीतर सिमटकर बैठी सुधा तिरछी तेज़ बौछारों से घुटनों तक भीग गई थी। ऑटो सड़क पर न चलकर नदी में पानी की लहरें बनाता धीमी रफ़्तार से आगे बढ़ रहा था। दुकानों पर पानी से बचने के लिए पारदर्शी प्लास्टिक के पर्दे झूल रहे थे। ग्राहकों के अभाव में दुकानदार हाथ बाँधे पानी में डूबी नाली और सड़क की काल्पनिक विभाजन रेखा को घूरते खड़े थे। सड़क के दोनों तरफ़ वाहनों के डूबे चक्के अर्ध-वृत्ताकार दिख रहे थे। टीन शेड से नीचे गिरती पानी की अनगिनत लकीरें हवा के वेग में चमकीली रिबन-सी लहरा रही थीं। रह-रह बिजली कड़कने की तीखी आवाज़ सीने में धँस रही थी। सुधा को ख़याल आया– इतने पानी में वो लड़का होटल से हमारे घर कैसे आएगा? ऐसे मौसम में अपना घर ही सुखद लगता है। काश वो यहाँ न आया होता!

घर पहुँचते ही माँ ने बताया, "होटल वालों ने उनके लिए टैक्सी की

व्यवस्था कर दी है। अच्छा हुआ बारिश तेज़ है। जब लड़के वाले आएँगे तो मिसेज़ राय बाहर आँगन में नहीं होगी। वरना हमारे यहाँ किसी भी नये मेहमान को देख उन्हें ही सबसे ज़्यादा पंचायत सूझती है। सुधा को कोई देखने आया था क्या भाभी? ये पूछ-पूछकर जान ले लेती है।"

शाम चार बजे ड्रॉइंगरूम में सुधा, लड़के का बड़ा भाई और लड़का आमने-सामने हैं। बाबा इस असहजता में भीतर चले गए कि बेटी के सामने अब कैसे बैठूँ! सुधा को आज मालूम हुआ कि बेटियों का मन सचमुच क़ाबू में किया जा सकता है। इतना सुदर्शन लड़का सामने बैठा है और मन में राई बराबर आकर्षण नहीं उपजा। हाँ, लेकिन गहरी सहानुभूति थी।

लड़के ने सुधा से बड़े अपनत्व से कुछ सवाल किए। सवाल में जिज्ञासा कम, बातों को सिलसिला देने की कोशिश ज़्यादा थी। मसलन– आप टीचिंग करती हैं? कौन-सा स्कूल है? किस क्लास तक के बच्चों को पढ़ाती हैं? क्या पुणे में भी जॉब करना चाहोगी?

ऐसा क्या जवाब दूँ कि उसे महसूस हो कि लड़की की शादी में कोई रुचि नहीं है।

उसने कहा, "आगे जॉब करूँ या नहीं, उस वक़्त के लिए सोचा नहीं है।"

लड़का मुस्कुरा दिया, "सही है। बहुत प्लांड लाइफ़ भी तकलीफ़ देती है। आप से छोटे भाई-बहन क्या कर रहे हैं?"

"मुझसे छोटी बहन चीनू अभी कॉलेज के फ़ाइनल ईयर में है। उससे छोटा बंटी इंजीनियरिंग कर रहा है।"

सुधा ने लड़के पर एक उड़ती नज़र डाली। टैक्सी से उतरकर ड्रॉइंगरूम तक आने भर में ही उसकी आसमानी शर्ट कंधों से भीग गई थी। भीगे बालों से पानी की बूँदें अब भी शर्ट पर टपक रही थीं। बड़ा भाई बारिश देखने के बहाने ड्रॉइंगरूम के बाहर बालकनी की तरफ़ बढ़ गया, "ज़रा पानी का मज़ा लेते हैं हम। तुम लोग बातें करो।"

सुधा बेहद सजग थी। वो उस लड़के को (जिसका नाम 'लड़का' था) कोई उम्मीद नहीं देना चाहती थी। सामने से हटने के लिए बहाना बनाया, "आपके लिए चाय बनाकर लाती हूँ।"

सुधा जैसे ही भीतर आई, बाबा दुबारा ड्रॉइंगरूम में चले गए।

सुधा अपने कमरे में आकर लेट गई। माँ रसोई में चाय बना रही है। चीनू ट्रे सजाने में माँ की मदद कर रही है। ड्रॉइंगरूम से भीतर आ रही आवाज़ें बादलों के शोर की वजह से अस्पष्ट हैं। सुधा तकिए पर सिर रखे एकटक छत को देखती होंठ चबा रही है। ड्रॉइंगरूम से महँगे मर्दाना परफ़्यूम की महक भीतर तक आ रही है। लड़के वाले कोई उम्मीद न पालें, इसलिए मेहमानों के संग सभी का व्यवहार ठंडा है।

चाय ख़त्म होते ही बाबा ने पूछा, "इतनी बारिश में आपके होटल तक लौटने का क्या इंतज़ाम है?"

बड़े भाई की आँखों में अचंभा था। वो समझ गए कि डिनर भी हमें होटल में ही करना है।

"जी अंकल, हम कॉल करेंगे तो जिस गाड़ी ने हमें ड्रॉप किया वही पिकअप के लिए आ जाएगी।"

सुधा बेडरूम में लेटी थी कि ड्रॉइंगरूम से भीतर डायनिंग हॉल तक पदचाप और उसके बाद फ़ोन का डायल घुमाने की आवाज़ आई, "जी होटल ग्रीन वेली, मैं रूम नंबर 203 का गेस्ट... जी-जी गाड़ी भेज दीजिए। नहीं-नहीं... काम जल्दी निपट गया। कितनी देर लगेगी?"

मिश्रा परिवार के व्यवहार के बाद टैक्सी का इंतज़ार बाबा के संग-संग दोनों भाइयों को भी बोझिल लग रहा था। झमाझम बूँदों के शोर के बीच टैक्सी के रुकने की आवाज़ आई जो तीनों को ही भली लगी होगी। भीगने से बचने दोनों भाई एक-एक कर आँगन से दौड़ते हुए कार की तरफ़ लपके। लड़का चला गया।

सुधा का मन जाने क्यों लड़के के जीवन में प्रेम के अभाव की सोचकर

दुखी हो गया। ऐसा भी नहीं था कि वह उसके जीवन की रिक्तता भरना चाहती थी। ये अनमनापन एक निर्दोष को अपमानित करने का अपराधबोध था शायद। बहुत संभव हो मैं उसे पसंद न आई हूँ। स्कूल से जैसी आई थी वैसी ही तो उनके सामने बैठी थी। बाल तक नहीं बनाए थे। बातें करते वक़्त मैं इतनी औपचारिक थी कि ये दुराव उसके मन में आकर्षण ही न पनपने दे। वैसे भी उसका बड़ा भाई ज़रूर कहेगा कि इनकी बेटी को भी मान-सम्मान करना नहीं आता होगा।

रात को खाना खाते हुए सुधा की नज़र दीवार घड़ी पर पड़ी। उनकी ट्रेन का वक़्त हो चुका था। अभी भी बिजली कड़क रही थी। मानो बस्तर के जंगल आज पूरी ताक़त से बादलों को खींच रहे हों। सुधा की कल्पना में दोनों भाई भीगते ट्रेन में चढ़ते दिखे। उसने कामना की कि उसे बहुत सुंदर और सुशील लड़की मिले। सोफ़े पर आधा भीगा बैठा वो भुलाए नहीं भूल रहा था।

अजीब बात हुई। अगले ही दिन बड़े भाई का फ़ोन आया, "भाई को लड़की पसंद है। आप शादी की डेट निकलवाइए।"

बाबा ने शीत स्वर में कहा, "देखिए अभी मिसेज से फ़ाइनल करके बताता हूँ आपको। हाँ होने पर हम ख़ुद फ़ोन कर देंगे आपको।"

सुधा को उस लड़के को भुलाने में वक़्त लगा।

माँ सुधा की शादी की फ़िक्र में चिड़चिड़ी और बाबा चुप हो गए थे। किसी भी रिश्तेदार लड़की की शादी का कार्ड माँ की छाती में मुक्के-सा लगता। जिस लड़की की शादी लग गई माँ की नज़र में वो माता-पिता दुनिया के सबसे भाग्यशाली लोग होते। पास-पड़ोस का जो व्यक्ति कम दहेज में अपनी बेटी के लिए कमाऊ दामाद ढूँढ ले वो धरती का सबसे चतुर इंसान। माँ बाबा को ताने मारती, "जाने ये लोग कहाँ से ऐसे लड़के जुगाड़ लेते हैं! हमको तो कोई रिश्ता बताते ही नहीं। चतुर्वेदाइन ब्राह्मण महिला समाज की सेक्रेटरी बनी फिरती है महारानी। मैंने बहुत पहले से

उसे कहा था कि सुधा के लिए लड़का बताओ। बड़े तपाक से बोली कि कोई लड़का नज़र में आया तो ज़रूर बताऊँगी। अब देखो राम मनोहर की लड़की के लिए डॉक्टर लड़के का रिश्ता पक्का करवा दिया। कल सगाई थी। मैंने कहा डॉक्टर लड़के के लिए हमारी सुधा याद नहीं आई? तो बोलती है एक और डॉक्टर लड़का है आर्मी में। पचास तोला सोना डिमांड है। कैश नहीं लेंगे।

माँ घंटों उन लड़कियों की ख़ूबियों पर मंथन करती जिनकी शादियाँ लगती जा रही थीं। कभी कहती कि लड़की के गोरे रंग की वजह से रिश्ता मिल गया, कभी लड़की के पिता की ऊँची पोस्ट को वजह मानती या फिर अंतिम नतीजे पर पहुँचती कि दुनिया चालाक लोगों की है और उन्हीं की बेटियों की शादी लगती है जो लड़के वालों को लच्छेदार बातों में फाँसना जानते हैं।

माँ दाँत किटकिटाकर कहती– हमारे यहाँ मिश्राजी जैसे बुद्धू आदमी जिनको अपनी बेटी के बारे में बढ़ा-चढ़ाकर बताना न आए उनके यहाँ दिक़्क़त आएगी ही। बातों का जाल फैलाकर लड़के वालों को घेरना ही नहीं जानते। इनको लाख बार समझाओ कि बोलो कम, सुनो ज़्यादा लेकिन फ़ोन पर ही लड़के वालों को बोल देंगे– नहीं-नहीं दीक्षित जी, हमारी सुधा गोरी नहीं है। अब बताओ भला, सुधा साँवली है कहीं? जब लड़की का बाप ख़ुद बता रहा है कि लड़की साँवली है तो लड़के वाले तो उसे काली मानेंगे ही। काले और साँवले में अंतर होता है और साँवले और गेहुँए में अंतर होता है। सुधा गेहुँए रंग की है भाई। आधे लड़के वालों का पत्ता साफ़ तो मिश्राजी की बेवक़ूफ़ियाँ कर देती हैं। दुनिया अपनी काली लड़की को साँवला बताती है और ये महाशय गेहुँए रंग को साँवला बताएँगे। आजकल सबको लंबी लड़की चाहिए। मैं मिश्राजी, को कह-कहकर हार गई कि सुधा की हाइट बायोडाटा में एक इंच ज़्यादा लिखो। लड़के वाले कौन इंची-टेप लेकर नापने बैठेंगे! लड़के वाले लड़की के

बायोडाटा में लिखी हाइट से एक इंच कम मानकर चलते हैं। सबसे पहली बात, लड़के वालों को घर तक तो खींच लाओ। घर आ गए तो सुधा को देखकर इनकार नहीं करेंगे, इतना भरोसा है मुझे। वो तो असल बात सुधा का घोर मंगली होना है जिसकी वजह से कुंडली नहीं मिल रही है। हम तो लड़की वाले हैं कुंडली नहीं मानेंगे मगर लड़के वाले तो माँगेंगे ही। लड़के वाले जानते हैं कि लड़की वालों को लड़के की कुंडली पहले थमा दो तो वो पंडितजी से कहकर अपनी लड़की की ऐसी कुंडली बनवा देते हैं कि छत्तीसों गुण मिल जाएँ। राम जाने सुधा के भाग का लड़का किधर है! हम लोग भी सुधा और चीनू की शादी कर फ्री हों ज़रा। इस टेंशन में पूरी रात जागती हूँ। बंटी लड़का है उसकी फ़िक्र नहीं है। बड़े कॉलेज से इंजीनियरिंग कर रहा है। तनकर बैठूँगी तब मैं भी लड़की वालों के सामने। सगे-संबंधी ऐसे देखते हैं कि कैसे फूहड़ और निकम्मे माँ-बाप हैं जो बेटी की उम्र इतनी बढ़ा रहे हैं। बर-बिहाव में कहीं आते-जाते नहीं बनता।

बाबा अनगिनत लिफ़ाफ़ों में सुधा की कुंडली, बायोडाटा और तस्वीर अलग-अलग शहरों के अनचिन्हे घरों के एड्रेस में पोस्ट करते-करते हताश हो जाते। अब उन्हें महसूस होता कि नौकरी, घर-गृहस्थी और ज़रा सिमटकर रहने की आदत की वजह से बिरादरी में उठना-बैठना नहीं हो पाया। परिचय का सीमित दायरा होने के कारण ही समय रहते लड़कों का पता नहीं चल पाता। अच्छे-अच्छे लड़के कब नाक के नीचे से निकल गए ख़बर ही नहीं हो पाती। बाबा हर संडे न्यूज़पेपर का मेट्रिमोनियल कॉलम खोल फ़ोन के पास बैठ जाते। आधे लड़के वाले कालीचरण मिश्राजी की प्राइमरी टीचर की जॉब सुनकर ही घर का एड्रेस देने में आना-कानी करते, कुछ को सुधा का साँवला रंग और कुछ जगह मंगली कुंडली बाधा बनती। मेट्रिमोनियल में जिन लोगों ने बाबा को बायोडाटा भेजने बोला होता, उन विज्ञापनों पर वह टिक लगाते। हर संडे बाबा चार से पाँच लिफ़ाफ़े पोस्ट करने निकलते। सुधा छिपकर न्यूज़पेपर में टिक लगे उन विज्ञापनों को

ध्यान से पढ़ती। कई ब्राह्मण रिश्ते जिन पर टिक का निशान नहीं होता था वे विज्ञापन प्राय: धनाढ्य परिवार के इकलौते पुत्र की प्रतिष्ठा अनुरूप विवाह करने में सक्षम परिवार की गोरी कन्या के लिए होता। महीने में एक या दो बार बाबा दूसरे शहरों में लड़का देखने जाते। बाबा को लगता उनकी शिक्षित बिटिया को उसके अनुरूप जीवनसाथी मिले मगर लड़के के माता-पिता जिस तरह की भव्य शादी चाहते उतना ख़र्च करना बाबा के लिए संभव न था। बंटी की दिल्ली में इंजीनियरिंग की फ़ीस, हॉस्टल का ख़र्च, चीनू का कंप्यूटर कोर्स एक प्राइमरी टीचर की तनख़्वाह पर बहुत भारी पड़ रहा था। सुधा ने इसी साल स्कूल ज्वॉइन किया है और थोड़ा-बहुत आकाशवाणी और न्यूज़पेपर के लिए कंटेंट लिखती है।

जिस किसी दिन माँ को कॉलोनी में सुधा से उम्र में छोटी किसी लड़की की शादी तय होने की ख़बर लगती उस दिन उनका बीपी बढ़ना तय है। सुधा से सिर्फ़ साल भर छोटी चीनू भी अब शादी के लायक़ हो चुकी है। बाबा दो साल से दिन-रात एक करके भी सुधा के लिए लड़का नहीं ढूँढ़ पाए। माँ चिंता करती कि सुधा के लिए लड़का नहीं मिल रहा, इसलिए चीनू भी उम्र बढ़ाती दूसरों की शादी अटैंड करते कुँवारी डोलेगी। आजकल माँ ने सुधा के सामने कहना शुरू कर दिया है, "चीनू भी 23 की हो गई। अब तो उसकी सहेलियों की भी शादियाँ होने लगी हैं। तेरी तो ऐसी कुंडली है किसी से ही नहीं मिलती। इस फेर में तो चीनू का भी लेट हो जाएगा। मैं तो अब जिसकी पहले लगी, उसकी कर दूँगी। मेरे को तो तुम दोनों को निपटाना है। बाबा और हम कम-से-कम एक से तो छुट्टी पाएँ। वो बलभद्र ठाकुर के यहाँ का मालूम है न, बड़ी लड़की के लगने के इंतज़ार में छोटी बेटी का भी लेट कर दिया यह सोचकर कि छोटी की पहले कर दी तो बड़ी की हो ही नहीं पाएगी। छोटी की पहले होने से लोग सोचेंगे बड़ी में ज़रूर कोई खोट है। बड़ी की आज तक नहीं लगी तो छोटी भी बैठी रह गई। अब ऐसा भी नहीं है कि छोटी की पहले हो गई तो बड़ी

की कभी नहीं हो पाएगी। रामानी जी के यहाँ छोटी निशा की पहले कर दी। बाद में बड़ी बेटी ज़्यादा पैसे वालों के घर गई। शादी-ब्याह संजोग का खेल है। लड़कियाँ अपना भाग्य लेकर आती हैं।"

सुधा का मन होता कि माँ से पूछे कि क्या जीवन में भाग्य प्राप्त करने का एकमात्र ज़रिया विवाह है?

शिप्रा और अनुराधा आज सुधा से मिलने घर आईं। तीनों सहेलियाँ चाय का कप थामे खुसुर-फुसुर कर रही थीं। अनुराधा ने बताया कि पिछले महीने जयपुर से जो लड़का उसे देखने आया था उनकी तरफ़ से हाँ में जवाब आ गया है। शिप्रा ने चहकते हुए उसे बधाई दी।

उनके जाने के बाद सुधा अपने कमरे में एक किताब खोले लेटी थी। जीवन की इस एकरसता से ऊब होने लगी। मैंने रात-रात जागकर पढ़ाई क्यों की? पूरे स्कूल के सामने मंच पर चढ़कर अनवरत तालियों के बीच हर बार, हर साल भाषण प्रतियोगिता, कहानी-लेखन, कक्षा में प्रथम आने, बड़े-बड़े शील्ड के लिए इतनी मेहनत क्यों की? ताकि मेरे वो अजन्मे बच्चे जो होंगे उनको आगे चलकर पढ़ा सकूँ। बाज़ार जाने पर गृहस्थी के पैसे का हिसाब-किताब रख सकूँ। वो पति जिसे मैंने देखा तक नहीं है अपने यार-दोस्तों के बीच शर्मिंदा महसूस न करे, इसलिए मैंने पढ़ाई की? माँ को कभी नहीं लगा कि उनकी बेटी को उनसे बेहतर ज़िंदगी मिले? माँ जानती है कि सिर्फ़ एमकॉम की पढ़ाई में अपनी ज़िंदगी बेहतर करने जैसा कुछ नहीं किया जा सकता। किसी लड़के के बायोडाटा में एमबीए पढ़कर बाबा मेरा रिश्ता लगाने ललचा जाते हैं लेकिन बेटी को एमबीए कराने का ख़याल तक नहीं आता। उस दिन बाबा बोल रहे थे बंटी को बीई कराने के तुरंत बाद एमबीए करा देंगे, इससे उसका जॉब प्रोफ़ाइल अच्छा हो जाएगा। आज मेरी जॉब प्रोफ़ाइल अच्छी होती तो बाबा को रिश्ता ढूँढने दर-दर भटकना नहीं पड़ता। मैं यदि एमबीए होती तब यही लड़के वाले मेरी कुंडली में दोष निवारण के अनेक उपाय निकलवा लाते। ऐसा नहीं है

कि बाबा को मेरे भविष्य की चिंता नहीं है लेकिन चिंता की दिशा ग़लत है और मुझमें उनकी ग़लती का विरोध करने की ताक़त नहीं है।

माँ सुधा और चीनू को हमेशा टोकती, "अरे शादी होने तक कम-से-कम अपना वज़न कम रखो। लड़के वालों को पतली और लंबी लड़कियाँ ही पसंद हैं। शादी के पहले ही भरी-भरी है तो बाल-बच्चे के बाद तो पूरी फैल जाएगी। सुधा, उबटन लगाया कर। शादी लायक़ लड़कियों को ख़ुद अपनी चिंता होनी चाहिए। अच्छे से कंघी, चोटी, टिकली, बिंदी करके रहो तो किसी का ध्यान जाए। उस दिन शुक्लाइन आई थी तो चीनू बिना बाल बनाए ट्रे लेकर आ गई। शादी-ब्याह, नाते-रिश्ते में चार लोगों की नज़र पड़ती है। ये शिल्पी का भी रिश्ता तो ऐसे ही किसी की शादी अटैंड करने गई तो लगा था। यहाँ सुधा को देखो, बनने-सँवरने का शौक़ ही नहीं। उस दिन तमेरिन भी बोली– इन लोग को कम-से-कम बाल बनाने बोला करो।"

माँ दुनिया भर की लड़कियों के ज़िक्र में यदा-कदा दूसरे ग्रह की लड़कियों का भी ज़िक्र करती– भारद्वाज की बेटी का जज में सलेक्शन हो गया, पटेरिया जी की बड़ी बेटी एमबीबीएस के बाद एमडी की तैयारी कर रही है। बहुत होनहार लड़कियाँ हैं उनकी। माँ को शायद ये किसी और दुनिया की लड़कियाँ लगतीं। सुधा को हमेशा लगता कि हमारे लिए ये ज़िंदगी क्यों नहीं है? मुझे और चीनू को लाल चुनरी ओढ़कर बाक़ी की ज़िंदगी किसी और घर पर गुज़ारना है। हम दोनों बहनें सक्षम हैं फिर अपने जीवन को बेहतर बनाने किसी और पर निर्भर क्यों? उस दिन शिप्रा के घर पर उसके भाई विपिन की मेंटल एबिलिटी की बुक पड़ी थी। विपिन एमबीए एंट्रेंस की कोचिंग जाता है फिर भी मैंने उससे आधे समय में पैटर्न वाले सारे सवाल सही बनाए। लेखन से जुड़े जितने भी कॉम्पटीशन होते हैं, चाहे किसी टॉपिक पर डिबेट, स्पीच, निबंध, स्टोरी राइटिंग यदि मैंने पार्टिसिपेट किया तो किसी और का फ़र्स्ट आना नामुमकिन है। माँ कहती

है कि एमकॉम के बाद जो करना है ससुराल जाकर करो। एमकॉम के बाद दूल्हे के इंतज़ार में दो साल कट गए। दो साल में अब तक मेरा एमबीए या जर्नलिज़्म दोनों में से कोई भी कंप्लीट हो गया होता। यदि कोई कुएँ के बाहर की दुनिया से अनजान है तो ज़िंदगी आसान है। मगर यदि उसे ख़बर हो जाए कि दुनिया तो इस कूप के बाहर है, यहाँ से निकलने की सीढ़ी सामने रखी हो और उसके पैर में शिकंजा कस गया तो ये जीवन यातना है। अपने ही आजू-बाज़ू के लोगों को इस कुएँ से बाहर जाते देखना त्रासदी है।

माँ क्या ख़ुद का जीवन हमें देना चाहती है! माँ के जीवन की उपलब्धियाँ हैं कि उसके बनाए अचार कभी ख़राब नहीं हुए, वो पचास लोगों का खाना अकेले बना सकती है, उसके बनाए पापड़ बेलते समय किनारों से कटते नहीं, उनकी चाकोली हमेशा कुरकुरी होती है। उनके जीवन का संतोष है चार किलो मटर छीलकर पूरे साल के लिए रख लिए, घर के लायक़ घी रोज़ वाले दूध से ही बन जाता है, कड़क धूप में गेहूँ सूख गया। उनका गौरव है कि उनकी बनाई बिजौरियाँ तेल में फटती नहीं, उनके खाजे मुँह में रखते ही घुल जाते हैं, आदि-आदि।

सुधा इन सबको कम नहीं आँकती मगर वो अपने जीवन की उपलब्धियाँ और गौरव इससे जुदा चाहती थी। ख़ुद के लिए सपने न देखने की अकर्मण्यता निंदनीय है।

माँ ने इस तीज पर सुधा को निर्जला व्रत रखवाया। बोलने की बात नहीं कि मंदिर में भी सभी आंटियों को समझ आ रहा था कि सुधा को ये क्यों करवाया जा रहा है। पंडितजी ने वहाँ उपस्थित महिलाओं को हाथ में अक्षत फूल लेने कहा और तीज के कठिन व्रत की कथा आरंभ की। सुधा के पेट से भूख के कारण कुर्र-कुर्र की आवाज़ आ रही थी। सभी निराहारिन हाथ जोड़े भाव विभोर कथा सुन रही थीं। तभी मंदिर में अभी अभी घुसी शर्मा आंटी माँ के पास बैठते ही फुसफुसाईं, "मिश्राइन, सुनी ख़बर? गौरव की मम्मी ने आज ज़हर खा लिया। इसलिए तो पूजा करने

नहीं आई। बेचारी हर साल तीज पर सज-धजकर सबसे पहले हाज़िर रहती थी मंदिर में।"

सुधा की आँख फट गई। हे भगवान, श्रीवास्तव आंटी ने ज़हर खा लिया! आए दिन अंकल से पिटती थी। रोज़ का ही ये तमाशा था। बाहर तक गाली-गलौज की आवाज़ आती थी। अंकल कोलकाता से सीए करके पटना लौटे ही थे कि घर वालों ने पचास हज़ार तिलक लेकर आठवीं पास लड़की से शादी कर दी। श्रीवास्तव अंकल ने पैसे तो ख़ूब कमाए मगर आठवीं पास आंटी को मन मुताबिक़ न ढाल पाए तो लात, घूँसे, डंडों से पीटकर डिप्रेशन दूर करते। पिटाई के बाद आंटी का ये अपराधबोध ज़रा-सा ख़त्म होता कि हम तुम्हारे अंकल के क़ाबिल नहीं हैं फिर भी उन्होंने हमको छोड़ा नहीं। इस मार-पीट से हिसाब बराबरी का हो जाता। तीज का व्रत होने से आंटी को खाना बनाने में देर हो गई। ऑफ़िस के लिए लेट होते श्रीवास्तव अंकल आग बबूला हो गए, "तेरे से टाइम पर दो रोटी नहीं खिलाई जाती है! बहुत दिनों से तेरी पूजा नहीं हुई है।" अंकल ने आव देखा न ताव और वहीं पड़ी आंटी की ही चप्पल उठाकर न जाने कितनी चप्पलें मार ऑफ़िस निकल गए। आंटी ने सुबह से पानी भी नहीं पिया था। ज़हर खाकर व्रत तोड़ दिया।

पंडितजी कथा पुस्तिका से झूम-झूमकर वाचन कर रहे थे– इस प्रकार हर सौभाग्यवती स्त्री अपने सुहाग को अखंड बनाए रखने यह व्रत रखती है। सौभाग्य प्राप्त करने की आकांक्षी प्रत्येक कुँवारी को पूरी निष्ठा से निराहार, निर्जला रहकर तीज की पूरी रात्रि जागरण कर मुँह-अँधेरे नदी तट पर रेत के शिवलिंग के विसर्जन पश्चात् ही व्रत तोड़ना चाहिए। जो महिला यह हरितालिका का व्रत नहीं रखती वो नरक की वासी होती है। तीज की दोपहर जो स्त्री सो जाती है वो अजगरी बनती है, जो पानी पीती है वो जोंक बनती है, जो फल खाती है वो बंदरिया बनती है, जो मिष्ठान्न खाती है वो चींटी बनती है, दूध पीने वाली नागिन और दही पीने वाली बिल्ली

बनती है। आप सभी व्रतधारी महिलाओं का सौभाग्य बना रहे। बोलो तीज मैय्या की जय!

भूखी-प्यासी महिलाओं ने रेत से बने शिवलिंग पर अक्षत और फूल छोड़ दिए। माँ ने सुधा को 21 रुपये देकर पंडितजी को दक्षिणा के साथ पैर छूने कहा। रात 12 बजे पूजा की थाल लिए महिलाएँ मंदिर से बाहर निकलीं। सुबह सूर्योदय से पहले ही तालाब पर विसर्जन के लिए जाना होगा। पूजा की थाली लिए घर की राह पर सुधा सोच रही थी कि क्या वो इतनी क़ीमती नहीं है कि उसे पाने की चाह में कोई ऐसा कठिन व्रत रखे! वो ये तपस्या इसलिए कर रही है कि कोई आजीवन उसके भरण-पोषण की ज़िम्मेदारी ले। सुधा ने अचानक पूछा, "माँ, इस दुनिया की सारी बंदरियाँ मतलब अफ़्रीकी, एशियाई और यहाँ तक हिमालय में पाई जाने वाली बंदरियों ने पिछले जन्म में तीज पर फल खा लिए थे? हमारे मोहल्ले में घूमती सारी बिल्लियाँ पिछली जन्म की वो लेडीज़ हैं जिन्होंने व्रत के दिन दूध पी लिया था?"

माँ नाराज़ हो गई, "चार क्लास पढ़ने के बाद ज़्यादा फूहड़ता आ जाती है क्या?"

हर माता-पिता एक उम्र के बाद बच्चों की ज़िम्मेदारी से मुक्त होना चाहते हैं। चाहते हैं कि बेटे अपने पैरों पर खड़े हों और अपना ख़र्च ख़ुद उठाएँ। बेटियों से ये उम्मीद क्यों नहीं करते? क्या मैं और चीनू आजीवन परजीवी रहेंगे? बाबा को हमारे लिए एक नेक आश्रयदाता की तलाश है। सुधा के मन में यदा-कदा उमड़ती महत्त्वाकांक्षा, आक्रोश, तर्क के झंझावात को माँ की ऊँच-नीच की नसीहतें आसानी से क़ाबू में ले आतीं। सुधा को मालूम था कि यदि माँ एमबीए में ख़र्च नहीं करना चाहती तो बाबा हरगिज़ उनके ख़िलाफ़ नहीं जाएँगे। बेहतर है मुझे एक समझदार जीवनसाथी मिल जाए। वैसे भी उद्देश्यहीन दिन-रात बीत ही रहे हैं। जब-जब माँ बाबा से कहती कि सुधा के लिए मंगली लड़का ढूँढने में मुश्किल

है तो अब चीनू की बात चलाओ। सुधा रसोई में खाना बनाती चुपचाप सुनती रहती। उसे अपने स्कूल का स्टाफ़ याद आने लगा। आज ही लंच ब्रेक में गौरी मैम ने कहा, "सुधा, शादी-वादी की बात चल रही है कहीं? जल्दी कर लेना। एक एज के बाद लड़के नहीं मिलते फिर।" अब इन सबको चीनू की शादी का कार्ड कैसे दूँगी मैं? चीनू की शादी में बुआ, मामी, मासियों का सामना कैसे करूँगी? शिप्रा, अनुराधा और भी सहेलियों को किस मुँह से बताऊँगी कि चीनू की शादी लग गई? इन सबकी सोच होगी कि चीनू की शादी का कार्ड सुधा के रिजेक्शन का सर्टिफ़िकेट है।

सुधा ने बाबा के मान का ख़याल रख कितनी ही अनुरागी आँखों के प्रस्ताव बेरुख़ी से ठुकराए क्योंकि बेटी का जात से बाहर शादी करना उनके स्वाभिमान का मामला है। हम कमज़ोर लोग समाज से अलग हटकर फ़ैसले नहीं ले पाते। बाबा और माँ को यह समझ नहीं आया कि चीनू की शादी पहले होना मेरे लिए भी स्वाभिमान का मामला है। 'शादी' जैसी पर्सनल और मामूली घटना को उन्होंने ही मेरे अस्तित्व से जोड़ जीवन का एकमात्र उद्देश्य बना दिया और अब चीनू की शादी पहले कर उसी समाज के आगे ख़ारिज सामान भी घोषित कर सकते हैं।

जिस तरह बत्तख की उँगलियाँ तैरने, बंदर की टहनियों को पकड़ने अनुकूलित होती हैं क्या वैसे ही लड़कियों की उँगलियाँ चिमटे, बेलन पकड़ने में लड़कों से ज़्यादा दक्ष हैं? इस क्रूर दुनिया ने लड़कियों की दुनिया चारदीवारों के भीतर बना दी। जिन आँखों में माली ने कोई सपना न रोपा, खाद-पानी न डाला वो बंजर हो ही जाती है। सुधा 16 साल की नाज़ुक उम्र से ही आजी, माँ, बाबा, बुआ से सुनती आई है– सुधा को लेकर शादी-ब्याह में जाना शुरू करो। मालूम है अभी तीन-चार साल शादी नहीं करोगे मगर नाते-रिश्तेदारों के दिमाग़ में बैठना शुरू होता है कि मिश्राजी की लड़की को देखा था तीन साल पहले। अब शादी लायक़ हो चुकी होगी।

सुधा को एमकॉम करने के बाद स्कूल की जॉब मिलने पर बाबा ख़ुश होकर बोले, "अब मुझे लड़के वालों के दरवाज़े बायोडाटा लेकर खड़ा नहीं होना पड़ेगा। लड़के वाले मेरे दरवाज़े आएँगे।" तब सुधा का मन बुझ गया। उसे समझ आ गया कि बाबा को लड़के वालों के दरवाज़े कुंडली, फ़ोटो लेकर जाना अपमानजनक लगता है। अपनी एक ही फ़ोटो की 20-20 कॉपी दराज़ में देखकर ख़ुद के चेहरे से घृणा होती। बाबा को कौन समझाए कि दहेज के लिए पैसे जोड़ने की बजाय एमबीए करा देते। उस दिन माँ किचन में पीने का पानी भरते हुए बोली, "अरे तेरे को लेकर दंतेवाड़ा मंदिर जाऊँगी इस नवरात्र पर, 108 परिक्रमा करना माता दंतेश्वरी की। सभी लड़कियों का टाइम आने पर भाग्य खुलता है।"

सुधा ख़ामोशी से रोटियाँ बना रही थी। मतलब कोई लड़का मुझसे शादी कर मेरे भाग्य खोलेगा। नानी राजनांदगाँव से जगदलपुर आई है। सुधा ने इस मुद्दे पर पहली बार नानी के आगे मुँह खोला, "नानी, एमबीए महँगा सोचकर करने नहीं मिला। मैंने जर्नलिज़्म का कोर्स करने परमिशन माँगी। यह कहकर मना कर दिया कि कोर्स करने से फिर शादी अटक जाएगी। मेरी शादी तो अभी तक नहीं हुई। जर्नलिज़्म करने दिया होता आज मेरा कोर्स कंप्लीट करके कहीं मीडिया में अच्छी पोस्ट पर होती।

चीनू की शादी की सुगबुगाहट से एक ही बिस्तर पर सोई दोनों बहनों के बीच अँधेरे में भी विभाजन रेखा दिख रही है। रेखा के इस पार सुधा अकेली खड़ी है और उस पार माँ, बाबा, चीनू, नानी और बंटी हैं। शिप्रा, भूपेंद्र मामा, अनुराधा, गौरी मैम, क्या कहेंगे? मेरे लंबे रिजेक्शन का ठप्पा सार्वजनिक हो जाएगा। इस विभाजन रेखा ने बताया कि यदि संघर्ष ज़्यादा है तो एक हद के बाद हर रिश्ता ख़ुद के बारे में सोचता है। सुधा ईश्वर से मनाने लगी कि अब मेरे लिए कैसे भी लड़के का रिश्ता आए, हर हाल शादी लग ही जाए।

एक दिन बाबा के भेजे बायोडाटा के संबंध में एक लड़के वाले की

तरफ़ से फ़ोन आया। इकलौता लड़का लॉ करने के बाद दिल्ली में किसी कंपनी में नौकरी करता है। पिता भागवत द्विवेदी रिटायर्ड पुलिस अफ़सर, बड़ी बहन शादीशुदा, माँ सुमनलता द्विवेदी घरेलू महिला है। लड़के वालों को सुधा की तस्वीर पसंद आ गई। कुंडली वे मिलवा चुके थे। दहेज उन्हें चाहिए नहीं था। लड़के वाले राजनांदगाँव के थे। माँ को तसल्ली थी कि राजनांदगाँव में ही नानी, भूपेंद्र मामा हैं तो वे आते-जाते रहेंगे सुधा के पास। सुधा को देखने लड़के के पिता और दो-चार पड़ोसी, लड़का और उसके कुछ दोस्त दो कारों में भरकर आए। सुधा को देखने के तुरंत बाद लड़के ने हाँ कह दिया। सगाई जैसे छोटे फ़ंक्शन के लिए लड़का दुबारा दिल्ली से फिर इतनी दूर जगदलपुर नहीं आना चाहता था इसलिए फ़ौरन ही अँगूठी पहनाने का निर्णय हुआ। पिता ने जगदलपुर मार्केट से अँगूठी लाकर बेटे को सुधा को पहनाने का निर्देश दे दिया। माँ ख़ुश, बाबा ख़ुश, सुधा ख़ुश, चीनू ख़ुश, बंटी ख़ुश, नानी ख़ुश। सुधा समाज में जीने लायक़ हो गई कि इस साल शादी के सीजन की आख़िरी कट ऑफ़ लिस्ट में उसका सलेक्शन हो गया।

शादी के बाद सुधा दिल्ली में रहेगी। लड़के का नाम विरल और बड़ी बहन विभा है। एक बात माँ-बाबा को बड़ी खटकी कि सिर्फ़ मर्दों ने आकर शादी तय कर दी। चीनू ने सुधा से कहा भी, "सुधा दीदी, ऐसी कौन-सी फ़ैमिली होती है जो अपने इकलौते लड़के के लिए बहू देखने माँ को बिना लिए आए। यदि तबीयत जैसा कुछ कारण भी हो तो उसकी बड़ी बहन को लेकर आते। अड़ोसी-पड़ोसी, दोस्तों के संग पारिवारिक मामला कैसे तय किया जा सकता है ?"

बाबा घर देखकर आए हैं। कार है, दो मंज़िला बड़ा घर है। लड़का मकान के ऊपर के हिस्से में रहता है। ऊपर जहाँ उसका बेडरूम तो है ही, उसका अपना अलग ड्रॉइंगरूम तक है। बेटे को पूरी प्राइवेसी दी है। समझ लो पूरे घर की डिजाइनिंग ऐसी कि ऊपर और नीचे का हिस्सा आपस में

बिलकुल अलग-थलग। माँ-बाबा ने पुणे वाले लड़के के माँ-बाप नहीं हैं करके शादी नहीं की और यहाँ फ़ैमिली होकर भी समथिंग वीयर्ड इज़ हिडेन लग रहा है।

राजनांदगाँव शुरुआत से ही सुधा को उसके बचपन में ले जाने वाला शहर रहा है जहाँ जान से ज़्यादा प्यार करने वाली नानी रहती है। अब उसी ननिहाल वाले शहर से फिर एक नया रिश्ता जुड़ रहा है। राजनांदगाँव में नानी के घर के सामने सहेलियों के साथ खेलते एक पतली टहनी लेकर गली के पेड़ गिनो या कंकर को पैर की ठोकर से तब तक सड़क पर आगे ले जाते रहो जब तक दुर्योग से वो नाली में न चला जाए। कॉलोनी की काली कुतिया जिसे बच्चों ने ही जूली नाम दिया है को जूली चु...चु...चु... जूली सिट डाउन... जूली स्टैंड-अप की ट्यूशन देते।

बचपन में जगदलपुर में बाबा के अनुशासन की दुनिया से दूर राजनांदगाँव में नानी के यहाँ गर्मियों की छुट्टी में पूरी दोपहरिया चीनू, सुधा, बंटी झुंड में गली-गली भटकते। भूपेंद्र मामा का बेटा सनी, पड़ोस के दो बच्चे मिंटू और झुनि एक गैंग की शक्ल में गर्मी की भाँय-भाँय सूनी कॉलोनी में घूमते हुए मुआयना करते कि किसके घर में आम ज़्यादा फले हैं, किसके बग़ीचे में नींबू। सड़क किनारे की गंगा इमली के पेड़ से कूद-कूदकर गुलाबी गंगा इमली तोड़ते और कसैली बेस्वादी के कारण चगलकर थूक देते। पूरी दोपहर पेंसिल से निकले चूरे और फ़ेविकोल से रबर बनाने की कोशिश करते या हाथी की लीद से पुट्ठे बनने की विधि पर गंभीर विमर्श। सुधा को बचपन में दुनिया की सबसे बोरिंग जगह अपना घर लगता था। नानी के शहर में रेलवे कॉलोनी के सामने ज़रा-सी दूरी पर माल धक्का था। रेल पटरियों से सटे माल धक्का में अलग-अलग सामानों से भरे बोरों का ढेर लगा होता था। कुछ बोरे दूसरे शहर जाने को चढ़ने की प्रतीक्षा में और उतर चुके माल-असबाब ट्रक से गोदामों तक दुबारा नए सफ़र के इंतज़ार में। गर्मियों की दोपहर और चिलचिलाती धूप में मज़दूर

माल उतारते-चढ़ाते रहते। अमूमन ये जगह दोपहर मतलब लंच टाइम पर सूनी होती थी। मालगाड़ियाँ माल भरने के इंतज़ार में कई-कई दिन खड़ी रहतीं। माल धक्के के स्टाफ़ के भय से बच्चों को यहाँ हमेशा दबे पाँव आना होता था। कई बार बच्चों की उपस्थिति की भनक पड़ते ही चौकीदार डंडा लेकर दौड़ता। बोरों के बीच, खड़ी ट्रकों के पीछे छिपते-छिपाते भगाने या प्रवेश करने पर वानर मंडली को बॉलीवुड फ़िल्मों में डॉन के अड्डे में होने की फ़ीलिंग आती थी। माल धक्के के खुले मैदान में रखे बोरों के ऊँचे ढेर पर एक बोरे से दूसरे बोरे पर उछलता सनी फुसफुसाता– 'अरे इसके अंदर लहसुन है, इसमें तो रंगोली है।' ईश्वर जाने माल धक्के के लिए बच्चों में यह जिज्ञासा क्यों थी! निषेध के प्रति आकर्षण या ख़तरों से सुरक्षित निकल आने की उत्तेजना। उस दोपहर सभी बच्चे नानी से डाँट खाकर किसी तरह कूलर वाले कमरे में सुलाए गए थे।

अचानक सनी ने सुधा से दबी आवाज़ में पूछा, "सुधा दीदी, शेर देखोगी?"

सुधा ने हाँ में सिर हिलाया। नानी को सोता देख एक-एक कर सभी बच्चे दरवाज़े से बाहर। सनी माल धक्का के मैदान से सरपट पटरियाँ लाँघता आख़िरी पटरी पर खड़ी मालगाड़ी की तरफ़ दौड़ने लगा। हरकतें संवादों की मोहताज नहीं होती। अनुसरण की अपनी एक भाषा और अनुशासन है। सभी बच्चे बिना दिशा निर्देश स्वस्फूर्त तेज़ी से उस ओर भागे जिधर सनी दौड़ रहा था। मालगाड़ी के आख़िरी डब्बे पर पहुँच वह जड़वत हो गया तो बाक़ी लोग भी थम गए। सनी के बाज़ू में खड़े होते ही सुधा का कलेजा धक हो गया, पैरों तले ज़मीन खिसक गई। मालगाड़ी में रखे एक बड़े पिंजरे में विशालकाय सिंह सुस्ता रहा था। आँखें फटी रह गईं। कितना बड़ा और भयानक! सभी का आश्चर्य ही सनी का आत्मगौरव था। सिंह की हल्की सुनहरी खाल ज़रा-ज़रा देर में मक्खियाँ उड़ाने थरथरा रही थी। उसकी साँस का गंभीर कंपन आत्मा हिला देने

वाला था। सनी फुसफुसाया– 'बोला था न कि पागल हो जाओगे... अभी आगे चलो।' सनी के एहसान में दबे सब ने निर्विरोध उसे लीडर मान लिया। उसने अपने होंठों पर उँगली रख सभी को ख़ामोश रहने का निर्देश दिया। पहले से ही सुकुड़ दुम चुप्पी के साथ चल रहे थे तिस पर सनी का घड़ी-घड़ी पलट चुप रहने का इशारा करना जबरदस्ती का रौब था। मालगाड़ी के अगले डब्बों में शेर, भालू, घोड़े, ज़ेब्रा, बंदर और मोर थे। ये जानवर ट्रेन के रास्ते किसी ज़ू में पहुँचाए जा रहे थे। एक सूनी दोपहर घर के पास ये जानवर देखने-मिलने पर बच्चों का रोमांच चरम पर था। चौकीदार दोपहर के भोजन के बाद गर्म लू से बचने कोठरीनुमा कमरे में कूलर के सामने झपकी ले रहा था। ज़रा देर बाद ही बंटी और सनी ने शैतानी हरकतें शुरू कर दीं। डंडी उठाकर शेर के पिंजरे में फेंकना, भालू के सामने उससे भी भयानक मुँह बना जीभ नचाना। झुनि चिल्लाई, "देख बंदर मेरी नक़ल कर रहे हैं।'

मिंटू, "क्या तू शेर से आँख मिला सकता है ?" शेर की भूरी आँखों में देखते ही बंटी के पूरे शरीर में सिहरन भरा करंट दौड़ गया। उसके कान और धारदार मूँछें खड़ी हो गईं। शेर छोटे-से पिंजरे में तेज़ी से लगातार चहलक़दमी करते हुए जब-जब पलटकर वापस जाता, उसकी पूँछ पल भर सलाखों से बाहर आ जाती फिर जैसे ही उसका चेहरा बाहर की दिशा में मुड़ता सट की आवाज़ से लहराती पूँछ भीतर। अब सुधा को शेर की पूँछ फुर्ती से छू लेने का एक शैतानी ख़याल आया। बस अब बार-बार बाहर आती आमंत्रणकर्ता पूँछ के आकर्षण से अछूता रहना असंभव था। मौत को छू लेने का एहसास वो भी प्राण दिए बिना। कड़ा फ़ैसला कर लिया कि इस बार पूँछ बाहर आते ही क्या करना है। अबकी जैसे ही पूँछ बाहर आई सुधा ने लपककर छू ली या कह सकते हैं कि हल्के से खींच दी। उसके बाद की गगनभेदी दहाड़ सुनने वालों के जेहन में बरसों गूँजती रही। सभी बच्चे चीख़ते, गिरते-पड़ते पीछे हो गए। हंगामे और हो हल्ले में

चौकीदार डंडा लेकर दौड़ा। भागो-भागो के शोर में बच्चे बोरों, ट्रंक, पार्सल कार्टून के ऊँचे ढेर के बीच बनी सँकरी गलियों में ड्रम और कनस्तर के ऊपर से कूदकर पटरी-पटरी भागे। मुंबईया फ़िल्मों के स्मगलर इलाक़े से हाँफते हुए सुरक्षित निकल आने पर बच्चे ज़ोर-ज़ोर से हँसते रहे।

राजनांदगाँव में नानी के घर खिलौने तो होते नहीं थे सो सुधा और चीनू जुगाड़ वाली कपड़े की गुड़िया बनाते। नाना जी की पुरानी बनियान से कटे चौकोर टुकड़े के बीचोबीच कपड़े की एक पोटली रख रस्सी से कसकर गोल लड्डू आकार में बाँध दी जाती। अब ये गोल, सफ़ेद, नरम गोला गुड़िया का सिर हो गया और पोटली के नीचे लटकती चिंदियाँ धड़ हो गई। अम्मा की लाल बिंदी से गुड़िया के होंठ और काजल से आँखें बना देते। बचे हुए धड़ को एक-दूसरे पुराने कपड़े की साड़ी पहना दी जाती। ये पुतला जादू-टोने का डरावना हथियार ज़्यादा और गुड़िया कम दिखती। सुधा इस चिंदियों के लोथड़े को कलेजे से चिपकाए घूमती। प्लास्टिक की गुड़िया के कड़क हाथ-पैरों में जीवंत नर्माहट नहीं होती।

नानी के घर पर पड़ोसी दोस्त मिंटू की मम्मी सुगढ़ महिला थीं। वह सिलाई मशीन पर कपड़े के खोखले पजामे में नाड़े डालने की नली सिलकर उसके भीतर चिंदियाँ भर-भर गुड़िया के हाथ-पाँव के आकार बनातीं। गोल सिर के लिए आंटी बड़ी सफ़ाई से तुरपाई कर चेहरा, काले ऊन से गुड़िया की चोटी, लाल घाघरा सिल चुनर ओढ़ा देतीं। मिंटू की गुड़िया के प्रति सुधा का मोह इतना ज़्यादा था कि वो उसके सपने में आती थी। उसकी गुड़िया तुरंत जन्मे बच्चे जितनी बड़ी थी। जब-जब मिंटू अपनी गुड़िया लेकर नानी के घर आता सुधा देर तक गुड़िया के बाल सहलाती, साड़ी निकाल सीधा पल्ला, उल्टा पल्ला बनाते हुए फिर-फिर पहनाती। कभी थपकियाँ देकर सुलाती या कभी दीवार से टिकाकर उसका रूप निहारती। घर पर पड़ी पुराने कान की झुमकी कानों में टोच देती और कभी बम भोले के प्रसाद में मिली सुनहली धागे की माला लपेट-लपेट चूड़ियाँ

पहनाती, कभी उसकी लंबी चोटी सामने कर देती कभी पीछे कर झीने आँचल से झलकने देती। मिंटू की गुड़िया आने पर घर पुलक से भरा-भरा लगता जैसे कोई विशेष मेहमान की मौजूदगी का एहसास। नानी का वो शहर असंख्य बाल स्मृतियों से भरा था। राजनांदगाँव से आए एक लड़के ने अँगूठी पहनाकर बचपन के उस शहर से हमेशा के लिए जोड़ दिया।

सुधा को आज स्कूल पहुँचते ही स्टाफ़ रूम में बधाई-बधाई और पार्टी-पार्टी का शोर संतोषजनक लग रहा था। जैसे सरकारी दफ़्तर में बहुत दिनों से रुकी कोई फ़ाइल आगे बढ़ गई, जैसे कोई गुमी हुई चाभी महीनों बाद मिली, जैसे हड्डी तोड़ने वाले जाड़ों में लंबे इंतज़ार के बाद चमकीला सूरज उगा। लड़के का नाम अब लड़का न होकर विरल है। सुधा को उसका अँगूठी पहना भर देना जैसा नगण्य काम कितना विराट पराक्रम है ये बात मिश्रा परिवार जानता है। अब विरल हर रोज़ सुधा को दिल्ली से फ़ोन करता है। इस बीच राजनांदगाँव से भी सुधा की होने वाली सास फ़ोन करती रहती। उन्हें सुधा से बात करने की जिज्ञासा होती, "बेटा, तुम्हें देखने आने के समय तबीयत ज़रा ख़राब थी सो हम नहीं आ पाए थे। विरल के पापा ने कहा आप घर में आराम करो इसलिए हमारे पड़ोसी पाठक जी संग गए। तुम जब आ जाओगी तब समझोगी कि पाठक जी भी परिवार जैसे ही हैं। विरल तो अब शादी के समय ही दिल्ली से आएँगे तो तुम्हारी शॉपिंग हम ही करेंगे। तुम हमारे यहाँ के रिसेप्शन में साड़ी पहनोगी या लहँगा? तुम्हें जो पसंद हो चढ़ाव में वही भेजवाएँगे।"

सुधा ने संकोच करते बताया, "लहँगा।"

"कौन-सा कलर चाहिए? लाल, गाजरी, रानी कलर, महरून या कत्था?"

"जी क्रीम कलर मुझे बहुत पसंद है। पापा लोगों ने यहाँ विरल की शेरवानी भी क्रीम ख़रीदी है। वो मैच होगी। क्रीम कलर में फ़ोटो बहुत अच्छी आएगी।"

विरल की मम्मी ने संतुष्ट होकर कहा, "ठीक है, हम कक्का को कह देंगे। विरल अपने पापा को कक्का कहते हैं तो हम भी कक्का कहते हैं। गाँव में इनके बड़े भाई के बच्चे कक्का बुलाते थे तो विरल भी कक्का पुकारने लगे। विरल हमको भी मम्मी-शम्मी नहीं बोलते। अम्मा ही बुलाते हैं। तुम भी हमें अम्मा ही बुलाना।"

सुधा का पूरा ध्यान राजनांदगाँव से आने वाले लहँगे पर था। नाप का एक ब्लाउज़ अम्मा जी ने भिजवाने कहा था ताकि वो लहँगे का ब्लाउज़ सिलवाकर रखें। सुधा ने कभी शिप्रा के संग तो कभी अनुराधा और चीनू के साथ जगदलपुर के चप्पे-चप्पे में घूमकर क्रीम कलर के लहँगे के साथ पहनने मैचिंग चूड़ियाँ, क्रीम कलर के मोतियों से भरे मोटे कंगन, क्रीम कलर का बटुआ, क्रीम नेकलेस और क्रीम सैंडिल ख़रीदी। सुधा को जब से मालूम हुआ कि चढ़ाव में लहँगा आ रहा है तब से उत्साह दोगुना हो गया। कल्पना में ख़ुद को स्टेज पर कभी जोधाबाई तो कभी रानी पद्मावती-सी शाही सजधज में खड़ी देखती। लोग दंग रह जाएँगे लहँगे का रंग देखकर। दुल्हन के लाल लहँगे तो सब पहनते हैं। बाबा सही कह रहे हैं लड़के वाले संपन्न लोग हैं। अकेली बहू हूँ इसलिए लहँगा ख़रीदकर ला रहे हैं। माँ ने तो यहाँ लहँगा ख़रीदने से साफ़ मना कर दिया, "एक लहँगे की क़ीमत में दस साड़ियाँ आ जाती हैं। फिर एक बार मंडप के नीचे पहनने के बाद हज़ारों का लहँगा अलमारी में पड़ा रह जाता है। देखी नहीं प्रिया को आठ साल हो गए शादी को, दुबारा कभी वो लहँगा नहीं पहनी। बोलती है उस लाल लहँगे को देखते ही समझ आ जाता है शादी का लहँगा पहनकर आ गई है। किसी और की शादी में ख़ुद दुल्हन की तरह लहँगा पहनकर कार्टून थोड़ी ना लगना है। जयमाला के दो घंटे ही पहन पाएगी लहँगा, फिर तुरंत बदलकर मामा की लाई पियरी पहननी पड़ेगी मंडप के नीचे। अब दो घंटे के लिए हज़ारों रुपये ख़र्च करने से अच्छा है अनुराधा की भाभी का माँगकर पहन ले। साड़ियाँ किटी-फिटी

जैसे पचासों मौक़े पर पहनी जा सकती हैं। पैसा वसूल हो जाता है। वैसे भी लहँगा लड़के वाले देते हैं।"

सुधा के स्कूल की छोटी-सी तनख़्वाह सीधे बैंक में जमा होती थी। माँ ने सुधा को अपने पैसों से भी लहँगा नहीं ख़रीदने दिया। माँ किसी हाल बेटी की शादी में उसका ही पैसा लगने का कलंक मोल नहीं लेना चाहती थी। नमिता कितनी लकी है! नोएडा में बड़ी पोस्ट पर है। अपनी शादी की शॉपिंग ख़ुद के पैसों से की और सारे शौक़ पूरे किए। जिन लड़कियों की आँखों में सबसे बड़ा ख़्वाब दुल्हन बनना बोया गया हो और उन्हें लहँगा पहनने न मिले तो मन तो बुझेगा ही। माँ सुधा को उसकी कमाई भी इसलिए ख़र्च नहीं करने देना चाहती थी कि शादी के बाद उसके ससुराल वालों ने यदि पूछा कि तुम्हारी एक साल की कमाई कहाँ है तो क्या जवाब देगी? क्या मायके वाले लड़की की कमाई से घर चलाते थे? माँ बाबा उसकी हर महीने की जमा तनख़्वाह का पासबुक भी दहेज के संग भिजवाना चाहते थे।

माँ भी ससुराल से लहँगा आने की बात सुन बहुत ख़ुश हुई। उन्हें मालूम था कि सुधा को लहँगे का जी जान से शौक़ है। सुधा हमेशा से पत्रिकाओं, टीवी और फ़िल्मों में मॉडल या हीरोइन के पहने लहँगों का बारीकी से मुआयना करती कि बॉर्डर पर दुल्हन की पालकी बनी है या बारात की घोड़ी या शाही सवारी के हाथी या नाचते मोर। लहँगे की हर कली अलग रंग की है या एक ही रंग की। लहँगे और चुन्नी के बॉर्डर की चौड़ाई अलग है या एक-सी। लहँगा तो चढ़ाव में मंडप के नीचे आधी रात में मिलेगा मतलब जयमाला तक सुधा को नहीं मिल पाएगा। कोई बात नहीं जयमाला में अनुराधा की भाभी का लहँगा पहन ले मगर कम-से-कम ससुराल के रिसेप्शन में सुधा अपना लहँगा पहनेगी। चलो अब बताने के लिए उसके भी पास होगा 'मेरी शादी का लहँगा'। सुधा शादी की शॉपिंग के लिए जिस-जिस दुकान में क्रीम बटुआ, क्रीम चप्पल, चूड़ी ख़रीदने

गई हर जगह चहककर बेवजह ही बताती– भइया, मेरा लहँगा क्रीम है न, इसलिए क्रीम रंग के झुमके ही चाहिए।

सुधा घड़ी-घड़ी लहँगे की सोच मुस्कुराती रहती। लहँगे के अनोखे रंग चयन से लोग चमत्कृत हो जाएँगे। जाने इस हँसी-ख़ुशी के बीच अब भी कभी-कभी पुणे से अपने भाई के साथ आया वो अभागा याद आता जिसका नाम लड़का था। काश उस भीगे हुए लड़के की शादी लग गई हो! विरल और सुधा हर दिन फ़ोन पर एक घंटा बातें करते और बाक़ी के तेईस घंटे इस एक घंटे को सोचते। कितना हसीन है दो जोड़ी आँखों का एक सपना देखना। आज बाबा कक्का से फ़ोन पर बात कर रहे थे तो माँ ने बाबा को इशारे से कहा भी– द्विवेदी भाई साहब से कहिए कि भाभी जी से मेरी बात करा दे। बारात में कितनी लेडीज़ आएँगी पूछना है।

कक्का ने कह दिया कि मिसेज़ द्विवेदी अभी घर पर नहीं हैं। फ़ोन रखने के बाद बाबा उलझन में रहे, "अनीता, एक बात समझ से बाहर है। जब-जब मिसेज़ द्विवेदी फ़ोन करती हैं तब-तब द्विवेदी जी घर पर नहीं होते और जब द्विवेदी जी बात करते हैं तो वो मिसेज़ द्विवेदी से बात नहीं कराते। उस दिन जब द्विवेदी जी से बैंड और जनवासा को लेकर बात हो रही थी तो मैंने उनसे कहा कि आज विरल से उसकी शेरवानी को लेकर बात हुई। इतना सुनकर द्विवेदी जी ज़रा व्यंग्य से बोले, अच्छा आपको विरल ने फ़ोन किया था? मैंने कहा, सुधा को फ़ोन किया था तो मैंने भी बात कर ली। ऐसा लगा उनके बेटे से मैंने बात की ये बात उन्हें पसंद नहीं आई। शादी की तैयारियों से संबंधित हर बात करने उनके पड़ोसी पाठक और मिसेज़ पाठक फ़ोन करते हैं। द्विवेदी जी ख़ुद से कभी नहीं फ़ोन करते। उनके बिहाफ़ में चेले-चपाटे सिपाहियों के फ़ोन आते हैं। परिवार में तीन लोग और तीनों का कोई कोऑर्डिनेशन नहीं है। द्विवेदी जी से पूछो कि विरल दिल्ली में कहाँ रहता है? शादी के लिए कितने दिन की छुट्टी लेकर आएगा? कुछ पूछो तो बोलते हैं कि आप विरल से फ़ोन करके

पूछ लीजिए। आपकी तो डायरेक्ट बात होती है न? उनको फ़ोन लगाने से पहले मैं अजब-सा दबाव महसूस करता हूँ। कल फिर उनके पड़ोसी पाठक जी का फ़ोन आया था। बोल रहे थे कि हम लोग 100 बाराती रहेंगे। आप स्वागत की व्यवस्था अच्छे से करिएगा। सुनकर बुरा लगा। द्विवेदी जी के अलावा कोई और मुझसे नहीं कह सकता कि मैं अपनी बेटी की शादी की क्या और कैसी व्यवस्था करूँ। उनके अंडर में काम किए थाना इंचार्ज, इंस्पेक्टर वग़ैरह सब लड़के वाले का रुआब दिखाने पर आ रहे हैं।"

माँ ने समझाया, "अरे डीएसपी साहब की गुड बुक में आने फ़ोन लगा लेते होंगे।"

बाबा खिन्नता से बोले, "अनीता, देखा नहीं तुमने उस दिन जब वो जनवासा देखने आए तो द्विवेदी जी तो चुप हाथ बाँधे खड़े थे। साथ के अब्दुल्ला ज़्यादा दीवाने होकर सवाल कर रहे थे- मिश्राजी, जनवासे से बारात निकालेंगे तो मैरिज हॉल यहाँ से दो किलोमीटर है। मिश्राजी, सुबह का नाश्ता होटल में होगा या मैरिज हॉल में? मैं अनजान लोगों को रिपोर्टिंग करने में कंफ़र्टेबल नहीं था। मैं लड़के के फ़ादर से मुख़ातिब होऊँगा न कि उनके यार-दोस्तों से। कॉन्स्टेबल तिवारी को मैं बोला, तिलक और शादी में सिर्फ़ हफ़्ते भर का गैप है। हम लोग विरल के लिए सूट तिलक में लाएँगे। क्या पता शादियों के सीजन में टेलर इतनी जल्दी सिलकर दे या नहीं। रेडीमेड सूट करवा दें क्या? वो तिवारी विरल के लिए बोल रहा है, अरे मिश्राजी आपको क्या करना है वो साला सूट सिलवाए या नहीं। आप क्यों हेडेक ले रहे हैं। मैं दंग था अपने साहब के बेटे को साला कैसे बोल सकता है! उनके संग आई चंडाल चौकड़ी को खाने के स्टॉल में क्या-क्या रख रहे में इतना इंटरेस्ट और बारात में दूल्हे का सूट नहीं भी रेडी हो तो चलेगा! ऐसे कैसे सबके पास हमारे घर का फ़ोन नंबर है कि जब मन पड़ा फ़ोन घुमा रहे हैं! कल उनके अंडर काम किए सब इंस्पेक्टर मजूमदार का

फ़ोन आया– मिश्राजी ठंड की शादी है। द्विवेदी जी ने कहा है कि मक्के की रोटी, सरसों का साग होना ही चाहिए। वो तिवारी बहुत फूहड़ है। ख़ुद की बेटी नहीं है तो तमीज़ छोड़ दिया है। बोल रहा था सुधा के ब्लाउज़ बड़े गले के नहीं होना चाहिए। क्या मैं अपने बंटी की शादी लगने पर लड़की वालों के घर यार-दोस्तों से फ़ोन करवाऊँगा?"

माँ ने बाबा को शांत कराया, "द्विवेदी जी की कोई डिमांड नहीं है। राम जाने ये चंगु-मंगू उनसे छिपकर उछल रहे हैं। जाने दो। परिवार अच्छा है। यदि दकियानूस भी है तो सुधा को तो विरल के साथ दिल्ली में रहना है। होली-दिवाली में आएगी। अकेली बहू है, लाड़ ही मिलेगा। ये बाहरी लोगों के फूहड़ हस्तक्षेप के बारे में जब शादी के बाद सुधा अपने ससुर जी को बताएगी तो उन्हें भी बुरा लगेगा।"

सुधा ने आज विरल को फ़ोन पर बताया, "अम्मा जी मेरे लिए क्रीम लहँगा ख़रीद रही हैं।"

विरल को आश्चर्य हुआ, "अम्मा से तुम्हारी बात होती है?"

अब ये सुधा के लिए अचरज़ की बात थी, "अम्मा जी ने आपको नहीं बताया कि वो रोज़ फ़ोन करती हैं? वो तो बता रही थीं हर दिन आपसे बात होती है।"

विरल ने बात का रुख़ मोड़ दिया, "चलो मतलब तुम्हारा क्रीम लहँगा आ रहा है। कक्का को तुम्हारी शॉपिंग के लिए विभा दीदी का इंतज़ार करना चाहिए था। कक्का पाठक अंकल, तिवारी अंकल के साथ मार्केट जाकर एक ही दिन में सब उठा लाएँगे।"

"क्या मेरे कपड़ों की शॉपिंग भी कक्का करेंगे?"

"हम्म!"

सुधा को अजीब लगा। उसने लेडीज़ आइटम की ख़रीदारी जेंट्स को करते नहीं देखा था। विरल को कैसे बताए जिन्हें आप अदब से तिवारी अंकल बुला रहे हो वो मेरे ब्लाउज़ पर कमेंट करते हैं और आपको साला

बोल रहे थे। चुप रही।

शादी का दिन आ गया।

बैंड और पटाखों के शोर में घोड़ी में बैठा विरल मन में सुधा को दुबारा देखने की बेताबी छिपाए बारातियों का बेक़ाबू डांस देख रहा था। शिप्रा, अनुराधा, चीनू, बेबी जिज्जी, सनी बाहर बारात देखने दौड़े। भूपेंद्र मामा, बाबा, बड़े पापा, बंटी, प्रभु अंकल सारे लोग समधी भेंट के लिए शॉल, नारियल, फूलों की माला पकड़े पहले से ही स्वागत गेट पर खड़े थे। नशे में झूमते पुलिसिया बारातियों को देखकर बाबा को झटका लगा। तिवारी, पाठक, मजुमदार के पैर लड़खड़ा रहे थे। स्कूल टीचर मिश्राजी ने शराब पीना तो दूर, छुआ तक नहीं था। लल्ली बुआ ने मुँह पर हाथ रख लिया, "महादेव की बारात है। एक-एक बाराती टुन्न है। दुल्हा होश में है या नहीं, देखो तो?"

भूपेंद्र मामा लल्ली बुआ के पास आकर फुसफुसाए, "बढ़िया है। जीजाजी राजनांदगाँव के, राजनांदगाँव में कब शादी तय करके निकल गए मुझे ख़बर नहीं लगने दिए। क्या हम शादी तुड़वा देते? बहुत चतुर कौवा गंदगी में बैठता है। मेरे को मालूम चला है कि ये द्विवेदी साहब की न तो बेटे से बात होती है न बीवी से। बेटे की बात न माँ से होती है न बाप से। दिखावे के लिए सिर्फ़ एक छत के नीचे रहते हैं तीनों। मैं तो कुंडली निकाल लिया हूँ इनकी। सुधा के अँगूठी पहन लेने के बाद जीजाजी ने फ़ोन करके मुझे बताया– अरे भूपेंद्र अचानक ही सब हो गया। वो सुधा को देखने आए और तुरंत ही तय हो गया। तो मैं बोला– भुगतने दो।"

लल्ली बुआ की आँखें फट गईं, "आँए? ऐसा कैसा जीवन? एक-दूसरे से बात किए बिना कैसे गुज़ारा चल रहा है?"

भूपेंद्र मामा बैंड के शोर में लल्ली बुआ के कान में मुँह घुसाकर रहस्योद्घाटन का रस ले रहे थे, "द्विवेदी जी ठहरे पुलिस ऑफ़िसर और

बीवी मिली देहाती। तिस पर मानसिक रोगी। काल्पनिक बातें करती है। द्विवेदी जी ने इलाज भी करवाया मगर फ़ायदा नहीं हुआ। डॉक्टर बोलता है पति प्रेम से पेश आए तो शायद ठीक हो जाए। ये लोग नाम के ब्राह्मण हैं। बाहर दारू, मुर्ग़-मसल्लम सब चलता है और हमारे जीजा जी शुद्ध शाकाहारी।"

लल्ली बुआ अचंभे में पगला गई, "क्या सुधा की सास पागल है? काली भैया को उससे बात करने के बाद समझ नहीं आया? राम-राम, बेचारी सुधा के भाग्य में क्या लिखा है!"

भूपेंद्र मामा अपने होंठों पर उँगली रख लल्ली बुआ को चुप रहने का इशारा किए, "खाना-वाना सब बनाती है। पूरी तरह पागल नहीं है।"

स्टेज पर दुल्हन बनी बैठी सुधा को देख लल्ली बुआ को तरस आने लगा, "भूपेंद्र भाई, पागल के साथ रहने वाला देर-सवेर पागल हो ही जाता है। जे तो भला हो कि सुधा को राजनांदगाँव में नहीं रहना है। नहीं तो कालीचरण भइया और अनीता भाभी आठ-आठ आँसू रोते।"

स्टेज पर सुधा जयमाला पकड़े चारों ओर से शिप्रा, अनुराधा, चीनू, सुमन मामी, लुबिया दीदी से घिरी खड़ी थी। विरल सुधा के गले में जयमाला डालने पंडितजी के इशारे का इंतज़ार कर रहा था। ऑर्केस्ट्रा के गानों, बारातियों के शोर-गुल, बुफे की लाइन में खड़े लोग, रिश्तेदारों के मेल-मिलाप, पंडितजी के उच्च स्वर में मंत्रोच्चार, दूल्हे के दोस्तों के हुल्लड़, आपने खा लिया, कब आए, ठंड बहुत है, साड़ी तो बड़ी सुंदर लग रही है, बृजेश भैया को देखा क्या... जैसी गड्डमड्ड, अफ़रा-तफ़री के बीच जयमाला पहने आज़ू-बाज़ू बैठे दो दिलों की बढ़ी स्पंदन की ख़बर किसी को न हुई और उन दो जोड़ी मदिर आँखों को भी लोगों के हंगामे का ये पूरा कारोबार दिखाई नहीं दिया।

शिप्रा भागी हुई आई, "हाय सुधा, मंडप के नीचे तेरे ससुराल वाले चढ़ावे का सूटकेस खोल रहे हैं। चल अब जाकर मेरी तरसी नज़रों को

क्रीम लहँगा देखने मिलेगा। मैं भी अपनी शादी में तेरे जैसा ही आयूरी लहँगा विथ गोल्डन वर्क लूँगी। सुन मैंने आज ही लेदर का एक क्रीम बैग ख़रीदा है। तू राजनांदगाँव के रिसेप्शन पर स्टेज में मेरा गिफ़्ट किया बैग पकड़ना। तेरे लहँगे के साथ मैचिंग जाएगा।"

पंडितजी के बुलाने पर अनुराधा और शिप्रा ने सुधा को मंडप के नीचे लाकर पाटे पर धीरे से बैठा दिया। अग्नि कुंड के सामने बैठी सुधा को देख लुबिया दीदी के मुँह से बरबस निकल पड़ा, "सुधा लक्ष्मी जी जैसी दिख रही बिलकुल!"

बंटी अपनी हँसी रोक नहीं पाया, "लक्ष्मी जी को आपने कब देखा लुबिया दीदी?"

"तू चुप कर, देखने दे।"

चाची ने ख़ूब हाहाकार मचाया कि सुधा की शादी पैसे वाले घर में लगी है। देखे ज़रा चढ़ाव में क्या लेकर आए हैं।

थोड़ी देर पहले खाने की प्लेट पकड़े इधर-उधर घूमते सजे-धजे लोगों से भरा पार्टी लॉन रात 12 बजे सूना पड़ने लगा और भीतर फूलों से बने मंडप के नीचे छिछोरे आशिक़ों, रंगीन तितलियों, पान चबाते बुज़ुर्गों, सिर ढँकी बहुओं, दौड़ते बच्चों की सरगर्मी बढ़ने लगी। सुधा के दोनों तरफ़ शिप्रा, अनुराधा, चीनू, लुबिया दीदी, लल्ली बुआ, भावना मामी बैठ गए। विरल के साथ उसके दोस्त, विभा दीदी और उनकी छुटकी-सी बिटिया लोरी बैठी थी। पंडितजी ने चढ़ाव सामने रखने कहा। विभा दीदी साथ में आई महिलाओं की मदद से एक के बाद एक सामान निकालकर एक बड़ी सूप पर सजाती जा रही थी। गहनों के डब्बे खुले, सुधा का इसमें उसका राई भर आकर्षण न था। हाय मेरा लहँगा जल्दी सामने रखो।

विभा दीदी ने गहने के डब्बों के बाद साड़ियाँ निकालना शुरू किया। एक के बाद एक भारी कामों वाली और अंत में सभी सामान एक सूप में सजा दिया। मगर ये क्या, इसमें क्रीम लहँगा नहीं है! लल्ली बुआ माँ के

कानों में फुसफुसाई, "भाभी, तुम तो कह रही थी लहँगा ला रहे हैं। ये तो सब साड़ियाँ हैं। नहीं लाना था तो कम-से-कम बोलना नहीं था और बोल दिया तो हर हाल लाना चाहिए।"

माँ ने कमज़ोर आवाज़ में कहा, "हो सकता है सोचा हो कि जब राजनांदगाँव में पहनना है तो इतना वज़नी लहँगा लेकर जगदलपुर क्यों जाएँ?"

लल्ली बुआ ने आँखें तरेरी, "अरे वाह! ये ग़ज़ब कही। तो क्या ये पूरा चढ़ाव वापस राजनांदगाँव नहीं जाएगा। यहाँ लेकर आते तो हम लोग भी सब देख लेते एक नज़र। बाद में तो सुधा की फ़ोटो से ही देखने मिलेगा।"

लुबिया दीदी ने बात सँभाली, "हो सकता है सुधा की सास उसको वहाँ मुँह दिखाई में लहँगा दें। सास को एक बड़ा सामान मुँह दिखाई में देना पड़ता है।"

माँ को ये सही लगा। उन्होंने लुबिया दीदी की बात को दोहराना शुरू कर दिया, "असल में मैं बताना भूल गई थी। सुधा की सास लहँगा राजनांदगाँव में मुँह दिखाई में देने वाली हैं।"

सुधा चुप सिर झुकाए पंडितजी के निर्देशों का पालन कर रही थी। जाने कितनी बार हाथ बढ़ाकर पंडितजी से पीले चावल और फूल लिए और जाने कितनी बार गणेश गौरी पर छोड़े। पंडितजी के कहने पर कभी विरल उसकी अक्षत भरी हथेलियों को अपनी अँजुरी में लेता तो कभी दीपक घुमाते हुए विरल का हाथ वो थामती। बावजूद इस प्रथम अनुरागी स्पर्श से सुधा का मन क्यों अछूता रह गया। सूप में पड़ी साड़ियों की तरफ़ देखने का मन न हुआ। सामने जलते अग्नि कुंड के आगे मन बुझ गया।

कितना अरमान था कि मेरा लहँगा मंडप के नीचे सब देखें। लुबिया जिज्जी, छबि मौसी, जयंती मामी, लल्ली बुआ, शिप्रा, अनुराधा क्या लहँगा देखने 12 घंटे का सफ़र करके राजनांदगाँव जाएँगे? वो तो जब कभी साल-दो साल में जगदलपुर माँ से मिलने आएँगे तब एलबम में देखेंगे।

इतने दिनों से सबको बता रही थी कि चढ़ाव में लहँगा आ रहा है। अब चढ़ाव में नहीं आया तो सब तो झूठ मानेंगे। राजनांदगाँव में जाकर मुझे लहँगा मिले और मेरी दुनिया के लोग नहीं देख पाए तो क्या फ़ायदा!

बेटियों की नर्म पलकों में शादी के लहँगों की डोरियाँ बचपन से उलझा दी जाती हैं। जवान होते-होते ये कच्चे धागे एक झीनी-झीनी बुनाई करते हैं। व्रत करवाए अच्छे वर के लिए, पतला करवाया अच्छे रिश्ते के लिए। बाबा बेटी की नौकरी लगने से गंगा नहीं नहाते बल्कि उसके हाथ पीले करके गंगा नहाते हैं। बेटी की शादी का ज़िम्मा माँ-बाप का है, माँ-बाप को ही लड़का ढूँढना है। जवान बेटी जिसे वोट देने का सरकारी अधिकार है मगर जीवनसाथी के चयन के लिए माता-पिता पर आश्रित है।

'मैया ऐसा वर ढूँढना जैसे सीता जी के राम हैं
नगरी अयोध्या-सी जिसके बराबर चारों धाम हैं'

अभी चढ़ाव में लहँगा आया होता तो सब कितनी ललचाई नज़रों से ताकते। सितारों से जगमगाते गोटों के वज़न से लहँगे को उठाने दो लोग लगते। कितनी बातें सुनने मिलती! हाय कितना भारी लहँगा है! इसकी कारीगरी देखो– आठ कली का है। सुधा वहाँ के रिसेप्शन में लहँगा बाँधने से पहले हील पहनकर देख लेना कितना ऊपर बाँधना है। वर्क इतना किया है कि कमर में रैशेज आ जाएँगे। ऊपर से डालते समय हेयर स्टाइल न बिगड़ जाए। मैं इठलाकर पुलक छिपाती झूठ-मूठ ग़ुस्सा करती– हाय इतना भारी लहँगा कैसे सँभालूँगी! मैं तो इसके भीतर डूब जाऊँगी!

भले जयंती मामी मुझे यहाँ लहँगा पहने ना देख पाती लेकिन चढ़ावे में देख लिया होता तो इसमें मेरी कल्पना कर लेती। एक दुल्हन के सौंदर्यवृद्धि के सबसे बड़े साधन का वैभवशाली प्रदर्शन तो हो जाता। कक्का को बताया क्यों नहीं गया कि सुधा को कह दिया है कि लहँगा चढ़ाव में आ रहा है तो अब जगदलपुर ले जाना पड़ेगा! मंडप के नीचे महिलाओं के बीच सुगबुगाहट थी कि लहँगे वाली बात कोरी गप्पबाज़ी

थी। अनुराधा की भाभी का लहँगा ही पहनाकर शादी निपटा दी। सुधा को सबके आगे बहुत अपमानित महसूस हो रहा था।

फूलों से सजी कार में विरल, सुधा, विभा दीदी, लोरी, नागेंद्र जीजाजी और बाक़ी के बाराती बस में जगदलपुर से राजनांदगाँव के लिए निकले। कार में बैठी सुधा के मन में लगातार यह एहसास बना रहा कि जीवन से कोई बेहद अपना रिश्ता जुड़ गया। विरल ने विभा दीदी और नागेंद्र जीजाजी के संकोच में रास्ते में कोई बात नहीं की। यक़ीन नहीं हो रहा था कि ये वही विरल है जो रोज़ दिल्ली से फ़ोन करता है। थोड़ी-थोड़ी देर बाद कोई रेस्टोरेंट देख बाराती-बस चाय-नाश्ते के लिए रुकती और पीछे-पीछे चल रही फूलों से सजी कार भी थम जाती। अँधेरे में कार तेज़ गति में दौड़ी जा रही थी। ज़रा देर बाद लगा जैसे किसी शहर की रौशनी जगमगा रही है। दोनों तरफ़ दुकानों वाली मुख्य सड़क से होते हुए कार शहर की गलियों में प्रवेश करते हुए ज़रा देर बाद झटके से एक बड़े घर के सामने रुकी। नागेंद्र जीजाजी सामने वाली सीट से पलटकर हँसे, "सुधा, तुम्हारा और मेरा ससुराल आ गया।"

विभा दीदी ने सुधा को पकड़कर नीचे उतारा। माँ ने सुधा को समझा रखा था कि दुल्हन की चाल इतनी धीमी होनी चाहिए कि उसे चलने में दो लोगों की सहायता लगे। मुख्य गेट पर परछन का सूप पकड़े अम्मा जी स्वागत के लिए खड़ी थीं। एक रात पहले जगदलपुर वाला शोर आज यहाँ मचा था– 'बारात आ गई! बारात आ गई!'

द्विवेदी विला के गेट में एक पाटे पर खड़े विरल और सुधा के ऊपर से बुरी नज़र उतारने वाली आटे की गोलियाँ सिर से उतारते हुए अम्मा बेवजह हँस रही थीं। सुधा को महसूस हो रहा था कि इन ढेरों अपरिचित चेहरों के बीच एक अटूट रिश्ता बाज़ू वाले पटे में खड़ा था। सुधा को भीतर महिलाओं से भरे एक कमरे में लाया गया। बाहर से आ रही ढेरों मर्दाना आवाज़ों में भी सुधा विरल की आवाज़ स्पष्ट पहचान रही थी। ज़रा देर

में एक युवा लड़की पास आकर बैठ गई, "आप कितनी थक गई होंगी न भाभी? बड़ा लंबा सफ़र था।"

सुधा ने हाँ में सिर हिला दिया।

"भाभी, मेरा नाम कँवल है। मैं विरल भैया के मामा की लड़की हूँ। भोपाल में रहती हूँ। मैं भी बारात में जगदलपुर गई थी। हम लोग बस से लौटे आप कार में थीं। भीड़-भाड़ में आपने देखा नहीं होगा। आपका सूटकेस यहाँ बुआ जी के कमरे में मँगवा ले रही हूँ।"

सुधा ने असमंजस में पूछा, "कौन बुआ जी?"

"अरे आपकी सासू माँ मेरी बुआ हैं न, भाभी। ये कमरा बुआ जी का है और बाज़ू वाला फूफाजी का।"

सुधा सोच में पड़ गई। कँवल सच कह रही है? कक्का और अम्मा जी के कमरे अलग-अलग हैं?

सारे मेहमान अम्मा से बात करते हुए लगातार उनका मज़ाक़ बना रहे थे। शायद उनकी अल्पज्ञता और व्यावहारिक समझ की कमी की वजह से जबकि कक्का के रुआब का ज़लज़ला था– कक्का पूछ रहे हैं बस से सारा सामान उतर गया? कक्का के लिए खाना निकला? कक्का अब सोने जाएँगे। कक्का अपने ही घर में मेहमान और शादी में आए रिश्तेदार मेज़बानी करते दिख रहे थे। द्विवेदी विला के जिस कमरे में सुधा बैठी थी, वह अम्मा जी का था।

घर वो जगह होती है जहाँ भीतर आते ही आदमी दुनिया के आगे ओढ़ा बनावटी आवरण उतार देता है। घर वो जगह है जहाँ व्यक्ति सबसे ज़्यादा सहज, नैसर्गिक, सुरक्षित और आधिपत्य का क्षेत्र समझता है। आत्मा जितनी शरीर के भीतर है, शरीर उतना ही घर के भीतर। घर दीवारों का नाम नहीं बल्कि नदी, पहाड़ वाली इस दुनिया के भीतर ख़ुद की बनाई एक दुनिया है। दुनिया से कटकर घर के भीतर वो सुकून मिलता है जो पंछी के डैनों में छीपे चूज़ों को। सुधा को महसूस हुआ कि इस घर में वो

बात नदारद है। लग रहा है घर बस एक रास्ता है गुज़र भर जाने का। जहाँ ठहराव का इत्मीनान नहीं है। अम्मा जी और विभा दीदी यहाँ मेहमान की तरह लग रही थीं। उन्हें अगले दिन के रिसेप्शन से संबंधित कोई जानकारी नहीं थी। कौन-सा सामान कहाँ रखना है पूछने पर दोनों दायें-बायें झाँकती हैं। दोनों में निर्णय लेने की क्षमता नहीं है या पारिवारिक अधिकार नहीं। कुल मिलाकर सुधा को पहले दिन ही समझ आने लगा कि द्विवेदी विला में कक्का के आगे हर व्यक्ति बौना है। कक्का की परछाई दिखते ही हँसी-ठट्ठे वाली महफ़िल में सन्नाटा आ जाता लेकिन कक्का बाहर लॉन में अपने रिटायर्ड ऑफ़िसर दोस्तों के साथ ठहाकों से महफ़िल सजाए रहते हैं। उनके सामने से सबको बिना बात किए गुज़रना है या खड़े रहकर बात करना है। बड़ा पोस्ट आर्थिक रूप से कमतर रिश्तेदारों के लिए इतना महत्त्वपूर्ण हो जाता है कि सम्मान और चापलूसी में फ़र्क़ मिट जाए।

इस समय सुधा अम्मा के कमरे में दुल्हन बनी जगदलपुर की याद कर रही थी। चीनू बिदाई में कितना रो रही थी। कल रिसेप्शन में बंटी, चीनू, भूपेंद्र मामा, सनी आएँगे। माँ और बाबा जगदलपुर में हैं। वो राजनांदगाँव के रिसेप्शन में नहीं आ रहे। बेटी के घर कैसे खाएँगे? मुझे क्यों लग रहा कि मैं यहाँ सिर्फ़ दो-चार दिन के लिए आई हूँ? इस घर में महिलाएँ इतना फुसफुसाकर बातें क्यों करती हैं? सब कुछ अजीब लग रहा है। नई दुल्हन ससुराल की दीवारों, खिड़कियों, दरवाज़े, बर्तनों, टेबल, मेज़ तक पर पति की छाप देखती है। दीवारों के पार भी पति की परछाई महसूस करती है। विरल संग बँधी गाँठ का अनुगमन करती अपने परिवार, सहेलियों, शहर, घर को कितनी दूर छोड़ आई। आज से सिर्फ़ दो दिन पहले जगदलपुर के घर में सुधा की पूरी रात आँसुओं में डूबी थी, मगर किसी को ख़बर ना हुई। हाय! अब हमेशा मेहमान की तरह आऊँगी यहाँ।

विभा दीदी भीतर आई, "सुधा, नहा लो। शाम को सत्यनारायण कथा है।"

विभा दीदी के कहने के बाद सुधा सत्यनारायण की कथा के लिए सूटकेस से साड़ी निकाल बाथरूम गई। ये बाथरूम अम्मा जी का है। कँवल ने बताया, कक्का जी का बाथरूम बहुत बड़ा बाथटब वाला है। विरल भैया का कमरा, बाथरूम सब ऊपर है। उनको नीचे के हिस्से में आए सालों हो गया होगा। महावर रंग की जरीदार साड़ी में कथा के लिए विरल के बाज़ू में बैठना द्विवेदी विला की पहली सुखद घटना हुई। पंडितजी ने ढेरों धार्मिक क्रिया-कलाप और कर्मकांड कराए जो विरल के साथ भर होने से भले लग रहे थे। सुधा को कल का इंतज़ार था। कल रिसेप्शन में उसे क्रीम लहँगे में किसी राजवाड़े की महारानी दिखना था। वो तो अच्छा हुआ शादी के ऐन एक दिन पहले अनुराधा ने क्रीम प्लास्टिक फूलों का आइडिया दिया। उस आयूरी चुन्नी का झीना-झीना पल्लू काढ़ने से जब जूड़े में खूसे क्रीम रंग के ही गुलाब झलकेंगे तो मैं ख़ुद पर वारी-वारी जाऊँगी। कथा समाप्त होते ही विभा दीदी सुधा को फिर भीतर अम्मा के कमरे में बिठा गई। सुधा को यहाँ की और अपने परिवार की महिलाओं में विभाजन रेखा स्पष्ट दिख रही थी। जगदलपुर वाले घर में चीनू, सुधा और बंटी तीनों बाबा से घंटों इधर-उधर की बातें करते हैं। बाबा माँ का बहुत ख़याल रखते हैं। छुट्टियों वाले दिन बाबा माँ से गप्प मारते रसोई के दरवाज़े पर पेपर पढ़ते ताकि माँ खाना बनाती ऊबे न।

आज द्विवेदी विला में सुबह से ही हलचल है। कोई रात के रिसेप्शन के लिए अपने कपड़े आयरन के लिए ले जा रहा है तो कोई नये जूते लेने राजनांदगाँव के बाज़ार की पतासाज़ी कर रहा है। बाहर लॉन में लगे बुफे में मेहमान चाय-नाश्ता कर रहे हैं। सुधा को अब ग़ुस्सा आने लगा कि अम्मा जी या विभा दीदी को अब तो लहँगा दे देना चाहिए। रात के रिसेप्शन में कौन क्या पहनेगा पर सब बातें कर रहे हैं। सुधा सिर झुकाए अम्मा जी के कमरे में बैठी है। चारों तरफ़ मेहमानों के सूटकेस, फूल भरे टोकरे, नाश्ते की जूठी प्लेटें, किराये के गद्दों का पहाड़, पूजा-पाठ के

सामानों का ढेर लगा है। ढेरों अजनबी चेहरों से घिरी सुधा चुप सबकी बातें सुन रही है। हर कोई ख़ुद में व्यस्त था। बड़े दाँतों वाली उस महिला ने एक लड़के को आवाज़ दी, "चिन्ना, पापा से जाकर बोलो उनकी भूरी शर्ट इस सूटकेस में नहीं है। लगता है घर पर ही भूल आए हैं। अब रात में पहनने ख़रीदनी पड़ेगी।"

सिर ढँकी एक नई-नवेली बहू हरी कांजीवरम अपनी गोद में फैलाते हुए कँवल को बता रही थी, "हम ये साड़ी रात में पहनेंगे। तुम्हारे भैया भी हमसे मैचिंग का कुर्ता पहन रहे हैं।"

विभा दीदी नाश्ते की प्लेट पकड़े सुधा के पास बैठ गई, "रात में तुम क्या पहन रही हो सुधा?"

सुधा को जैसे इसी सवाल का इंतज़ार था, "मैंने ख़ुद अभी तक नहीं देखा दीदी। आप अम्मा जी से कहकर मेरा रात का लहँगा निकलवा दीजिए।"

विभा दीदी चौंकी, "तुमने अपना लहँगा अम्मा के पास रखवाया है? अम्मा, सुधा क्या बोल रही है?"

अम्मा खींसे निपोरने लगी, "लहँगा नहीं ख़रीदे हैं। हमने मिसेज़ पाठक से बोलकर कक्का को कहवाया भी कि हम सुधा को लहँगे का बोल चुके हैं। कक्का ने कहा अब साड़ी ख़रीदी जा चुकी है। लहँगे पर पैसे नहीं डालेंगे।"

सुधा अम्मा को देखती रह गई। विभा जीजी अपना नाश्ता ख़त्म करते हुए उठी, "एक काम करो सुधा, तुम्हारे सूटकेस में से कोई भारी-सी साड़ी पहन लो।"

सुधा पल भर को विचारशून्य हो गई। सुधा ने बुझे मन से चुपचाप अपना सूटकेस खोला। सूटकेस में सबसे ऊपर रखी क्रीम रंग की सैंडल, कंगन, चूड़ी, फूल-मोतियों की माला, पर्स को उनके वैभवपूर्ण तिलिस्म के प्रदर्शन से वंचित कर दिया गया। शिप्रा और अनुराधा के साथ जगदलपुर

की गली-गली भटकना, क़ीमतों पर हुज्जत करना और सामान घर लाने के बाद रुई के गोलों के रंग वाले लहँगे की कल्पना करते दिन गुज़ारने के उन सपनों का अब कोई मोल नहीं। विभा दीदी हाथ पोछती पास आकर बैठ गई, "ये लाल साड़ी पहन लो। चलो तुम्हें और मुझे पार्लर जाना है रेडी होने।"

सुधा का मन हो रहा था कि पार्लर जाने से पहले एक बार दूर से ही सही विरल को देख ले। विभा दीदी की बेटी लोरी जब-जब 'मामा' पुकारती, सुधा की नज़र बाहर बरामदे में दौड़ती। मेहमानों की मौजूदगी की वजह से विरल सुधा वाले कमरे में आया ही नहीं। इतनी भीड़ में भी कितना अकेला महसूस कर रही थी किसी को समझ नहीं आया। विभा दीदी के साथ सुधा पार्लर चली गई, मगर तैयार होने का सारा उत्साह ख़त्म हो चुका था। मेकअप पूरा करने के बाद पार्लर वाली ने सुधा को मीठी आवाज़ में निर्देश दिया, "अब आप लहँगा पहन लीजिए। चुन्नी मैं पिनअप कर दूँगी।"

सुधा ने सकुचाते हुए कहा, "आप ये साड़ी पहना दीजिए।"

तैयार होने के आधे घंटे बाद दुल्हन बनी सुधा विभा दीदी के साथ कार में बैठी थी। कार ने तेज़ी से रिसेप्शन के लिए निर्धारित होटल का रुख़ किया। होटल पहुँचने पर विरल पहले से स्टेज पर मौजूद था। सुधा ने उड़ती नज़र डाल आँखें तर कर लीं। लहँगे का ग़म ज़रा-सा हल्का पड़ा। तभी अचानक चीनू, सनी, भूपेंद्र मामा, मामी, लुबिया दीदी और बंटी सामने आ गए। चीनू ने पहला वाक्य कहा, "हाय सुधा दीदी, लहँगा नहीं पहना आपने?"

सुधा ने दबी आवाज़ में जवाब दिया, "अरे अम्मा जी ने ऐसे ही कह दिया था कि लहँगा ख़रीदा है। नहीं लिया था इन लोगों ने।"

चीनू चुप रह गई। स्टेज पर लगातार आते नये-नये अजनबी चेहरों का अभिवादन करते हुए भी सुधा लगातार दूर चुपचाप खड़े चीनू और बंटी को

देख रही थी। बड़े बेचारे से लग रहे थे। रात बारह बजे वे सब लौट गए। बंटी और चीनू तीन दिन राजनांदगाँव में ही भूपेंद्र मामा के यहाँ रुक गए ताकि सुधा को पग फेरे के लिए लेते चलें। सुधा को द्विवेदी विला में आज चौथा दिन है, बिना कक्का के आमने-सामने आए। उन्होंने सुधा से एक शब्द बात नहीं की। शायद वो विभा दीदी सहित सभी महिलाओं से एक फ़ासला रखते थे। पंकज भैया इस बात को भी बड़े फ़ख़्र से बताते कि, "कक्का ने कभी भी अपनी माँ, बीवी, बेटी, बहन कोऊ से बात नहीं की। कक्का से कछु बहुते ज़रूरी बात हो तो एक लाइन में बोलो और आँख के आगे से हट जाओ। मगर फ़िक्र और ख़बर सबकी रखते हैं वो। विभा और विरल की चिंता रहती उन्हें। अब देखो, कक्का का अपने परिवार से क्या संबंध से हमको क्या करना! हम किसी के घर की पंचायत में क्यों घुसें! उनका व्यवहार हमारे साथ बहुत बढ़िया है। सुख-दुख में सबसे पहले आकर खड़े होते हैं। पागल बीवी से तलाक़ नहीं लिया, ये बड़ी बात है।"

आज परिवार की सभी महिलाएँ शादी की आख़िरी रस्म कर रही हैं। वे सुधा को एक-एक करके पायल, साड़ी और छोटे-छोटे उपहार देने लगीं। रस्म ख़त्म होने के बाद सुधा को फिर से भीतर वाले कमरे में बैठने बोल दिया गया।

तभी अचानक विभा दीदी ने दबी आवाज़ में पूछा, "बड़ी अम्मा अभी तुम्हें कोई अँगूठी पहनाकर गईं क्या?"

सुधा आश्चर्य में पड़ गई, "नहीं दीदी।"

विभा दीदी ने ग़ुस्से में दाँत पीसा, "हम उनका स्वभाव जड़ से जानते हैं इसलिए फ़ौरन आए। बड़ी अम्मा बाहर कक्का को जाकर एक बड़ी-सी अँगूठी दिखा आईं ये कहकर कि सुधा को पहना रहे हैं अपनी तरफ़ से। फिर हमारे पास आईं और डायरी में नोट करवाया कि हमने अँगूठी दी है नोट करो। मुझे खटका हुआ इसलिए तुमसे पूछने आई।"

सुधा ने आश्चर्य व्यक्त किया, "कक्का को बता दो कि अँगूठी नहीं

दी है।"

विभा दीदी की आवाज़ बुझ गई, "कक्का को बताने से कोई मतलब नहीं। बड़ी अम्मा जानती हैं कि कक्का से बात करने की हिम्मत किसी की नहीं। विरल और सुधा को क्यों उपहार देना! ख़ैर सुधा, हम अपनी तरफ़ से उपहार बाद में देंगे। अभी तुम लोगों के घूमने जाने में जो ख़र्च हम देंगे उतना अमाउंट नोट करवा दे रहे हैं। ये डायरी कक्का के पास जाने वाली है। विरल को मैंने कहा है कि तुम लोगों को कहाँ घूमने जाना है बता देना मैं टिकट करवा दूँगी। मेरी तरफ़ से यही शादी का गिफ़्ट होगा।"

दो

रिसेप्शन के पाँच दिन बाद बंटी और चीनू के साथ सुधा के जगदलपुर लौटते ही वहाँ के सूने घर में जैसे जान आ गई। माँ, बाबा, शिप्रा, अनुराधा सिर्फ़ पाँच दिन बाद ही ऐसे मिल रहे थे जैसे बरसों बाद मिल रहे हैं। क्या बेटी की शादी जीवन में ऐसा बदलाव लाती है कि सिर्फ़ हफ़्ते भर बाद ही घर आने पर वो मुख्य अतिथि बन जाती है? सारी गतिविधि सुधा के चारों तरफ़ घूमने लगी। माँ आकर पूछने लगी– क्या सब्ज़ी बनाऊँ, शाम को कहाँ चलें? चाचा लोगों से मिल आते हैं, अच्छा राजनांदगाँव में सब कैसे हैं? सास बहुत सीधी लगती है, पर ससुर ज़रा गंभीर स्वभाव के हैं। तेरा तो बड़ा लाड़ हुआ होगा! वैसे भी ससुर बहुओं को प्यार करते ही हैं। छाबड़ा अंकल को नहीं देखा, अपनी बहू को नाम से नहीं पुकारते। बहूरानी या बेटा कहकर ही बुलाते हैं।

सुधा ने शादी के लिए स्कूल से दस दिन की छुट्टी ली थी। विरल अपनी जॉब में दिल्ली वापस लौट गया। सुधा को स्कूल के प्रिंसिपल ने शादी के बाद भी दो महीने और पढ़ाकर बच्चों का सत्र पूरा करने का अनुरोध किया। सुधा यहाँ परमानेंट टीचर थी और इसी स्कूल की दूसरी ब्रांच राजनांदगाँव में भी थी। प्रिंसिपल ने सुधा को सुझाव दिया, "आप चाहें तो राजनांदगाँव की हमारी दूसरी ब्रांच ज्वॉइन कर सकती हैं।"

सुधा, "नहीं सर, मेरे हसबैंड की पोस्टिंग दिल्ली में है। मुझे तो वहीं जाना पड़ेगा।"

सुधा को अभी अगले दो महीने जगदलपुर में ही रहना था। विरल

दिल्ली से हर रोज़ फ़ोन करता। विरल से मिलकर जाना जीवनसाथी में एक दोस्त का मिलना ही जीवन है। सुधा विरल से फ़ोन पर बातें करते हुए बहुत कुछ पूछना चाहती। मसलन, द्विवेदी विला के हालात ऐसे कैसे हुए? आपके घर का माहौल हमेशा से ऐसा है? आप इतने बड़े हो गए बिना कक्का के साथ खेलकूद, हँसी-मज़ाक़ के? मैंने देखा है अम्मा जी कक्का से दरवाज़े की ओट से ज़रूरी बात बता देती हैं। मुझे पाठक आंटी ने बताया है कि कक्का के स्वभाव की वजह से ही विरल द्विवेदी विला की ऊपरी मंज़िल पर टँगा रहा और अम्मा जी बेडरूम में छिपी रहती हैं। कक्का तक आपके और अम्मा जी के मैसेज किसी मिडिएटर के ही थ्रू जाते हैं। आप लोगों ने इतना लंबा जीवन ऐसे असामान्य पारिवारिक माहौल में कैसे निकाल दिया?

कभी-कभी विरल को समझ आ जाता कि द्विवेदी विला की बातें पाठक आंटी सुधा को फ़ोन पर बताती रहती हैं तो सुधा को फ़ोन पर भी उसकी खीज साफ़ समझ आती– पाठक आंटी बहुओं को भड़काने का काम करती हैं क्या? दो साइड से बैटिंग करती हैं।"

इस बीच होली की बधाई देने बाबा ने कक्का को राजनांदगाँव फ़ोन किया और माँ को ख़ुशी-ख़ुशी बताने लगे– सुधा के ससुर जी कितनी अच्छी बातें करते हैं, बड़े प्रसन्नचित्त आदमी हैं।

सुधा सोच में पड़ जाती। विरल, अम्मा, कक्का तीनों अच्छे लोग मिलकर माहौल ऐसा करके कैसे रखे हुए हैं कि द्विवेदी विला में होने भर से दम घुटने लगे। सबका अपना-अपना एरिया और कोई किसी के एरिया में नहीं जाएगा। यदि ये घर न होकर हॉस्टल, होटल, ऑफ़िस होता तो सीमा का पालन करते हुए निषेध क्षेत्र में प्रवेश ना करके या किसी सामान को न छूकर सम्मान बनाए रखा जा सकता है। दीवारों से मकान बनता है मगर घर तो यहाँ रहने वालों में प्रेम की साझेदारी से बनता है। सुधा ने राजनांदगाँव में जो देखा लौटकर माँ को बताया कि वहाँ पूरे पाँच दिनों में

कक्का ने उससे बात नहीं की। आपस में भी तीनों ने एक-दूसरे से बात नहीं करते। घर में चौबीसों घंटे इतना ख़ामोश दबदबा कि हर व्यक्ति एक कोने में दुबका रहे। कक्का सुबह से रात तक ड्रॉइंगरूम के जिस सोफ़े पर बैठते हैं उससे वे पूरे घर पर निगरानी रख पाते हैं। अम्मा का बाहरी लोगों से कोई संबंध नहीं। सुधा को राजनांदगाँव से वापस आए अब एक माह हो चुके हैं मगर अब भी नीचे के हिस्से के कुंदपने को पल भर भी नहीं भूल पा रही थी।

माँ ने सुधा को समझाया, "बहुत से मर्द घर में कम बात करते हैं। उनको लगता है बच्चों और बीवी को मुँह लगाने से सिर चढ़ जाते हैं। तू अभी मेहमानों से भरे घर में देखी है उनको। अब जाएगी तो बात करेंगे।"

विरल ने आज सुधा को बताया कि उसके दोस्त रीतेश की शादी में वो राजनांदगाँव आ रहा है। वो भी जगदलपुर से आ जाए। इसी बहाने चार-पाँच दिन साथ गुज़ार लेंगे। समस्या यह है कि शादी के बाद सुधा की यह पहली विदा है तो ससुराल से किसी को लेने आना ज़रूरी है। सुधा को लेने आने कक्का से कौन कहे? बाबा ने कक्का को फ़ोन किया, "विरल दोस्त की शादी में राजनांदगाँव आ रहे हैं तो आप सुधा को लेने आ जाते तो दोनों शादी अटैंड कर पाते।"

कक्का बेहद ख़ुश हो अपने एक दोस्त के साथ सुधा को लेने आए। जगदलपुर से राजनांदगाँव तक के लंबे सफ़र में कक्का ने सुधा से कोई बात नहीं की। मगर अब धीरे-धीरे सुधा को समझ आ रहा था शायद कक्का परिवारिक रिश्तों में सहज ही नहीं हैं। रास्ते में एक ढाबे में चाय के लिए कार रोकी। कक्का और उनके दोस्त ढाबे में चले गए और सुधा कार में ही बैठी रही। ढाबे में काम करने वाला लड़का एक कप चाय सुधा के लिए कार तक ले आया। रास्ते भर कार के भीतर ख़ामोशी ही थी। ज़रा देर बाद सुधा को समझ आ गया कि सामने में बैठे व्यक्ति कक्का के दोस्त नहीं हैं बल्कि उनके नीचे काम करने वाला कोई हवलदार थे

जो ख़ुद भी रिटायर हो चुके हैं और साहब के साथ बैठकर घूमने भर में सम्मान महसूस करते हैं। कार के भीतर इतनी रुआबदार चुप्पी दोस्त नहीं झेल सकते। वो तो बराबरी से बहस करते हैं, गप्प मारते हैं, न कि इस तरह मूक अनुसरण। उफ़्फ़ कक्का मेरे दिमाग़ में इतना क्यों हावी हैं कि मैं कुछ ही घंटों बाद विरल से होने वाली मुलाक़ात की ख़ुशी महसूस नहीं कर पा रही। आज जाते ही पूछूँगी कि हम हनीमून कहाँ जाने वाले हैं। ये किस रीतेश की शादी के लिए राजनांदगाँव आ रहे हैं। छुट्टी तो ली न आख़िर। यही छुट्टियाँ हम दोनों कहीं बाहर घूमकर बिता सकते थे।

रात आठ बजे कार द्विवेदी विला के सामने रुकी। सुधा उतरने के बाद डिक्की खुलने के इंतज़ार में खड़ी थी ताकि अपना सूटकेस उतार सके लेकिन कक्का ने उसे भीतर जाने का इशारा किया। पहली बार जब सुधा आई थी तब मेहमानों की गहमा-गहमी से अलग आज घर में भयावह सन्नाटा था। ड्रॉइंगरूम से होती हुई अम्मा के बेडरूम की तरफ़ बढ़ी तो वो पर्दे के पीछे छिपी खड़ी मिलीं।

सुधा ने पैर छुआ, "अरे अम्मा जी, आप यहाँ अँधेरे में ऐसे क्यों खड़ी हैं?"

अम्मा ने फुसफुसाकर जवाब दिया, "तुम्हारा इंतज़ार करते खड़े थे, सुधा। विरल भी दिल्ली से आए हैं मगर अभी घर पर नहीं हैं। अभी रीतेश लोग उन्हें लेने आए थे। उनके ही साथ कहीं बाहर गए हैं।"

तभी ड्रॉइंगरूम में कक्का के आने की आवाज़ हुई और अम्मा डरकर अपने कमरे की तरफ़ भागीं। इस उम्र की महिला को ऐसे भयभीत भागते देखना अजीब था। सुधा भी अम्मा के कमरे में आ गई। जाते हुए तिरछी नज़र कक्का के कमरे पर डाली। डबल बेड पर साफ़-सुथरी चादर, किताबों वाली काँच की अलमारी, स्टडी टेबल पर रखा टेबल लैंप, रैक पर अनगिनत दवाइयों की शीशी और दीवारों पर पुता सन्नाटा। कक्का अपने कमरे में चुपचाप घुस गए। सुधा ने महसूस किया कि घर के भीतर

आते ही कक्का ने नाराज़गी का लबादा ओढ़ लिया। थोड़ी देर पहले कार में जिनके साथ बैठी थी वो कक्का भी चुप ही थे मगर नाराज़ नहीं। हमारे यहाँ तो बाबा के इतने लंबे सफ़र से आने के बाद सब संग बैठते हैं। कोई पानी लाता है, कोई चाय बनाता है। सफ़र कैसा रहा? खाने में रोटी बना दूँ या चावल? ये सब पूछता है।

सुधा, "अम्मा जी, विरल सुबह कितने बजे आए?"

अम्मा बिना मतलब हँसने लगीं, "हमें नहीं पता कब आए। गेट पर जब रीतेश लेने आ गया तब हमें मालूम हुआ कि विरल ऊपर आकर जाने कब से बैठे हैं। हमने उन्हें जाते देखा है।"

हे भगवान विरल दिल्ली से आने के बाद अपना लगेज लेकर सीधे ऊपर चढ़ गए! कोई किरायेदार या पड़ोसी हैं जैसे। कक्का की तरह उनके भी ढेरों दोस्त हैं। फ़र्क़ यह है कि विरल अपने दोस्तों को घर के भीतर लाने की हिम्मत नहीं करते या भीतर लाने का उनका मन नहीं होता। ये सब बेहद अजीब है। अम्मा ने कहा, "सुधा, तुम अपना बैग ऊपर ले जाओ।"

तभी सुधा के मोबाइल पर विरल का फ़ोन आया, "तुम आ गई? मैं रीतेश के यहाँ हूँ। लेने आऊँ? सब यहाँ तुम्हें पूछ रहे हैं।"

सुधा अपना सूटकेस ऊपर लेकर आ गई। विरल के लेने आने से पहले सुधा नहा-धोकर शादी में जाने तैयार होने लगी। एक महीने पहले की दुल्हन ज़रा से बनाव-श्रृंगार से फिर दुल्हन लगने लगती है। तभी सीढ़ियों पर तेज़ी से ऊपर आते पदचाप सुन सुधा सतर्क हो गई। विरल सामने था। दोनों के बीच अभी भी संकोच, औपचारिकता की दीवार ढही नहीं थी। विरल एक भरपूर नज़र डाल मुस्कुराया, "हो गई रेडी?"

सुधा झट उसके गले लग गई। इस घर के परायेपन में ये सीना कितना अपना है जैसे जगदलपुर में अपने कमरे का बिस्तर।

"हम्म... चलें?"

"ठीक... है।"

सुधा ने जल्दबाज़ी में कान के झुमके पर्स में डाल लिए यह सोचकर कि कार में बैठकर पहन लूँगी। नीचे जाकर अम्मा जी को बताया, "अम्मा, रिसेप्शन में जा रहे हैं। कक्का कहाँ हैं?"

अम्मा हँसीं, "अपने कमरे में।"

सुधा कमरे के दरवाज़े पर खड़े होकर कक्का से मुख़ातिब थी, "कक्का, रिसेप्शन में जा रहे हैं।"

वो पलटे लेकिन कुछ नहीं कहा। जैसे कुछ सुना ही नहीं।

"हम लोग रिसेप्शन से एक घंटे में आ रहे हैं।"

कक्का अभी भी चुप। सुधा सामने से हट गई। ये सब बेहद अपमानजनक था। हमारे यहाँ तो घर से निकलते समय बताकर निकलते हैं, चाहे पड़ोस में जा रहे हो। सुधा गेट खोलकर बाहर आई तो विरल एक पुरानी बाइक स्टार्ट कर उसका इंतज़ार कर रहा था।

"हम कार से नहीं जा रहे हैं?"

"मेरे पास कार नहीं है।"

इसके आगे सुधा कोई सवाल ना कर सकी। रिसेप्शन में विरल के दोस्तों ने बेहद गर्मजोशी से सुधा का स्वागत किया। महफ़िल में होकर भी सुधा के दिमाग़ में बहुत कुछ चल रहा था। पार्टी से लौटते समय सुधा ने ग़ौर किया कि विरल की बाइक की हेडलाइट के ऊपर विनय लिखा है।

"ये किसकी गाड़ी है?"

"मेरे दोस्त विनय की। अभी पाँच दिन जब तक मैं यहाँ हूँ माँग ली है।"

द्विवेदी परिवार के दोनों पुरुष घर की बाउंड्री से बाहर बेहद भले मगर उस घर के भीतर रहस्यमय हैं। सुधा को इन पाँच दिनों में ऊपर का हिस्सा अपना इलाक़ा लगने लगा। सुधा विरल के पास बैठी उसे जगदलपुर के अपने स्कूल, कॉलेज, बचपन, शौक़, फैंटेसी, दोस्त, टीचर्स, कलीग्स, रिश्तेदारों, पसंदीदा जगहों के बारें में सब कुछ बताती रही। कैसे वो स्कूल

के दिनों में अपनी टीचर की चोटी में काग़ज़ का टुकड़ा फँसाकर आती और कैसे उसने सहेलियों के साथ कॉलेज से भागकर फ़िल्में देखीं। विरल पूरे लाड़ से सुनता लेकिन किसी भी चर्चा का रुख़ उसके परिवार की तरफ़ मुड़ने से पहले थाम लेता। सुधा को महसूस हो गया था कि वो अम्मा और कक्का से संबंधित जिज्ञासा का उत्तर देने के बजाय उखड़ जाता, "रहोगी तो धीरे-धीरे समझ जाओगी। कक्का बहुत ईमानदार और अच्छे इंसान हैं। उनमें अपना पिता तलाशोगी तो दुखी रहोगी। सुधा, तुम्हारे और मेरे पास अभी गिनकर पाँच दिन हैं फिर दोनों अपनी नौकरियों पर लौट जाएँगे। ये सब प्रपंच के लिए ज़िंदगी पड़ी है।"

"अच्छा चलो ये नहीं पूछूँगी। बताओ हम दोनों घूमने कहाँ आ रहे हैं? शिप्रा और अनुराधा ने पूछ-पूछकर परेशान कर दिया है। मुझसे ज़्यादा एक्साइटेड वो दोनों हैं। मैंने कहा मुझे गोवा जाना है। बहुत सुना है गोवा के बारे में।"

विरल ने झिझकते हुए कहा, "अभी तो हम नहीं जा पाएँगे। मेरे सारे पैसे शादी में कपड़े ख़रीदने, दोस्तों को पार्टी देने में ख़र्च हो गए।"

सुधा के दिमाग़ में सोचने के लिए इस घर के सारे पात्र और हाल के दिनों में घटी अनगिनत घटनाएँ थीं। माँ-बाबा ने पुणे वाले लड़के का रिश्ता सिर्फ़ इसलिए ठुकराया था कि उसका परिवार नहीं था, तो क्या ये परिवार है! यहाँ नई बहू उधार की बाइक में घूम रही है और ससुर कार में।

सुधा अगली सुबह नहाकर रात तक नीचे बने रहने आ गई। कक्का के ड्रॉइंगरूम में महिलाएँ नहीं बैठ सकतीं, सुधा को समझ आ गया था। नीचे का दूसरा कमरा कक्का का बेडरूम है, वहाँ भी प्रवेश निषेध। तीसरा कमरा अम्मा का बेडरूम जो एक क़ैद कोठरी ज़्यादा लगता। आख़िरी बची रसोई, यही सुधा का आसरा था। बिना एक शब्द कहे कक्का के आगे चाय का कप रखकर एक सेकेंड में उनके सामने से हट जाना है। सुबह 8 बजे से दोपहर लंच तक काम ख़त्म होने के बाद भी सुधा रसोई

में ही खड़ी रही। विरल के पास ऊपर जाने का साहस न हुआ क्योंकि उसके लिए टीवी देखते कक्का के सामने से गुज़रना होता। रसोई में खड़े-खड़े पैर दुखने लगे तो सुधा वहीं ज़मीन पर बैठ गई। विरल तक पहुँचने सिर्फ़ दस सीढ़ी लाँघने का साहस न हुआ। अम्मा जी बीच-बीच में रसोई में झाँकती और बेवजह देर तक हँसकर फिर वापस अपने बेड पर चली जातीं। कक्का सुबह की चाय के समय जो टीवी ऑन करते तो दोपहर लंच तक लगातार चलती। दोपहर एक घंटे जब वो सोने जाते उसी समय टीवी बंद होती। शाम चार बजे बेडरूम से चाय के लिए बाहर आते तब फिर टीवी ऑन होती तो रात दस बजे तक चलती। कक्का की यदि घर में किसी से बात नहीं तो वो करें भी क्या ? किचन में ज़मीन पर बैठी सुधा को लगातार टीवी की आवाज़ से उबकाई आने लगी। जिस घर में कोई हास-परिहास नहीं वहाँ की मरघट शांति को भंग करने टीवी एकमात्र सहारा था। जब-जब कक्का मोबाइल पर बातें करते, अम्मा अपना बिस्तर छोड़ कमरे से दौड़ बाहर निकलकर ड्रॉइंगरूम की दीवार से चिपक जाती ताकि सुन सके कि कक्का किससे बात कर रहे हैं। दोपहर का खाना बन जाने के बाद सुधा अम्मा को बुलाने उनके कमरे में गई ताकि उनसे इस घर में थाली परोसने का तरीक़ा सीख ले।

अम्मा पहली बार गंभीरता से बता रही थी, "थाली में पहली बार में सब कुछ रख देने के बाद कक्का को दुबारा दाल, सब्ज़ी या रोटी परोसने के लिए पूछना नहीं। उनको बातचीत पसंद नहीं।"

सुधा असमंजस में आ गई, "अगर उनको कुछ दुबारा चाहिए होगा तब ?"

अम्मा, "तुम अलग-अलग बर्तनों में ले जाकर टेबल पर चुपचाप रख देना। उनको यदि चाहिए होगा तो उसमें से अपनी थाली में उड़ेल लेंगे। रोटी आग से उतरने के बाद थाली में पहुँचने में यदि एक मिनट देर हुई तो वे उसको ठंडी मानकर छोड़ देते हैं। थाली में यदि दो रोटी दोगी तो पहली

रोटी खाते तक दूसरी रोटी ठंडी मानकर छोड़ देते हैं।"

सुधा, "लेकिन अम्मा, पहली बार में एक रोटी अशुभ मानते हैं। पहली दफ़ा जोड़े में दी जाती है।"

अम्मा, "जब तक वो खाना खाते रहेंगे दाल का बर्तन गैस पर चढ़ा रहेगा। दुबारा भी परोसो तो दाल उन्हें धुआँ उड़ती चाहिए। हम बार-बार दाल का गैस चालू रखना भूल जाते थे। एक बार कक्का ने हमारा सिर फोड़ा फिर हम कभी नहीं भूले। ये देखो।"

अम्मा माथे के बाल पीछे कर एक पुरानी चोट का निशान दिखा हँसने लगीं। सुधा का कलेजा सन्न रह गया। हमारे यहाँ तो कई बार बाबा माँ के लिए चाय बनाकर बिस्तर पर ही ले आते हैं। माँ और बाबा पक्के दोस्तों की तरह घंटों गप्पें मारते हैं। हे ईश्वर, विरल का बचपन कैसे गुज़रा होगा! सुधा ने चारों तरफ़ नज़र दौड़ाकर देखा। इतनी गंदी रसोई मानसिक अस्वस्थ महिला की ही हो सकती है। कक्का खाने बैठ गए। उनकी थाली निकालने में उतना ही डर लग रहा था जितना गणित का प्रश्नपत्र हाथ में आने के क्षण भर पहले। सुधा ने बड़े मन से खाना बनाया था। हिम्मत बटोर कक्का की थाली टेबल पर रख आई। रसोई से झाँक-झाँककर लगातार थाली पर नज़र जमाए थी कि रोटी का आख़िरी एक निवाला लायक़ टुकड़ा जब थाली में बचा हो तो गैस से तुरंत उतरी रोटी एक अलग प्लेट में रख आऊँ। दो रोटियों के बीच ख़ाली तवा गर्म धुआँ न छोड़े इसलिए लगातार रोटियाँ सेंकनी पड़ती। ये अतिरिक्त रोटियाँ बाद में अम्मा, विरल और सुधा खा लेते।

रोटी रखकर आने के बाद फिर से अलग-अलग कटोरी में दाल, सब्ज़ी रखकर आई यदि उन्हें दुबारा चाहिए तो। अम्मा ने जैसा बताया था एक-एक रोटी प्लेट में छोड़ आती और झाँक-झाँक नज़र रखती कि उस प्लेट से रोटी उठी या नहीं। हमारे यहाँ तो सब लोग एक साथ खाने बैठते हैं। जिसका खाना पहले हो जाए वो सर्व कर देता है। बाबा को कुछ

चाहिए तो कह देते हैं– ज़रा-सा नमक देना तो, आज की सब्ज़ी में तृप्ति होटल जैसा स्वाद है, फ्रिज में देखना ताज़ी मिर्च होगी, कल बाज़ार में बड़ी करारी मिर्च मिली, एक रोटी आग में ज़रा कुरकुरी करके घी चुपड़ देना, सब्ज़ी सिर्फ़ एक कौर के लायक़ देना, आलू मत देना, आज चावल ज़रा-सा लग गया है, अरे इस नींबू में तो रस ही नहीं, सूख गया है, गाँव से आई बिजौरी तलना, दाल की बघार में हींग ज़रा ज़्यादा पड़ गई...

सुधा द्विवेदी विला की रसोई में अकेली खड़ी दीवार की ओट से झाँक रही थी। मालूम नहीं क्यों भीतर से रुलाई फूट रही थी। अम्मा अपने कमरे में थीं मगर हँसने की दबी-दबी आवाज़ बाहर तक आ रही थी। बिना एक शब्द कहे कक्का हाथ धोने उठ गए। उनके उठते ही सुधा ने ढेरों जूठे बर्तन टेबल से तेज़ी-से समेटे। थाली में रखी कटोरियाँ थीं और उतने ही सर्विंग बर्तन थाली के चारों तरफ़, अचार की शीशी, पापड़ की प्लेट। कक्का के हाथ धोकर आने से पहले वह ड्रॉइंगरूम से हट जाना चाहती थी। विरल ने सुबह आठ बजे एक कप चाय पी थी बस। अम्मा की थाली निकालकर उनके कमरे में गई, "अम्मा, विरल को खाना खाने नीचे बुला लूँ?"

अम्मा फिर हँसने लगीं, "तुम्हें क्या लगता है, विरल नीचे के ड्रॉइंगरूम में कक्का के आगे एक भी निवाला गटक सकते हैं? आज तक उनके आगे कुर्सी में नहीं बैठे, सामने खड़े हुए नहीं। हम तो रसोई में ज़मीन पर बैठकर खाते हैं। वो इस कमरे में बैठकर खाएगा?"

सुधा, "तो विरल कहाँ खाते हैं?"

"वो कभी नीचे नहीं आते हैं। हम उनकी थाली ऊपर पहुँचाकर ढाँककर रख देते थे।"

सुधा, "विरल को कुछ दुबारा चाहिए तो?"

नहीं हम एक बार में थाली छोड़ आते हैं। छोटा था तभी से कक्का के सामने डर से नहीं आता था। दोनों बच्चे छिप जाते थे।

सुधा ने अपना और विरल का खाना एक ही थाली में निकाल लिया।

सीढ़ियों पर दो थाली लेकर चढ़ना संभव नहीं था। मगर थाली लेकर कक्का के सामने से निकलने में डर लग रहा था। ये तो अच्छा था कि कक्का खाना खाते ही अपने कमरे में सोने चले जाते हैं। दोपहर दो बजे जब सुधा थाली लेकर ऊपर आई तो विरल टीवी में कोई फ़िल्म देख रहा था। सुधा को लगा जैसे पड़ोसी के घर से खाने की थाली चुराकर लाई है। टीवी देखते हुए दोनों एक ही थाली से खाना गटक रहे थे। सुधा और विरल केवल पाँच दिन के लिए साथ हैं। उसमें भी डर के मारे सुधा सुबह से रात तक नीचे और विरल ऊपर। कक्का ड्रॉइंगरूम में टीवी के सामने ही सुबह की चाय से लेकर रात का डिनर करते। टीवी की तेज़ आवाज़ और कक्का के बाथरूम में होने का फ़ायदा उठा सुधा अपना और विरल का खाना लेकर सीढ़ियों पर दौड़ी। कक्का से ये परायापन क्यों है कि उनके घर में रहना, भोजन करना उनका किया एहसान लग रहा है, जैसे किसी के घर जबरिया रह रहे हैं और काम करके वहाँ रहने का क़र्ज़ चुका रहे हैं!

सुधा की मुश्किल यह थी कि अब ये उसका परिवार है जहाँ उसे एडजस्ट करना सीखना होगा बिना किसी बदलाव की उम्मीद के। कक्का को सुबह की चाय देने के बाद भी सुधा बीच के फ़्री दो घंटे में भी ऊपर नहीं जा सकती क्योंकि कक्का सामने बैठे हैं। लंच अभी से बनाने का कोई मतलब नहीं। विरल टीवी देखते हुए दोपहर तक सुधा के ऊपर आने का इंतज़ार कर रहा था और वो किचन के गंदे फ़र्श में बैठी विरल के पास आना चाह रही थी। सुबह सात बजे से नीचे उतरी सुधा दोपहर खाने की थाली लेकर पहुँची। विरल अच्छी तरह जानता था कि नीचे किसी ने सुधा से कोई बात नहीं की होगी, "इतनी देर तुम नीचे क्या करती रहती हो?"

सुधा ने लाचारी से जवाब दिया, "कुछ नहीं, किचन में तीन घंटे अकेली बैठी थी। आज से दो दिन बाद आप दिल्ली और मैं जगदलपुर वापस।"

विरल अनमना हो गया, "हम्म!"

सुधा इस बार गोवा जाने का सोचकर आई थी। सूटकेस में वहाँ जाने की पैकिंग वैसी ही रखी रह गई। कक्का ने जगदलपुर से आने के बाद इस बार भी सुधा से एक शब्द बात नहीं की। दोपहर तीन बजते ही नीचे से टीवी की आवाज़ फिर आने लगी। कक्का दोपहर के खाने के बाद एक घंटे के लिए सो गए थे।

विरल ने सुधा की तरफ़ देखा, "कक्का को दोपहर सोकर उठने के 10 मिनट के भीतर अपनी टेबल पर चाय चाहिए।"

सुधा ने सवाल किया, "और यदि चाय बनाने वाला ख़ुद गहरी नींद में हो तो?"

विरल बोला, "10 मिनट के भीतर चाय न मिले तो बाहर से पीकर आते हैं। अगले दिन से चाय बनाने वाला डर से दोपहर में सोना छोड़ देगा। उनका तेज़ आवाज़ में टीवी ऑन करना ऐलान है कि मैं सोकर उठ गया, गैस पर चाय चढ़ जाए।"

इतना कहकर विरल हँसने लगा। सुधा को लगा कि हाँ यदि विरल की ज़िंदगी का टाइम टेबल कक्का के सोने, जागने, नहाने, लंच-डिनर के हिसाब से नहीं बँधा है तो यह उसके लिए मज़ाक़ का विषय हो सकता है। कक्का को दोपहर को नहाने के फ़ौरन बाद भीगे बदन खाना चाहिए होता है लेकिन उनके नहाने का वक़्त तय नहीं है। मतलब खाना पकाने वाला रसोई से झाँकता रहे कि कक्का नहाने कब जाएँगे तो गैस पर चावल चढ़ा दे ताकि उनके बाहर निकलते तक चावल गर्म रहे। कक्का खाना एकदम ताज़ा खाते हैं तो खाना बनता ही उनके बाथरूम में नहाने जाने के हिसाब से है तो बाक़ियों की भूख के टाइम का सवाल ही ख़त्म हो जाता है।

विरल ने द्विवेदी विला के नीचे के हिस्से का सर्वथा त्याग कर दिया था। विरल को कक्का से सिर्फ़ एक शिकायत थी कि पुलिस विभाग के सबसे बड़े ऑफ़िसर होकर भी उन्होंने विरल को एक सरकारी स्कूल में पढ़ाया जहाँ विरल के दोस्त तमाम रिक्शा चलाने वालों से लेकर मज़दूर

पुत्र थे। कक्का का तर्क था मैं भी सरकारी स्कूल में पढ़कर डीएसपी बना। कौन उनसे तर्क करता कि आपके पिता किसान थे इसलिए उन्होंने अपने बेटे को सरकारी स्कूल में पढ़ाया। आप यदि उनकी नकल कर रहे हैं तो अपना रहन-सहन भी किसानों-सा रखिए। डीएसपी बनकर आपने अपनी लाइफ़ स्टाइल क्यों बदल ली? क्लब, पार्टी, कार, महँगे म्यूजिक सिस्टम ख़ुद का जीवन स्तर ऑफ़िसर वाला, पत्नी और बच्चों का क्यों नहीं। कक्का के नीचे काम करने वाले हवलदारों तक के बच्चे महँगे स्कूल में पढ़ रहे थे। वे अचंभा करते– हम सिपाही होकर बच्चों को अच्छी शिक्षा देने महँगे स्कूल में पढ़ा रहे हैं। द्विवेदी साहब को देखो इंग्लिश मीडियम में नहीं डाला। नौकरी की गलाकाट प्रतियोगिता में बच्चे के संघर्ष को और खंजर बना दो। माना कि पढ़ने वाले आगे निकल जाते हैं लेकिन पैसा होकर भी बच्चे को माहौल नहीं देना तो गज़ब है।

विभा दीदी को बड़े पापा के पास गाँव में रख दिया। दूसरे के बच्चों को औरतें कैसे पालती हैं, बड़ी अम्मा ने बस वैसे ही विभा दीदी को पाला। विभा दीदी कक्का के लिए समंदर-सा क्रोध सीने में दबाकर कहती– माना अम्मा पागल थीं तो हमें बड़े पापा के घर छोड़ दिया, लेकिन कक्का ने बड़े पापा के घर अगर हमारी खोज-ख़बर रखी होती तो बड़ी अम्मा की हिम्मत नहीं पड़ती हम पर ज़्यादती की। हम छुट्टियों में कभी-कभार बड़ी अम्मा के यहाँ से राजनांदगाँव आते तो विरल की हालत देखकर लगता बड़ी अम्मा का घर ही ठीक है। कम-से-कम वहाँ खाना तो समय पर मिल जाता है क्योंकि उनकी रसोई ही हम सँभाले थे। यहाँ तो विरल सूखी रोटियाँ खाकर जाने कैसे बड़ा हो गया?

कक्का को लगता कि रसोई में राशन भर दिया अब मैं नौकरी छोड़कर खाना तो नहीं पकाऊँगा। पागल बीवी मिली तो बच्चा पालने नौकरी थोड़े न छोड़ूँगा। सुधा अक्सर सोचती कि यदि विरल को शुरू से ही माँ-बाप का भावानात्मक सहारा नहीं मिला तो मन की बात किससे करते थे! रात

की थाली ऊपर लाने के बाद उस दिन पूछा, "आपके दोस्त कौन हैं? कहाँ रहते हैं?"

विरल ने हँसते हुए कहा, "एक चाकू मारकर जेल में है, एक चाय का ठेला लगाता है और बाक़ी कोई भी कुछ ख़ास नहीं कर पाए। वो सब इंसान बहुत अच्छे हैं लेकिन जिन परिवारों से आते हैं, जैसी जगह पर हम पढ़े हैं वहाँ इतनी समझ और सजगता ही नहीं थी कि शिक्षा लाइफ़ में नई राहें खोलती है। जब साथ के दोस्त-यार, जिनके साथ आप दस घंटे बिता रहे हों, के जीवन से शिक्षा नदारद हो तो मेरा मन भी स्कूल के दिनों में पढ़ाई में नहीं लगा। कक्का का मन था कि मैं इंजीनियरिंग करूँ। छोटे बच्चे को दिशा देने के साथ-साथ समय और दुलार भी देना होता है, जो यहाँ था ही नहीं। कॉलेज पहुँचा तो समझ आया कि बिल्कुल अकेला हूँ। तब लॉ करने की सोची। कक्का ने अपने दोस्त को दिल्ली फ़ोन किया जहाँ मैं अब जॉब कर रहा हूँ। दिल्ली में इस जॉब को करते हुए समझ आ रहा है कि यहाँ ग्रोथ बहुत स्लो है। मैं लंबे समय तक इतनी छोटी नौकरी नहीं करना चाहता। दो-तीन साल के भीतर इतना करना है कि तुम्हें एक अच्छी लाइफ़ दे पाऊँ।"

सुधा ने अचंभा किया, "कक्का ने आपसे आपके करियर और जॉब को लेकर बात की?"

विरल बोला, "वो करियर जैसे पर्सनल मुद्दे पर भी पड़ोसियों, दोस्तों और तमाम ग़ैरों को मुझसे बात करने ऊपर भेजते थे। उनका मन था कि मैं बारहवीं के बाद इंजीनियरिंग करूँ। हो सकता है वो मुझसे और अम्मा से बेहद निराश हों। हो सकता है बहू के संग अब उन्हें सामान्य रिश्ते की आस हो। द्विवेदी विला वैसे भी बाहरी लोगों के लिए मनोरंजन का विषय है जहाँ एक छत के नीचे तीन अपरिचित रहते हैं। मुझे अम्मा से कभी शिकायत नहीं रही। उन्हें तो ख़ुद मदद की ज़रूरत रही है। किसके घर पर दिक़्क़त नहीं होती यार लेकिन सब मिलकर सँभालते हैं। कक्का असहमति

बर्दाश्त नहीं कर पाते। यदि आप उनसे असहमत हैं तो वो असहयोग करेंगे। ख़ैर, मेरे पास अभी पूरी लाइफ़ है और मैं अपने पास्ट के बारे में सोचकर फ़्यूचर भी बर्बाद नहीं करना चाहता।"

सुधा को समझ आ चुका था कि द्विवेदी विला में हर रिश्ता अंगद का पाँव है जो टस से मस ना होगा। बदलाव नामुमकिन है। द्विवेदी विला में कक्का ने अब तक सुधा से सिर्फ़ दो वाक्य कहे– नींबू देना, एक सिपाही आएगा, ये लिफ़ाफ़ा दे देना।

यहाँ की घुटन से सिर्फ़ ग्यारह सीढ़ी चढ़कर ऊपर जाने पर विरल के पास आज़ादी मिल पाती। सुधा नीचे किचन का प्लेटफ़ॉर्म पोछकर, जल्दी से अम्मा का खाना देकर सुधा ऊपर भाग गई। इसके अगले दिन विरल दिल्ली और सुधा जगदलपुर निकल गए।

तीन

विरल दिल्ली से हर दिन सुधा को फ़ोन करता। विरल की सैलरी इतनी नहीं थी कि वो दिल्ली जैसे बड़े शहर में सुधा को रखने ठीक-ठाक फ़्लैट किराये पर ले सके। अभी उसे जॉब करते सात महीने ही हुए थे। दो साल सैलरी में भी कोई बढ़ोतरी नहीं होने वाली। उधर सुधा दिल्ली जाने के नाम पर बेहद ख़ुश थी। अनुराधा और शिप्रा बात-बात पर छेड़ते– 'सुधा मेट्रो सिटी वाली है भई!' इस बीच सुधा द्विवेदी विला में दो बार हफ़्ता-हफ़्ता रह चुकी थी। उस दिन भूपेंद्र मामा और सनी सुधा से मिलने द्विवेदी विला आए थे। तब भी सुधा को कक्का के आगे भूपेंद्र मामा से खड़े-खड़े बात करना अजीब लग रहा था। सनी और भूपेंद्र मामा चुपचाप टीवी देखते रहे। सनी छोटा है भाई है इसलिए सुधा के पास किचन में चला आया और हँसने लगा, "सुधा दीदी यार कैसे रहते हो यहाँ? ये तो टीवी दिखा रहे हैं हम लोगों को भी।"

तभी बाहर से कक्का की गरजती हुई आवाज़ आई, "ऐ तू क्या किचन में खाना बना रहा है?"

सनी सहमकर बाहर आ गया। कक्का को सनी का रसोई में जाना पसंद नहीं आया। सुधा रसोई में होंठ चबाते लज्जित खड़ी थी। जिस छोटे भाई से इतना लाड़ है उससे दो पल बैठकर बात नहीं कर पा रही। यदि इनको अपने साथ ऊपर लेकर जाओ तो कक्का के सामने नीचे से चाय लेकर जाने पर ये भाव क्यों आ रहा था कि वो सोच रहे हैं कि सुधा के मेहमानों के लिए मेरे राशन से चाय की ट्रे जा रही थी। मेरे घर पर नये-

नये चेहरे घुसपैठ करने घुसते जा रहे हैं का भाव था। सामानों, घर, रसोई, फ़र्नीचर पर उनका अनकहा एकाधिकार है। भूपेंद्र मामा और सनी जल्दी ही चले गए। उनके जाने की हलचल सुन सुधा बाहर छोड़ने निकली। परिवार का मुखिया जब संवाद न करे तो संवेदनशील सदस्यों को एक रोटी भी खाना उपकार लगता है। खाना भी कक्का से अलग हटकर खाओ। इतनी पर्देदारी कि कक्का के कमरे में आते ही किसी से चलती बात का अपना अधूरा वाक्य पूरा किए बिना भाग जाओ। आने-जाने वाले उनके यार-दोस्त ही उनका रिटायरमेंट गुज़ारने में मदद कर रहे हैं। सुधा के लिए द्विवेदी विला के तानाशाही सन्नाटे के वो पंद्रह दिन न भूलने वाले थे।

बाबा माँ को बता रहे थे, "आज सुधा के ससुर जी का फ़ोन का आया था। बोल रहे थे राजनांदगाँव में एक बड़ा स्कूल है जहाँ के प्रिंसिपल उनके दोस्त हैं। सुधा को वहाँ आसानी से जॉब मिल सकती है।"

माँ को अचंभा हुआ, "विरल दिल्ली में और सुधा राजनांदगाँव में?"

रात में सुधा ने विरल को कक्का के फ़ोन और अपनी राजनांदगाँव की जॉब की बात बताई, "मैं आपके बिना अकेले वहाँ क्या करूँगी? अम्मा अपने कमरे में, कक्का सोफ़े पर। स्कूल से लौटकर मुझे रसोई में क़ैद होना पड़ेगा। कक्का वॉशरूम आते-जाते कई बार मुझे किचन की फ़र्श पर चुप बैठे देख चुके हैं। चाहते तो बोल सकते थे कि ऊपर जाकर आराम कर लिया करो दोपहर में। उन्हें मालूम है कि सुधा का ऊपर जाने का मतलब नीचे कहीं कोई मेहमान आया तो चाय के लिए आवाज़ देना पड़ेगा या चाय में ज़रा देर हो सकती है तो मेरा नीचे ज़मीन में ही बैठी रहना सही है। बाबा ने कहा भी कि विरल दिल्ली में और सुधा यहाँ राजनांदगाँव में? उन्होंने बाबा से कहा कि तो क्या हुआ विरल आते-जाते रहेगा। पति-पत्नी का रिश्ता ऐसा होता है क्या?"

विरल चुप रहा। कहीं-न-कहीं कक्का का ये प्रस्ताव अपने पक्ष में लग रहा था क्योंकि वो सुधा को दिल्ली लाकर अच्छे फ़्लैट में रखने

लायक़ अभी नहीं कमाता था। यदि वो ख़ुद राजनांदगाँव आ जाए तो सुधा द्विवेदी विला में अकेला महसूस नहीं करेगी। विरल के बिना राजनांदगाँव में बेज़ुबान रहते हुए दिन काटना मुश्किल था। माँ ने सुधा को आवाज़ दी, "लो सुधा, तुम्हारी पाठक आंटी का फ़ोन आया है। बोल रही हैं राजनांदगाँव से निकलते वक़्त सुधा मिलकर नहीं गई।"

सुधा ने फ़ोन लिया, "नमस्ते आंटी!"

"नमस्ते बेटा! पड़ोस में रहती हूँ फिर भी बिना मिले तुम जगदलपुर लौट गई। आज तुम्हारे ससुर हमारे यहाँ आए थे। बोल रहे थे कि तुमको राजनांदगाँव में जॉब दिलवा देंगे। मैं तो दंग रह गई। गाँव में बेटे शहर में और बहुएँ सास-ससुर की सेवा करते गाँव में ही रहती हैं। फिर यहाँ राजनांदगाँव में तुम्हारे घर पर कौन हँसी-ख़ुशी का माहौल रहता है! तुम्हारी सास का दिमाग़ ख़राब है तो रसोई में गंदगी और बदइंतज़ामी रहती है। मेहमान आएँ तो बड़ी मुश्किल से चाय मिल जाती है। कक्का को दोस्तों को खिलाने-पिलाने का शौक़ है। कितना भी राशन भरें मगर अम्मा मेहमानों की आवभगत उनके मन मुताबिक़ नहीं कर पाईं। द्विवेदी जी रसोई सँभालने तुमको रखना चाह रहे हैं। सुधा मेरा कोई हक़ नहीं बनता तुम्हारी ज़िंदगी में दख़ल देने का, लेकिन मैंने और तुम्हारे अंकल ने तुम्हारी शादी लगवाने में मिडिएटिंग की थी। आज कक्का ने तुमको यही जॉब दिलवाकर रोकने की बात की तो हम सन्न रह गए। पति-पत्नी का रिश्ता ऐसा होता है क्या कि साल में दो-चार बार मिलो! मेरी भी बेटियाँ हैं सो तुममें कहीं-न-कहीं अपनी बेटी दिखती है। तुम्हारी ससुराल को देखते 25 साल से ज़्यादा हो गए हैं। तुम्हारी सास पागल हो गई है, तुम भी हो जाओगी। विरल तो शादी ही नहीं करना चाहता था।"

सुधा चौंकी, "विरल शादी नहीं करना चाहते थे?"

"अरे वो बोलता था अभी मेरी सैलरी इतनी नहीं है कि बड़े शहर में अच्छी लाइफ़ स्टाइल मेंटेन कर पाऊँ। तुम्हारे ससुर ने सभी दोस्तों से

प्रेशर डलवाया। बोलने लगे मैं बहू को हर महीने पैसा दिया करूँगा। वो विरल पर बोझ नहीं बनेगी इसलिए शायद रोकना चाहते हैं। विरल दिल्ली की जॉब छोड़कर कैसे वापस आएगा? यहाँ कौन-सा द्विवेदी जी उसके लिए बिजनेस डाल देंगे। मैं एक ही सलाह दे रही हूँ तुम और विरल चाहे राजनांदगाँव में रहो या दिल्ली में लेकिन रहो हमेशा जोड़े में।"

पाठक आंटी का फ़ोन रखने के बाद सुधा सोचती रही कि ऑफ़िस में भी यदि कलीग्स से बात बंद हो जाए तो काम करना कठिन होता है। हर परिवार में अदब का अपना पैमाना होता है, मगर ये अदब नहीं ग़ुलामी है जहाँ महिलाएँ बैठक में सिर्फ़ थालियाँ रखने और जूठन उठाने आती हैं। इन लोगों को ग्रामीण परिवेश की बहू लाना था जो उसी तरह पली-बढ़ी हो। कक्का अपनी नौकरी में ईमानदार, कर्तव्यनिष्ठ और मददगार हैं मगर ये द्विवेदी विला की दीवारों के बाहर का मामला है। मैं पूरी उम्र अम्मा जैसे रसोई की ज़मीन पर नहीं गुज़ार सकती। तिस पर जगदलपुर में अलग हल्ला है। सुधा शादी होकर दिल्ली जा रही है। लल्ली बुआ उस दिन फ़ोन पर बोल रही थीं, "सुधा कब से पम्मी बोल रही थी कुतुबमीनार, लाल क़िला दिखाना। अब तुम जाओ तुम्हारे पीछे हम आते हैं।"

अब क्या बोलूँगी कि मैं ख़ुद दिल्ली नहीं जा पाई!

सुधा को धीरे-धीरे समझ आने लगा कि विरल ने दो महीने की शादी के बाद भी अब तक दिल्ली में वो दोनों कहाँ रहेंगे, नये घर के लिए क्या-क्या ख़रीदना होगा जैसे विषयों पर एक बार भी बात नहीं की, बल्कि लगातार यही बोलता है कि दिल्ली में तुम्हें अच्छा नहीं लगेगा। किसी को किसी से मतलब नहीं होता। कभी ये तक नहीं बताया कि मुझे कब लेकर जाएगा। यदि मुझे रख नहीं सकता था तो शादी क्यों की? सुधा अपना भविष्य सोच-सोचकर आधी रात तक जागती रही। विरल संग गाढ़ा स्नेह आज ज़रा विरल होता लगा।

विरल ने सुधा को समझाया, "वैसे भी आदमी अपनी जड़ों से दूर

रहकर सुखी नहीं होता। मैं राजनांदगाँव में आकर कुछ कर लूँगा। इससे तुम्हारी जॉब भी बनी रहेगी। दिल्ली में तुम्हें जॉब मिल भी जाए तो कोई ज़रूरी नहीं कि हमारे वर्किंग प्लेस घर के पास हों। दोनों को अलग-अलग डायरेक्शन में घंटों चलकर जाना और लौटना पड़े। राजनांदगाँव में किसी भी डायरेक्शन में चलो, पंद्रह मिनट में शहर ख़त्म है। यहाँ ख़र्च कम होते हैं। हम दोनों कमाएँगे तो अच्छी लाइफ़ स्टाइल मेंटेन हो जाएगी।"

सुधा उदास हो गई, "राजनांदगाँव में रहने का मतलब है कि महीने में एक शाम भी कहीं बाहर नहीं जाना। अम्मा बता रही थीं कि कक्का ने आज तक ख़ुद से खाना निकालकर कभी नहीं खाया है।"

शादी के तीसरे दिन चौका छुवाई की रस्म में अम्मा पहले ही दिन सुधा को कक्का की थाली सजाने के तौर-तरीक़े समझाकर रसोई से सेवा निवृत्ति ले चुकी थी, "कक्का को एक-एक रोटी चिमटे से उतारकर देनी है, शाम की चाय 4 बजे, रात का खाना 8 बजे, सुबह की दो चाय 15 मिनट के अंतराल में, हर शाम जमने वाली बैठक को चाय-नाश्ता देना। रात के 10 बजे ऊपर जाने से पहले किचन का प्लेटफ़ॉर्म साफ़ करना क्योंकि कक्का को यदि आधी रात में प्यास लगी और वे किचन में गए तो किचन साफ़ होना चाहिए। सबके खाना खा लेने के बाद जूठे बर्तन बाहर आँगन में रख उसमें पानी भरना। लॉन, बरामदे, पीछे आँगन, पोर्च की लाइट्स ऑफ़ करना, घर के सामने और पीछे गेट के ताले ऊपर सोने जाने से पहले लगाना।

सुधा को वो पंद्रह दिन एक क़ैदी-सा जीवन लगा था। एक दिन के लिए कहीं बाहर नहीं गई। कक्का ही कार में बाहर घूमने जाते, लोगों से मेल-मुलाक़ात करते थे। लोग ऐसा कैसे सोच लेते हैं कि एक लड़की जिसकी तस्वीर उसके पिता ने भेजी थी एक दिन उनके घर आएगी और दूसरे दिन से ही घर का एक-एक काम उसकी ज़िम्मेदारी होगी? सब अपनी जगह पर आराम से बैठे होंगे और वो सबके लिए क्यों काम करेगी? उन लोगों

ने इस लड़की के साथ ऐसा क्या किया है कि सुबह से रात उनके नाम कर दे? ऐसा करना ही होता है शायद इसलिए तो लड़कियों को शादी के बाद चूल्हा पुजाई, खिचड़ी परसाई, मुढ़ टिकाई, कोछ भराई होती है, लड़के की नहीं। डिलीवरी के इक्कीसवें दिन भी चौका छुवाई रस्म होती है कि बस बहुत हुआ आराम। मैं क्यों इतना सोच रही हूँ! इस सबसे सिर्फ़ मन ख़राब कर रही हूँ।

विरल दिल्ली हमेशा के लिए छोड़कर इस संडे सुधा को लेने जगदलपुर आ रहा है जहाँ से दोनों सीधे राजनांदगाँव चले जाएँगे। सुधा का मन बुझ गया। शादी के बाद क्रीम लहँगा, गोवा हनीमून, दिल्ली जाना सब एक फ़रेब हो गया। सिर्फ़ एक सच संग था वह था विरल का सुधा के लिए प्रेम। यह प्रेम ही सुधा को अभी भी द्विवेदी विला में रहने की हिम्मत दे रहा था।

आज बंटी विरल को लेने स्टेशन गया है। विरल दो दिन जगदलपुर में रहेगा। चीनू और बंटी ने विरल को जगदलपुर घुमाने का पूरा प्लान बना लिया, "जीजाजी को गुफा लेकर जाएँगे।"

डायनिंग टेबल पर विरल के दोनों तरफ़ बैठे बाबा और माँ बेहद ख़ुश लग रहे हैं। बंटी और चीनू ज़िद कर-करके खिला रहे हैं। द्विवेदी विला के सन्नाटे से जुदा चहकता माहौल। सुधा का अनुमान था कि विरल को भी आकाश-पाताल का ये अंतर समझ आता होगा।

बंटी विरल से लगातार बातें कर रहा था, "जीजाजी, मैं एक बार मुंबई गया था तो एक लड़के को बताया कि बस्तर में रहता हूँ तो वो पूछने लगा बस्तर में तो नक्सली सबको उड़ा देते हैं न? आप लोग जंगल में रहते हो क्या? क्या उधर चींटी की चटनी खाते हैं? अभी भी आदिवासी तीर चलाकर शिकार करते हैं?"

बंटी जीजाजी को इम्प्रेस करने का कोई अवसर जाने नहीं देना चाहता था, "क्या आप जानते हैं कि बस्तर को 'अबूझमाड़' कहते हैं? 'अबूझ...'

मतलब जिसे कोई बूझ न पाए। बस्तर के जंगलों की सघनता और भूल-भुलैया वाली कंदराओं में कई बार तो पूरा गाँव ही नक़्शे से ग़ायब हो जाता है क्योंकि यहाँ के रहवासी जंगलों में कहीं और जाकर बस जाते हैं।"

विरल को बंटी के ज्ञान में कोई रुचि नहीं आ रही थी। उसकी आँखें सुधा का पीछा कर रही थीं। सुधा को छोड़ पूरा मिश्रा परिवार विरल की ख़िदमत में लगा था। अगली सुबह बंटी किसी दोस्त की कार माँग लाया। माँ-बाबा ने बच्चों के साथ घूमने जाने से मना कर दिया। बंटी, सुधा, चीनू और विरल जगदलपुर से कुटुमसर गुफ़ा की तरफ़ बढ़ चले। सड़क के दोनों तरफ़ धूसर जंगल विपरीत दिशा में भाग रहे थे। भरी दोपहर में भी झींगुरों से गुंजित इन जंगली सन्नाटों में कहीं-कहीं सड़क के किनारे बोरा बिछाकर वनोपज बेचते आदिवासी नज़र आ रहे थे। वृक्षों में सरई, बीजा और तेंदू के मध्यम ऊँचे, सामान्य मोटाई के तने, पत्ते मटमैला हरा भूरा रंग लिए और विरलता का सूनापन है। जंगल के बीच में जगह-जगह दीमक द्वारा बनाई लाल मुरमी मिट्टी की बाम्बियाँ द्वारपाल बनी खड़ी हैं।

बंटी कार चलाते हुए विरल को बस्तर की ख़ूबियों के बारे में बताता चल रहा था, "जीजाजी, आपके राजनांदगाँव से ज़रा आगे बढ़ने पर महाराष्ट्र के जंगल शुरू हो जाते हैं। वहाँ के जंगलों में वृक्ष अधिक ऊँचे, घने, मोटे तने, पत्ते गुदाज़, चौड़े और गहरे हरे रंग से संपन्न हैं। लेकिन हमारे बस्तर के जंगल कृशकाय, मुरमी और उजाड़ हैं। यहाँ पेड़ों की ऊँचाई और तने की चौड़ाई सागौन वृक्षों-सी विशालता लिए नहीं है। जीजाजी, यहाँ के आदिवासी आज भी जीवनयापन के लिए वनोपज पर आश्रित हैं। आदिवासी जंगलों को आश्रयदाता, पालनहार और अन्नदाता मानते हैं। अन्य प्रदेशों की तरह हमारे यहाँ पारंपरिक खेती के लिए जंगलों को अंधाधुंध काटा नहीं गया है। इसका एक कारण यह भी है कि यहाँ ज़मीन कृषि योग्य नहीं है। जंगल से मिलने वाले शहद, तेंदूपत्ता, कुकुरमुत्ते, आम, जामुन, करील, इमली, गोंद, धूप, सीताफल, ताड़फल,

कंदमूल, जड़ी-बूटियाँ, महुआ जैसे वन्य उत्पादों को साप्ताहिक हाट में बेचना ही इनका व्यवसाय है। बस्तर की ज़मीन खेती योग्य न होने के कारण यहाँ के जंगल मनुष्यों द्वारा की जाने वाली कटाई से तो सुरक्षित हैं लेकिन इन जंगलों से वनोपज चुनने, शहद, गोंद एकत्रित करने और जानवरों को शिकार के लिए तलाशते आदिवासियों की निरंतर आवाजाही से जंगल के दुर्गम भीतरी भागों में भी इंसानी पहुँच है। यही कारण है कि यहाँ के जानवर अपने प्राकृतिक आवास पर हुए मानवीय अतिक्रमण से या तो ख़त्म हो गए या पलायन कर चुके हैं। इस लिहाज़ से वन्य जीव प्रेमियों को बस्तर के जंगलों से ज़रा-सी निराशा होगी।

इतने दिनों बाद विरल के साथ होना सुधा को बहुत सुखद लग रहा था मगर जगदलपुर से अब की विदा असल विदा होगी। जगदलपुर के जाने-पहचाने रास्तों को विरल के साथ नापते हुए विदा कहने की घड़ी। मेरा जगदलपुर। नारायणपुर, सुकमा, केशकाल, झीरम घाटी के अंदरूनी भागों में तीर कमान से जानवरों का शिकार करने वाले आदिवासी समुदाय भी बस्तर के इन हाट बाजारों में ख़रीदारी करते दिख रहे हैं।

सड़क किनारे बिछे बोरों पर बिकने ताड़ी, आस-पास के तालाबों से पकड़े मेढक, मछली, केकड़े, कछुवे सहित जंगली मुर्ग़ और कई जंगली फल– महुआ, तेंदू, मीठे चार, कुसुमफल, पत्तलों में चींटी की चटनी, सरगी के दातून दिखे। ताड़ वृक्ष की लंबी पत्तियों से बने टोकरे, सूप, झाड़ू, चटाई, टीन की पेटियाँ, जरमन के बर्तन जैसे रोज़मर्रा की ज़रूरत के सामान बिकने के लिए एक रस्सी से बँधे झूल रहे थे। आदिवासी कन्याओं को लुभाने कौड़ियों के गहने, गिलट की पायल, प्लास्टिक की चप्पलें, जंगल से बटोरे गए मोरपंख, गौर के सींगों से बना मुकुट भी मड़ई की शोभा बने थे। मड़ई में मर्दों के मनोरंजन के लिए मुर्ग़ों की लड़ाई चल रही थी। लोगों के शोर मचाते हुए गोल घेरे के बीच में दो जंगली मुर्ग़ मजबूती से उछल-उछलकर एक दूसरे पर आक्रमण कर रहे थे।

बंटी ने कहा, "जीजाजी, मैं आपको अभी जहाँ ले जा रहा हूँ, वह जगह आज़ादी के बाद खोजी गई। इस गुफा में पहली बार एक आदिवासी किसी जानवर का पीछा करते पहुँच गया था। हमारे बस्तर की कुटुमसर गुफा का नाम भारत के सात आश्चर्यों में है।"

गुफा से ज़रा दूर पर बंटी ने कार पार्क कर दी। सुधा को जंगल के भीतर की हल्की ठंड में धूप और विरल का साथ भला लग रहा था। आज का ये दिन भी गुज़र जाएगा। इतनी मेहमाननवाज़ी करता बंटी और लाड़ जताती चीनू दो दिन बाद मेरे संग नहीं होंगे। दो दिन बाद ऐसी दोपहर में मैं रोटियों की गंध और टीवी की आवाज़ से लिपटे किचन में खड़ी रहूँगी। जहाँ बात करना तो दूर तुमने खाना खाया या नहीं पूछने वाला भी कोई नहीं।

तेज़ क़दमों से गुफा की तरफ़ आगे चलती चीनू ने आवाज़ दी, "सुधा दी, जल्दी बढ़ो।"

दो पहाड़ियों के बीच की बेहद तंग दरार ही गुफा का प्रवेश द्वार है जिसे देख विरल को अचंभा हुआ। इतनी सँकरी जगह कि तिरछा होकर उस पथरीली पहाड़ी अँधेरी कंदरा की ढलान पर पीठ सटा सरकते हुए नीचे उतरना है। उन पथरीले दीवार के उभारों से चिपके हुए नीचे उतरने पर आगे यह अँधेरा रास्ता बंद-सा लगता है लेकिन ठीक इसी बंद जगह से यू-टर्न ले सुरंग फिर आगे बढ़ती है। पाताल लोक जाती इस सुरंग का फिर नया प्रवेश द्वार जिसमें घुटनों के बल बैठकर और सिर झुकाकर नीचे उतरना पड़ता है। घोर अंधकार में जगह-जगह गाइड टॉर्च लेकर खड़े है। भीतर ऑक्सीजन की कमी की वजह से एक बार में नियत संख्या में ही लोगों को प्रवेश दिया जा रहा है। सुधा को ऐसी तंग, अँधेरी, बंद जगह से अजीब-सा दम घुटने का भय होता है। सुरंग के स्याह गलियारे में सिकुड़कर खड़े रहने पर जाने क्यों द्विवेदी विला के किचन में खड़े होने का एहसास हुआ। ये दहशत दिमाग़ से हट ही नहीं रही है। अँधेरे में उसके

हाथों को एक हाथ ने थामा। भरोसे की यह पकड़ कितनी सुखद है।

विरल का हाथ थामे बढ़ते हुए एक संकुचित द्वार से सिकुड़कर प्रवेश करते ही सामने अद्‌भुत नज़ारा था।

गुफा की छत की ऊँचाई 70 फीट तक है। जगह-जगह गुफा की छत से लेकर नीचे ज़मीन को छूते प्राकृतिक नक्काशीदार पाषाण स्तंभ पिघली मोमबत्ती की प्रतिकृति लग रहे थे। जंगल के बरसाती पानी के तेज़ बहाव ने पहाड़ों को बड़े-बड़े छेद में विभक्त कर भेदते हुए अपने लिए प्राकृतिक पाइप बना लिया है। गुफा के भीतर घुसे लोग एक विशालकाय पथरीली सीवरेज पाइप के भीतर यात्रा कर रहे थे। चीनू ने विरल की तरफ़ पलटकर कहा, "जीजाजी, यदि आप बारिश में आए होते तो यहाँ नहीं घूम पाते। बरसात के दिनों में गुफा में पानी भरा होने की वजह से दो-तीन महीने बंद हो जाती है।"

गुफा में अलग-अलग कक्ष में प्रवेश करते हुए सब लोग बढ़ते ही गए। भीतर की ज़मीन जैसे पत्थर की लहरें या चट्टानी नदी-सी थी। ज़मीन पर धीरे-धीरे डगमगाते हुए विरल का हाथ थामे सुधा आगे बढ़ रही थी। बरसाती पानी के तेज़ बहाव से गुफा की भीतरी पथरीली दीवारों का तराशा हुआ कलात्मक कटाव दुनिया की बेहतरीन से बेहतरीन नक्काशी से भी बेहतर।

टॉर्च की रौशनी में गाइड ने दीवारों पर पिघले मोम से उभार, झूलकर लटकती झक्क सफ़ेद मनहर आकृतियों के दर्शन करा अचंभित कर दिया। पथरीली फिसलन पर पैर जमाकर कभी ऊपर, तो कभी नीचे होते अँधेरे में गिरने से बचने के लिए गुफा की पत्थर से बनी दीवारों के उभार थामे, बंटी, चीनू, सुधा और विरल काफ़ी दूर तक आगे बढ़ते गए। गुफा की पथरीली फ़र्श पर पानी भरे छोटे-छोटे जलकुंड जैसे पाषाण प्याले हों। इन्हें लाँघकर आगे बढ़ने पर हर थोड़ी दूरी पर खुले-खुले कक्ष मिले। सिर ऊपर करने पर तिमंज़िला ऊँचाई लिए मंदिर से प्राकृतिक गुंबद जहाँ की छत पर

पिघला हुआ सफ़ेद चूना पत्थर किसी होटल की लॉबी के बड़े झूमर की तरह लटक रहा है। कहीं पर आदमक़द पहरेदार-सी पाषाण आकृति तो कही विशाल वट वृक्ष की प्रतिकृति बनी हुई धवल चूना चट्टानें। विश्व में अपने क़िस्म की अकेली प्रजाति की अंधी मछलियाँ इसी गुफ़ा के भीतर पानी भरे गड्ढों में पाई जाती हैं। रौशनी के अभाव में इन मछलियों की आँखों पर एक परत चढ़ गई है। इस भौगौलिक मायाजाल, प्राकृतिक तिलस्म और अय्यारी में दो घंटे बिताकर सभी बाहर आ गए।

सभी लोग फिर कार में सवार हो गए। बंटी ने तिल चिक्की का डब्बा विरल की तरफ़ बढ़ाते हुए बताया, "जीजाजी, अब हम जहाँ जा रहे हैं चित्रकोट वाटर फाल। उसे अपने अर्धवृत्ताकार रूप की वजह से एशिया का नियाग्रा भी कहते हैं। बारिश में चित्रकोट ज़्यादा पानी की वजह से बिलकुल नियाग्रा वाले रूप में होता है लेकिन बारिश में आने वालों को पानी भर जाने के कारण कुटुमसर गुफा जाने नहीं मिलता।"

जलप्रपात तक जाने बंटी ने एक नौका बुक कर ली। सभी लोग नाव में बैठ ऊँचाई से गिरती विशाल जलराशि के क़रीब पहुँच गए। पानी के वेग से नाव डगमगाने लगी। ऊँचाई से गिरते पानी के शीतल छींटों से रोम-रोम भीग गया।

विरल ने पूछा, "ये कौन-सी नदी है ?"

सुधा ने कहा, "इंद्रावती नदी।"

शाम घिर आई। सभी घर की तरफ़ बढ़े। जंगली रास्तों में कच्चे झोपड़ों को सुरक्षा की दृष्टि से चारों तरफ़ से बाँस से की गई घेराबंदी, फुलवारी, दौड़ते-भागते बच्चे, पानी के बर्तन ले हैंडपंप की तरफ़ जाती घुटनों तक सूती साड़ी पहनी आदिवासी महिलाएँ दिख रही थीं। कुछ झोपड़ों के आस-पास भुट्टे और सूरजमुखी के पीले फूलों से भरे छोटे-छोटे खेतों में 'ग्राम्य जीवन' एक ख़ूबसूरत मोड़ पर ठहरा हुआ-सा लग रहा था। विरल यहाँ की ख़ूबसूरती देख हतप्रभ रह गया, "बंटी, यार बस्तर इतना सुंदर है

मुझे मालूम ही नहीं था!"

बंटी बस्तर की तारीफ़ से गदगद हो गया, "अरे जीजाजी, टूरिज़्म के लिहाज़ से काफ़ी पीछे छूट गए बस्तर के लिए कई कारण ज़िम्मेदार हैं। जंगली और पहाड़ी दूरूह रास्ते, मुख्य संपर्क मार्ग का अभाव, माओवादियों का ख़ौफ़ और सरकार की बेरुख़ी। पर्यटन को बढ़ावा देने इस स्थान की धार्मिकता को भी योजनाबद्ध तरीक़े से प्रचारित करना चाहिए। श्रीराम ने वनवास का लंबा समय यहाँ के दंडकारण्य वन, जो कि वर्तमान का दंतेवाड़ा है, में व्यतीत किया था। बस्तर के दशहरा-आयोजन की शाही भव्यता देखने वाले आज भी दाँतों तले उँगलियाँ दबा लेते हैं। देश-विदेश के तमाम आधुनिक फ़ोटोग्राफ़र शरीर ढकने से बेसुध इन आदिवासी महिलाओं की फ़ोटो का दुनिया भर में प्रदर्शन कर प्रतियोगिता जीत चुके हैं। यहाँ के आदिवासी युवक-युवतियों के बिना विवाह साथ रहने की घोटुल परंपरा को ओपन सेक्स बोलकर चटकारेदार रिपोर्ट छापते हैं। बस्तर के नक्सलवाद पर सार्थक पहल किसी सरकार ने नहीं की। बस्तर अपनी जनजातीय परंपराओं और टोटकों की वजह से ज़रूर पिछड़ा रहा लेकिन शहरी सभ्यता से अछूता इसका आदिम सौंदर्य अनोखा है, जीजाजी। आपको घुमाने में मुझे बहुत अच्छा लगा। मैं जब राजनांदगाँव आऊँगा तो आप मुझे भिलाई स्टील प्लांट और डोंगरगढ़ मंदिर घुमाना।"

विरल और सुधा चुप रहे। विरल बंटी को ये कैसे कहे कि कक्का अपनी कार छूने तक ना दें। द्विवेदी विला में आए हर मेहमान को कक्का भिलाई प्लांट और डोंगरगढ़ मंदिर घुमाने ले जाते ही हैं। कक्का के पोस्ट के चलते राजनांदगाँव का हर आदमी उनके मेहमानों की ख़ातिरदारी करने आतुर रहता है। मगर बंटी और चीनू को वो शायद ही घुमाए। कल जगदलपुर से सुधा और विरल उसी घर में रहने निकलने वाले हैं जहाँ कभी किसी ने फ़ोन करके नहीं पूछा कि कब आ रहे हो। आज की रात सुधा को नींद नहीं आ रही है। भविष्य को लेकर अनजानी आकुलता। दूसरे कमरे

से माँ की आवाज़ आ रही है– 'अरे चाशनी वाली मिठाई क्यों ले आए? ट्रेन में ले जाने सही नहीं होती। द्विवेदी जी को अचार बहुत पसंद है। उनकी पड़ोसन मिसेज़ पाठक ने बताया था।'

सुधा बेचैन हो करवट बदलने लगी। विरल के साहचर्य की क़ीमत बहुत बड़ी है। ख़ुद का अस्तित्व भुलाकर सुबह से रात तक रसोई में रहना। रात 10 बजे ऊपर आने के बाद वॉशिंग मशीन पर कपड़े धोना या कमरे की सफ़ाई जैसे पर्सनल काम करना।

आज रात की ट्रेन है। सुधा ने जगदलपुर के अपने प्रिंसिपल से राजनांदगाँव के प्रिंसिपल को फ़ोन करवाकर ट्रांसफ़र केस की बात कर ली। जगदलपुर में सुधा की गिनती बेस्ट टीचर में थी इसलिए राजनांदगाँव के प्रिंसिपल बेहद प्रसन्न थे लेकिन उन्होंने सुधा के आगे एक शर्त रखी। समाचारपत्रों में इस पोस्ट के लिए वह पहले ही विज्ञापन निकाल चुके हैं तो बाक़ी उम्मीदवारों की तरह सुधा अपना बायोडाटा जमा कर दे। सुधा की नियुक्ति शत-प्रतिशत तय है। राजनांदगाँव और जगदलपुर के दोनों स्कूल एक ही संस्थान के हैं सो संस्था अपना बेस्ट टीचर किसी हाल नहीं छोड़ेगी। इधर कक्का ने भी सुधा के नये प्रिंसिपल से बात की थी इसीलिए उन्हें ये गुमान था कि सुधा की जॉब उन्होंने लगवाई है। बाबा को फ़ोन पर बोल भी दिया कि सुधा को यहाँ जानता कौन था राजनांदगाँव में। बाबा को ये सुनकर बुरा बहुत लगा लेकिन चुप रहे। अलबत्ता सुधा को ज़रूर कहा कि तेरे ससुर को कभी अपने सर्टिफ़िकेट दिखाना। तेरे प्रिंसिपल ने अपने पूरे करियर में ऐसा ब्रिलियंट टीचर नहीं देखा, ऐसा उन्होंने ख़ुद कहा था, इसलिए राजनांदगाँव के स्कूल में जॉब ट्रांसफ़र दिया है। लोग अपने नालायक़ बच्चों की कमियाँ छिपाते हैं। ये तो बोल रहे हैं सुधा को जानता कौन था? सभी जगह पुलिस डिपार्टमेंट जैसा करप्शन नहीं चलता। स्कूल को अपने बच्चों के लिए बेस्ट टीचर चाहिए, न कि द्विवेदी जी की बहू। उनको मालूम नहीं है क्या तू उनके घर शादी की बात चलने से पहले ही

इस संस्था में नौकरी करती थी।

माँ, चीनू, बाबा, बंटी सभी सुधा और विरल को स्टेशन छोड़ने आए। ट्रेन ने खिसकना शुरू किया तो रोती माँ, चीनू, हाथ हिलाते बंटी और बाबा धीरे-धीरे दूर होकर ग़ायब हो गए। सुधा ट्रेन की खिड़की से बाहर देखती सोच रही थी कि मैं उस जगह जा रही हूँ जहाँ किसी को मेरी ज़रूरत नहीं है। विरल ने अपने पिता से बचपन से कभी बात नहीं की तो इसमें मेरा या बाबा का क्या दोष! द्विवेदी विला में सुगढ़ गृहणी का अभाव रिक्तता लाता था। कक्का सुधा को यहाँ रखकर घर की उस शून्यता को भरना चाहते थे शायद। बिन औरत के घर में भूतों का डेरा होता है।

सुधा और विरल रेलवे स्टेशन से ऑटो पकड़कर द्विवेदी विला के लिए निकल पड़े। सुधा द्विवेदी विला का गेट खोलकर ऐसे घुस रही थी जैसे कोई अपराधी जज के सामने पेशी के लिए जा रहा हो। थके कदमों से ड्रॉइंगरूम में घुसी जहाँ कक्का टीवी पर तेज आवाज़ में समाचार सुन रहे थे। सुधा ने पैर छुआ कक्का चौंके पर कोई प्रतिक्रिया नहीं दी। इस बार उसे मालूम था कि यहाँ 'ख़ुश रहो' नहीं कहा जाता सो उनका चुप रहना सुधा को अजीब नहीं लगा। विरल की नौकरी छोड़ने की ख़बर कक्का को पड़ोसी पाठक अंकल ने बता दी थी। अजीब घर था जहाँ घर वालों के विषय में बाहरी लोग आकर सूचना देते थे। विरल के जॉब छोड़ने से कक्का बेहद नाराज़ है ये बात उनके दोस्तों से सुधा को पता चली। इसी शाम प्रसाद अंकल और प्रदीप अंकल द्विवेदी विला आए। सुधा चाय की ट्रे रखने ड्रॉइंगरूम में आई।

"नमस्ते अंकल जी!" और चुपचाप चाय के कप बारी-बारी से तीन लोगों के सामने रखने लगी तभी कक्का ने सुधा को सुनाते हुए कहा, "जॉब छोड़कर आ गया है। चप्पल चटकाते राजनांदगाँव में घूमेगा तब आटे-दाल का भाव पता चलेगा।"

सुधा आख़िरी कप रखते हुए फट किचन में आ गई। कक्का बाहर

वालों के आगे ऐसा अपमान कैसे कर सकते हैं! कक्का को नहीं मालूम कि विरल राजनांदगाँव आकर क्या करना चाहते हैं! उनसे बात नहीं होती तो मुझे मेहमानों के आगे ऐसे ज़लील करेंगे? आटे-दाल का भाव पता चलेगा मतलब? सुधा की आत्मा काँप गई। कक्का बाबा को फ़ोन करके सुधा की जॉब राजनांदगाँव शिफ़्ट करवा रहे थे और विरल का राजनांदगाँव शिफ़्ट होना उन्हें बुरा लग रहा है।

चार

सुधा ने राजनांदगाँव के नये स्कूल जाना शुरू कर दिया। सुबह साढ़े छह बजे घर से निकलती और दोपहर दो बजे छुट्टी होती। विरल सुधा को घर की पच्चीस साल पुरानी स्कूटर में छोड़ने और लेने जाता। मजबूरी में वो भी घर से सुबह साढ़े छह बजे निकल कर किराये के उस एक कमरे में चला जाता जहाँ वकालत का ऑफ़िस खोलने की योजना बना रहा था। उसके पास कोई केस नहीं था सो उस कमरे में जाकर सोचने के सिवाय कुछ काम ना था। सुधा को सुबह स्कूल छोड़कर द्विवेदी विला वापस जाने का कोई मतलब ना था। उसे ऊपर लाकर कोई चाय-नाश्ता तो देता नहीं। अम्मा रसोई में बुदबुदाते हुए गालियाँ देती रहतीं और बर्तन पटकते हुए सुबह का खाना पकातीं। कक्का यदि ड्रॉइंगरूम में हों तो बर्तन पटकना बढ़ जाता। यही वजह थी कि रसोई के आधे बर्तन नीचे से टेढ़े-मेढ़े या टूटे हुए थे। मेहमान आने पर पानी देने दो-एक जैसे गिलास ढूँढना मुश्किल हो जाता। पाठक आंटी ने बताया भी कि द्विवेदी जी ने अब नये बर्तन लाना छोड़ दिया क्योंकि रसोई के सामानों की तोड़-फोड़ अम्मा का प्रिय शग़ल हो गया था। कक्का से बदला लेने के फेर में घर के क़ीमती सामानों का बड़ा नुक़सान किया उन्होंने। सुधा के आने के बाद अम्मा पूरे समय अपने कमरे में लेटी बेचैनी से पैर हिलाती रहतीं, ज़ोर-ज़ोर से गालियाँ बकतीं। कभी लगातार खिलखिलातीं और कभी फुर्ती से सुधा के पास किचन में आतीं, "सुधा, तुम्हें क्या लगता है आज कक्का हमारा मर्डर करेंगे या नहीं?" कई बार ऐसा भी होता कि सुधा द्वारा कक्का के

लिए जतन से लगाई गई थाली में से कोई सामान फट से उठा लेतीं, "अरे तुम्हारे मायके से आई मिठाई क्यों रख रही हो! वो तो बाहर खाते रहते हैं। ये हम खा रहे हैं।"

सुधा ने मीठा का डब्बा बढ़ाते हुए कहा, "अम्मा, पूरा डब्बा आया है। आप इसमें से ले लीजिए।"

अम्मा ने थाली की उठाई मिठाई के साथ-साथ डब्बा भी झटककर अपने कमरे में रख लिया। रसोई की ज़मीन पर सिर झुकाए बैठी सुधा का कलेजा फटने लगता। ये विरल ने कहाँ फँसा दिया! क्या उसे अम्मा की मानसिक स्थिति और कक्का के दंभ का पता नहीं था! विभा जीजी और विरल दोनों ही कक्का से बात नहीं करते या यह कहें कि कक्का उनसे बात नहीं करते। द्विवेदी विला के सभी सदस्यों ने अपने चारों तरफ़ एक लक्ष्मण रेखा खींच ली थी जिसे लाँघने कोई तैयार नहीं। कक्का की टीवी बिगड़ जाए या उनके बाथरूम का नल काम न कर रहा हो तो अम्मा दीवारों के पीछे छिपी ख़ूब हँसतीं। जब कक्का गेट पर खड़े अपनी मंडली संग ठहाके लगा रहे हों या छुट्टी मनाने पहाड़ों पर जा रहे हों तो दीवारों से चिपककर गंदी-गंदी गालियाँ बकतीं। गालियाँ देते समय वो पूरी ताक़त से दीवार पर मुट्ठियाँ मारतीं और साँप की तरह जीभ अंदर बाहर निकालतीं। कक्का तो कार में बैठकर निकल जाते मगर अम्मा देर तक उठा-पटक करती रहतीं। कक्का के कमरे में घुसकर उनका कोई रुमाल, ज़रूरी काग़ज़ या दवा की शीशी डस्टबिन में फेंककर फिर से हँसने लगतीं। कक्का अपना सामान जगह पर न पाकर अम्मा की कुटाई कर देते। मार खाने के बाद अम्मा दोपहर सुधा के स्कूल से लौटने का इंतज़ार करतीं और हँस-हँसकर अपने शरीर पर मार के निशान दिखातीं। अम्मा को लोगों ने या तो ग़ुस्से में गाली बकते या बेमतलब हँसते देखा था। किसी ने उन्हें कभी रोते नहीं देखा था। पलकें भीगने के लिए पहली शर्त भावनाओं का नम होना है। अम्मा के भीतर भावनाएँ थीं या नहीं या द्विवेदी विला में

आकर उनकी आँखें शुष्क हुईं, कौन जाने! जब सुधा ने पहली बार अम्मा का रौद्र रूप देखा तो भय से काँपने लगी थी लेकिन बाद में आदत हो गई।

विरल के द्विवेदी विला लौट आने पर कक्का और सुधा में जो पुत्रीवत स्नेह पनप सकता था उसकी सभी संभावना ख़त्म हो गई क्योंकि कक्का के लिए अब वो सिर्फ़ विरल की पत्नी थी। उस विरल की जो उनके नियंत्रण से बाहर है। इस घर में बाथरूम, गाड़ी, ड्रॉइंगरूम से लेकर रिश्ते तक विभाजित थे। विरल ने अपने घर के इस दुराव को शर्मिंदा होकर छिपाने की जगह खुले में स्वीकार लिया था। विरल ने ख़ुद को कक्का और उनके लोगों की दुनिया से बिल्कुल अलग कर लिया था। गृहणी के अभाव में रसोई में कैसा अकाल पड़ता है ये सुधा को द्विवेदी विला आकर पता चला। किचन में आधारभूत टेढ़े-मेढ़े बर्तन, तीन-चार थाली, गिलास और घिसे हुए छोटे चम्मच, कुछ डब्बों में दाल, चावल, आटा, नमक, चायपत्ती। रसोई की तरह अम्मा का बेडरूम भी खानाबदोश, साधनहीन। हालाँकि इसमें कक्का को दोष नहीं दिया जा सकता क्योंकि अम्मा जब सनकतीं तो उनकी लाई चीज़ें फेंक या तोड़ देतीं। घर की मिक्सी तक कक्का अपनी अलमारी में ताले मारकर रखते। वे फल का जूस कमरे में निकालकर पीते और फिर मिक्सी ताला मारकर रख देते। सुधा जगदलपुर में एक प्राइमरी टीचर की बेटी थी, मगर इससे बेहतर खाना-पीना और जीवन देखकर आई थी। काम ख़त्म करने के बाद रसोई की ज़मीन पर ऊँघते बैठने पर उसे अक्सर अमेरिकी महिला बेट्टी महमूडी का लिखा उपन्यास 'नॉट विदाउट माय डॉटर' याद आता है जहाँ बेट्टी अपने दकियानूसी ईराक़ी ससुराल में बंधक की तरह रहती है।

आज शाम पाठक आंटी घर आईं। महिलाएँ सीधे अम्मा के बेडरूम में घुस जातीं। द्विवेदी विला में आज भी औरतें मर्दों के बराबर ड्रॉइंगरूम में नहीं बैठ सकतीं। सुधा पाठक आंटी के लिए चाय लेकर अम्मा के बदरंग कमरे में घुसी जिसकी दीवारों पर चाय फेंकने और बेख़्वाब आँखों की

टकटकी के निशान थे।

"नमस्ते आंटी!"

पाठक आंटी, "अरे सुधा, अपने स्कूल कैसे जाती हो?"

सुधा, "विरल छोड़ते और लाते हैं।"

पाठक आंटी को अचंभा हुआ, "विरल ने 12 किलोमीटर दूर ऑफ़िस लिया है तो सुबह तुमको स्कूल छोड़कर ऑफ़िस जाता है? सिर्फ़ तुमको घर वापस छोड़ने के लिए वहाँ से दोपहर में फिर स्कूल पहुँचकर घर ड्रॉप करके तुरंत वापस 12 किलोमीटर उतनी दूर ऑफ़िस जाता है? ऐसा कितने दिन कर पाएगा? वैसे तुम जब जगदलपुर से नहीं आई थी तब कक्का बोल रहे थे कि सुधा के लिए स्कूटी ख़रीद देंगे।"

सुधा का दिल बल्लियों उछल गया, "कक्का ने आपको बताया?"

पाठक आंटी ने अफ़सोस किया, "हाँ, सुधा, अगर तुम्हारे पापा ने तिलक में कैश न चढ़ाकर तुम्हें गाड़ी दी होती तो तुम कब से अपनी गाड़ी में स्कूल जा रही होती। जितना कैश उन्होंने तिलक में चढ़ाया उतने में तुम्हारी और विरल दोनों की गाड़ी आ जाती। सब लोग विरल का खटारा स्कूटर देखकर हँसते हैं। शहर में इकलौता पीस बचा होगा। इतने बड़े घर की नई बहू को खटारा गाड़ी शोभा नहीं देती।"

सुधा के नये स्कूल में सभी टीचर्स टू-व्हीलर या कार चलाती आती थी। विरल को हर दिन पिकअप और ड्रॉप करते देख कलीग्स उनकी आर्थिक स्थिति का अंदाज़ा लगा चुके थे। उनके सवालों से सुधा को बहुत छोटा महसूस होता, "हसबैंड लेने और छोड़ने दोनों टाइम आते हैं। हमारे यहाँ तो इनके पास टाइम ही नहीं है। तुम गाड़ी ले लो। कब तक पति को ऐसे परेशान करोगी! उतनी दूर से अपोजिट डायरेक्शन में लेने आते हैं!"

विरल के क़रीबी दोस्त मज़ाक़ भी बनाते, "स्कूटर को तिरछा करके पचासों किक मारता है। हमारे बाप को भी ये गाड़ी छोड़े ज़माना हो गया और तू भाभी को इस खटारा में स्कूल छोड़ने जाता है।"

विरल ने दिल्ली की अपनी छोटी-सी सेविंग शादी में ख़र्च कर दी थी। सुधा को स्कूल छोड़ने जाने विरल द्विवेदी विला के गेट पर स्कूटर में लगातार किक मारते हाँफ जाता। सुधा शर्मिंदा-सी खड़ी इंतज़ार करती रहती तभी कक्का अपनी कार में बाज़ू से निकल जाते।

सुधा को 'नई स्कूटी' वाली ख़बर विरल को सुनाने की बहुत हड़बड़ी थी। विरल रात को नौ बजे तक घर आएगा, तब तक चुपचाप रसोई में ज़मीन पर बैठ सोचते रहना है। कक्का को खाना खिलाकर, गैस का प्लेटफ़ॉर्म साफ़ करके, जूठे बर्तन बाहर निकाल, अम्मा की थाली कमरे में देकर, बाहर गेट में ताला मारकर, सब तरफ़ की लाइट बुझाकर अपना और विरल का खाना एक ही थाली में निकाल तेज़ी से ऊपर भागी। सुधा ने थाली टेबल पर रखी, "सोचो आज की गुड न्यूज़ क्या है?"

विरल, "जगदलपुर से कोई आ रहा है क्या?"

सुधा हँसी, "नहीं।"

विरल, "तुम्हारे स्कूल में कुछ हुआ?"

सुधा, "अरे कक्का ने कहा है कि वो मेरे लिए स्कूटी ख़रीद देंगे।"

विरल ने शांत स्वर में जवाब दिया, "दे दें तब बताना। मैंने तो बाहर से सुना है कि वो तुम्हें तीन हज़ार महीना भी दे रहे हैं।"

सुधा खाने की थाली ले विरल से सटकर बैठ गई। दोनों बिना बात किए टीवी देखते हुए निवाले गटकने लगे। विरल रात में एक ही वक़्त का खाना घर पर खाता था। सुबह साढ़े छह बजे सुधा के साथ निकलता तो दोपहर में सुधा को द्विवेदी विला के गेट में ही छोड़कर स्कूटर बंद किए बिना वापस चला जाता। सुधा को खाना खाते समय जाने क्यों हमेशा लगा कि नीचे दिन भर की गई ग़ुलामी का मेहनताना ये थाली है। उसे अपने घर में व्यंजनों की विविधता याद आती। बाबा फ़रमाइश करते कितने दिनों से गाजर का हलवा नहीं बनाया, अरे आज पूड़ी के साथ आलू की तरी वाली सब्ज़ी बनाओ। सुधा, तूने जो उस दिन खिचड़ी में लहसुन का तड़का दिया

था वो बहुत स्वाद था। अम्मा ने बताया भी कि विरल के दिल्ली जाने के बाद कक्का जो दो लोगों का राशन घर में भरते थे विरल और सुधा के वापिस आने के बाद भी उन्होंने उतनी ही मात्रा रखी। कक्का का नियम था कि महीने की एक तारीख़ को तीन पैकेट तेल, चार किलो दाल, पंद्रह किलो चावल, उतना ही गेहूँ, चायपत्ती के दो पैकेट, शक्कर लाते। घर में दो लोग बढ़ जाने पर सुधा अपनी छोटी-सी तनख़्वाह से ख़त्म हुआ राशन स्कूल से लौटते वक़्त विरल के साथ लेते आती और राशन के अपने लाए पैकेट भी कक्का से छिपकर रसोई में रखती। कहीं कक्का ये न समझें कि इन लोगों के यहाँ रहने से राशन जल्दी ख़त्म हो रहा है। जगदलपुर में रसोई में कुछ ख़त्म होने के बाद अम्मा तुरंत बंटी को कहतीं, "पोहा में फल्ली नहीं पड़ेगी तो टेस्ट नहीं लगेगा। जा आधा किलो फल्ली ले आ। हलवा बना है, जा दौड़ के इलायची ले आ।"

मगर यहाँ कक्का को कुछ अच्छा खाना है तो वो बाहर खा आते। राशन सिर्फ़ एक तारीख़ को आता। महीनों से सुधा ने सिर्फ़ रोटियाँ खाई थीं। ख़ुद ख़रीदकर भी रसोई में कुछ व्यंजन बनाने की हिम्मत नहीं पड़ती क्योंकि कक्का नाश्ता नहीं करते हैं। वो सोफ़े में बैठते हैं। रसोई में लंच और डिनर से अलग टाइम पर खटर-पटर या ख़ुशबू आएगी तो उन्हें मालूम चल जाएगा।

सुधा द्विवेदी विला से बाहर सिर्फ़ स्कूल जाने ही निकलती। कक्का के जिन मातहतों ने सुधा के आने के बाद नई बहू को जिमाने की परंपरा निभाने द्विवेदी साहब को सपरिवार न्यौता दिया वहाँ भी कक्का नहीं गए। वे कार में लेने आए तो सुधा और विरल को अकेले जाना पड़ा। सुधा को उन घरों में विरल के साथ जाकर मेज़बानों के बेहद ठंडे स्वभाव से समझ आ गया कि उन्हें तो बहू जिमाने के बहाने द्विवेदी साहब जी की ख़िदमत करनी थी। द्विवेदी साहब ने बेटे बहू को भेज दिया जिनसे वे ख़ुद बात नहीं करते। ऐसे घरों में खाना खाने में उसका दम घुटता जहाँ कोई जान-पहचान

नहीं। परिवार के नाम पर बेहूदा मज़ाक़ हो जैसे।

पाठक आंटी को 'नई स्कूटी ख़रीदने वाले है' बताए अब दो माह गुज़र चुके हैं। एक टू-व्हीलर ख़रीदना कक्का के लिए बहुत छोटी बात थी। दो महीने पहले कहा था तो कहने के बाद क्यों नहीं ख़रीद रहे फिर! सुधा को दोपहर में स्कूल लेने आने के चक्कर में विरल किसी क्लाइंट से उसके दिए समय पर नहीं मिल पाता, आस-पास के गाँव में केस के लिए नहीं जा पाता क्योंकि सुधा को स्कूल लाने ले जाने का काम कौन करेगा! द्विवेदी विला है भी तो शहर के बाहर जहाँ कोई रिक्शा नहीं आता जाता। कई बार तो सुधा की मीटिंग के चक्कर में विरल को एक-एक घंटे खड़ा रहना पड़ता है। एक बार लावण्या मैडम ने कहा भी था– 'तुम्हारे ससुर को मैं तुम्हारी शादी के पहले से जानती हूँ। बहुत ईमानदार ऑफ़िसर हैं। कलीग्स उनकी बहुत तारीफ़ करते थे। उनको हमेशा कार में देखती हूँ। तुम हसबैंड को बोलो कि कम-से-कम इतनी गर्मी में कार में लेने आया करे। कल दोपहर टेंपरेचर 45 डिग्री था।'

दोपहर तीन बजे स्कूल से लौटकर आने के बाद सुधा किचन में घुसी। सुबह का खाना अम्मा को बनाना पड़ता। अम्मा रोटी सेंकती जातीं तो उन्हें होश ना रहता। कक्का को गर्म रोटियाँ परसती जातीं और उनकी दो रोटियों के बीच के समय में सिकीं दो या तीन अतिरिक्त रोटियों का ऊँचा ढिग प्लेटफ़ॉर्म में लग जाता। दाल भी दस लोगों के लायक़ बना देतीं। शायद यही कारण था कि कक्का एक तारीख़ को ही राशन लाते ताकि अम्मा को दिक़्क़त हो और वे किचन मैनेजमेंट सीखें मगर रसोई में पड़े अकाल के बावजूद कक्का उन्हें रसोई मैनेजमेंट ना समझा सके। सुधा की सीमित आय में लाया राशन भी अम्मा फ़िज़ूल कर देतीं। सुधा स्कूल से लौटती तो अम्मा ग़ुस्से में बर्तन पटकतीं या ज़ोर-ज़ोर से लगातार दरवाज़े ठोकतीं। सुधा को उनके ग़ुस्से का कोई फ़र्क़ नहीं पड़ता। कमज़ोर लोगों की नाराज़गी बहुधा मनोरंजन का विषय होती है। सुधा को देखते ही अम्मा तवे पर रोटी छोड़

अपने कमरे में भाग जातीं। अपना बैग नीचे रसोई में छोड़ सुधा बाक़ी का खाना परोसती। सुधा स्कूल से आने पर कपड़े बदलने भी ऊपर नहीं जाती इस डर से कि घर के भीतर घुसते ही उसे फ़ौरन किचन में होना चाहिए।

सुधा कक्का से इतना डरती कि उनकी थाली टेबल में रखने से पहले एक-एक सामान चेक करती। दाल, रोटी, सब्ज़ी, नींबू, सलाद और अचार की शीशी। ये रोटी जाने आँच में क्यों एक साइड से ही फूली। नहीं कक्का को ये रोटी नहीं दे सकती। हे भगवान कक्का की रोटी थाली में ख़त्म न हो गई हो। हड़बड़ी में दौड़ती हुई फूली रोटी ले जाकर दूर रखी प्लेट पर रख दी। विरल काम बढ़ाने दिन-रात संघर्ष कर रहा है। सुधा और विरल दोनों सुबह साढ़े छह बजे साथ में निकलते। स्कूल के लिए निकलने से पहले कक्का के सामने चाय का कप रखती मगर उनके सामने से डर के मारे विरल के लिए चाय नहीं ले जा पाती। विरल चाय नहीं पी रहा है इस अपराधबोध में वो भी नहीं पीती। सुबह कक्का की चाय गैस पर चढ़ाकर अपने टिफ़िन के लिए धीरे-धीरे बेलन की आवाज़ कर दो रोटी बनाती ताकि तवा गैस से उतरने और बेलन की आवाज़ कक्का तक नहीं पहुँचे। अगर रोटियों की गंध पहुँचती होगी तो कक्का सोचेंगे जाने ये कितनी रोटी टिफ़िन में ले जाती है। स्कूल में रूबी और निधि मैम बोलते भी हैं– 'कितनी आलसी हो सुधा, रोज़ अचार के साथ रोटी लाती हो। सब्ज़ी दूसरे गैस में बनाने में कितना टाइम लगता है!' उन्हें कौन बताए कि सुबह छह बजे सब्ज़ियाँ बघारने पर कक्का के सोफ़े तक आवाज़ जाएगी। कक्का को ग़ुस्सा आएगा कि इतनी सुबह से अपने लिए सब्ज़ी लेकर जा रही है। सुधा ने एक बार स्कूल से आते समय विरल को रुकवाकर बिस्किट के कुछ पैकेट्स ख़रीदकर किचन में रखे जो अगले दिन जगह से ग़ायब थे। सुधा ने इस बाबत अम्मा से पूछा तो उन्होंने नहीं मालूम कह दिया। उसी रात अम्मा को खाने की थाली देने उनके कमरे में घुसी तो पलंग के नीचे बिस्किट के पैकेट की झलक दिखी। सुधा वापस किचन में

आकर चुपचाप खड़ी सोचती रही कि क्या ये घर मेरे ही भाग्य में लिखा था? वास्तव में विरल के बिना यहाँ रहना असंभव था। दिन भर की ये मौन त्रासदी रात में विरल के आने के इंतज़ार में कट जाती।

सुधा रसोई में बैठी-बैठी सोच रही थी कि क्या आज कक्का से बोलूँ कि आप स्कूटी कब ख़रीद रहे हैं? या बोलूँ कि पाठक आंटी कह रही थीं कि आप मेरे लिए स्कूटी ख़रीदेंगे? सुधा एक-एक रोटी ले जाकर देती जा रही थी। रोटी बेलती सुधा के कानों पर टीवी की आवाज़ आ रही थी– खेल मंत्रालय ने आज पुरस्कारों की घोषणा कर दी... बिहार में सरकारी पदों पर नई भर्तियों पर रोक... प्रधानमंत्री से चीन के विदेश मंत्री ने मुलाक़ात की...

तभी कक्का का खाना ख़त्म होने के बाद जूठे हाथ धोने के लिए उठने के क्रम में टेबल खिसकाने की आवाज़ आई। टेबल आवाज़ करते हुए खिसकाना इशारा है कि जूठी थाली उठा लो खाना ख़त्म हुआ। कक्का जैसे ही हाथ धोने बाथरूम गए सुधा दौड़कर टेबल का पसारा समेटने गई ताकि उनके लौटकर आने से पहले वहाँ से हट जाए। कक्का के सामने पूरी हिम्मत बटोरकर घिघियाते हुए सुधा ने पूछा, "कक्का, आप मेरे लिए स्कूटी ख़रीदने वाले थे तो कब ख़रीदेंगे?"

कक्का ने एक कठोर नज़र डाली, "तो ख़रीद लो।"

सुधा सन्न हो रसोई में आ गई। दिमाग़ ने काम करना बंद कर दिया। ये क्या था? ये मैं जो पूरा दिन ज़मीन पर बैठी रहती हूँ, खाना बनाना, गैस पोछना, पीने का पानी भरना, खाना परसना, अनजान मेहमानों के आगे चाय, खाना देना, ताले लगाना। बहू से इतनी बेरुख़ी से कौन बात करता है? सिर से गर्म पानी की अनगिनत धाराएँ कान तक बह रही हों जैसे। कक्का मुझे नापसंद करते हैं समझ आने लगा था लेकिन क्यों ये नहीं मालूम। मुझे आए दिन ही कितने हुए हैं! स्कूटी के लिए मना करने के बाद कक्का के सामने से निकलने में शर्म आ रही थी जैसे भिखारन को 'आगे जाओ' कह दिया। अपनेपन की सबसे बड़ी शर्त होती है अधिकार भावना।

घर की साफ़-सफ़ाई के काम करने में कमी होने पर कक्का फटाक टोकते। सुधा ताला लगाने और कक्का के सोने जाने के बाद ऊपर ले जाने थाली में रोटियाँ रख रही थीं। अपने पतले हाथ, रूखी रोटियाँ, रसोई में भरी रोटी सेंकने की गंध, अम्मा के कमरे से आती गालियों की आवाज़ इन सबको देखकर आज जगदलपुर का घर बेतहाशा याद आने लगा। आँसुओं से थाली डबडबाती दिख रही थी। कक्का की नफ़रत की वजह क्या है? विरल की पत्नी होना? या विरल का राजनांदगाँव में मेरे साथ होना?

सुबह सोकर उठने के बाद भी कक्का की 'तो ख़रीद लो' गूँजता रहा। विरल अपनी स्कूटर को किक मारते-मारते हाँफ गया। सुधा रुआँसी हो गई, "आज फिर मुझे स्कूल के लिए लेट हो रहा है। रिपोर्टिंग टाइम से पाँच मिनट भी लेट होने पर हाफ़ डे की सैलरी कट जाएगी।"

दोपहर तीन बजे स्कूल से लौटकर आने के बाद सुधा किचन में घुसी तो अम्मा ने फुसफुसाते हुए कहा, "कक्का गोवा जा रहे हैं घूमने। रास्ते का टिफ़िन बना दो।"

सुधा को कक्का का गोवा जाना सुनकर दिल क्यों दुखा समझ नहीं आ रहा था। एक आदमी अपनी कमाई से घूमने जा रहा है। क्या कक्का के लगातार दुत्कार से दुखी है! स्कूटी के वादे से मुकर जाने से दुखी है! या नई शादी वाले बेटा-बहू की साधनहीनता का मज़ाक़ उड़ाते ससुर के गोवा जाने से! या द्विवेदी विला की गुलाम ज़िंदगी से! सुधा चाय रखने गई तो कक्का ने कड़क आवाज़ में कहा, "रात को मुझे निकलना है। पूड़ी आलू बना देना।"

दिल्ली से जॉब छोड़कर आने के बाद विरल की मेहनत अविश्वसनीय थी। सुबह साढ़े छह बजे स्कूटर पर दोनों निकलते तो विरल रात दस बजे घर में घुसता। दोपहर को कहाँ और क्या खाता है सुधा को नहीं मालूम। सुधा की जॉब छह माह से ज़्यादा हो जाने के बाद प्रिंसिपल ने सुधा की सैलरी स्लिप पास के ही बैंक को दिलवाई जिसके आधार पर सुधा लोन

में स्कूटी ख़रीद पाई। सुधा की आधी सैलरी लोन, बाक़ी बची स्कूटी के पेट्रोल, मोबाइल रीचार्ज, घर के छोटे-मोटे सामान में जाती। विरल की टुकड़ों में हुई कमाई से उसके ऑफ़िस का किराया, बिजली बिल, पेट्रोल, ऑफ़िस में झाड़ू-पोछा के लिए रखे नौकर का ख़र्च निकल रहा था। द्विवेदी विला में बाहरी बरामदे से विरल को ऊपर आता-जाता देख कक्का के चेहरे के भाव कुछ ऐसे होते कि मेरे बनाए घर में सिर पर चढ़कर रह रहा है, मुझसे बिना मतलब रखे। जो सुधा कक्का से बात करना चाहती है तो उसके साथ कौन-सा नरमाई से पेश आ रहे हैं! बिजली बिल तो कक्का ने दूसरे महीने ही चाय की ट्रे रखने आई सुधा की तरफ़ बिना एक शब्द कहे बढ़ा दिया था। सुधा को लगता कि कक्का काश इतना समझ पाते कि विरल और सुधा की उनके पैसों में या उनसे घर ख़र्च चलवाने में ज़रा भी रुचि नहीं है।

सुधा के स्कूटी से स्कूल आने-जाने से विरल को अपना काम बढ़ाने में बहुत मदद मिली। अब वो दो तीन दिनों के लिए भी शहर से बाहर जा सकता था। साल भर के भीतर विरल ने अपने लिए नई बाइक ले ली। सुधा को लगा कि कक्का को बता दूँ कि नई बाइक ली गई है, "कक्का, बाइक लिए हैं।" कक्का ने कोई जवाब नहीं दिया। घर में एक शीत युद्ध का तनाव था। सुबह की निकली सुधा की विरल से मुलाक़ात रात दस बजे होती। द्विवेदी विला में रात होते ही ऊपर और नीचे दो अलग दुनिया के लोग चुपचाप इस इमारत के सन्नाटे सुनते, जागते-सोते।

शादी के दो साल बाद इस महीने सुधा का प्रेगनेंसी टेस्ट पॉजिटिव आ गया। जगदलपुर से माँ का बहुत दबाव था कि लल्ली बुआ पूछ रही थी कि सुधा की कोई गुड न्यूज़ है क्या। रुपाली की शादी तेरे पीछे हुई थी अगले महीने डिलीवरी है। शादी नहीं लग रही थी तब भी माँ-बाबा को शर्म आती थी, प्रेगनेंसी नहीं हो रही थी तब भी वे शर्मिंदा हो रहे थे। अपनी प्रेगनेंसी की ख़बर से ख़ुशी में बावला होना फ़िल्मों में होता है

शायद। सुधा को समझ नहीं आ रहा था कि उसकी भावनाएँ सूख गई है या ज़िंदगी दिशाहीन हो गई है या वो भाग्य की धारा मुताबिक़ बह रही है। कक्का को सुधा की प्रेगनेंसी की बात पाठक अंकल से जिस दिन पता चली वे ढेर सारी अचार की शीशियाँ, पापड़ के पैकेट लेकर आए। सुधा अपनी प्रेगनेंसी से भावहीन रही मगर कक्का के लाए अचार देख आँखों में नमकीन तरलता आ गई। कक्का को फ़िक्र है। अम्मा ने अचार, पापड़ अपनी अलमारी में लॉक कर दिए। अम्मा की हरकतों पर ग़ुस्सा बहुत आता मगर समझदारी इसमें है कि उनसे कुछ मत कहो। अम्मा को बड़ी से बड़ी ख़बर भी कोई नहीं बताता सो वह एक खटका भी होने पर जानकारी के लिए दीवार से चिपक जातीं ताकि लोगों की बातें सुन सकें। लोग उनसे अपनी बातें इसलिए छिपाते क्योंकि जानकारी हो जाने के बाद अम्मा काम बिगाड़ने का पसंदीदा काम करतीं। मसलन आज शाम ये पैकेट प्रवीन जी को देना है। कक्का नहाने गए कि वो पैकेट ग़ायब। ताला मारना हो तो चाभी छिपाकर हँसती रहतीं। सुधा स्कूल से कॉपियाँ चेक करने लाई थी। अम्मा जाने कब ऊपर जाकर उन कॉपियों को फेंक आईं। सुधा ने किसी तरह से प्रिंसिपल के सामने झूठ बोलकर अपनी नौकरी बचाई– 'सर मैं स्कूटी से आ रही थी तो तालाब के बाज़ू में दूसरी गाड़ी का धक्का लगा और मेरा कॉपियों से भरा बैग तालाब में गिर गया।'

बच्चों के एग्ज़ाम दुबारा लिए गए। प्रिंसिपल ने भरी मीटिंग में सुधा को लापरवाही का इल्ज़ाम लगा अपमानित किया गया। सुधा का तय प्रमोशन रद्द हो गया। अम्मा की शक्ल से नफ़रत होने लगी थी। दिमाग़ कहता इन्हें सहानुभति की ज़रूरत है। कक्का के पास समय और पैसा दोनों था मगर नाराज़गी भी थी। नाराज़गी विरल के दिल्ली छोड़कर आने की, नाराज़गी पूरा जीवन एक मानसिक रोगी को झेलने की, नाराज़गी ऐसी बहू की जिसकी व्यक्तिगत ज़िंदगी भी है। कभी-कभी सुधा को अम्मा पर बहुत प्यार आता। ऐसे अवसर तब आते जब वो सुधा के पास आकर पूछतीं,

"सुधा सुनो, तुम्हें भी इस घर में बुरा लगता है? हमको अभी भी मायका याद आता है, सच्ची। सुनो तुम्हें क्या लगता है कक्का हमसे बहुत नफ़रत करते हैं? सुधा हाय तुम कितनी सुंदर हो! विरल और हमारी बातचीत कम होते-होते छूट गई क्योंकि हम बात करने लायक़ नहीं हैं। हम उसको भी बहुत गंदा-गंदा बकते हैं। कक्का दिन-दिन भर ड्यूटी में रहते। विरल को रोकने-टोकने कोई नहीं था तो सुबह का खेलने गया रात में आता। हमारे बच्चे कौन ऑफ़िसर के बच्चों की तरह पले! विभा को भी हमसे मोह नहीं है। कौन-सा साथ रही है! हमारा दिमाग़ ख़राब होता तो हम विरल के खाना माँगने पर भी नहीं देते थे और न माँगे तो थाली सजाकर रख देते। हमसे कोई प्रेम से बात करे तो हम बात कर-करके उसका जीना हराम कर देते हैं। विरल को भी अकेले रहने की ऐसी आदत पड़ी कि हमेशा घर से बाहर घूमता रहता था। हम हमेशा रसोई या अपने कमरे में रहे। कक्का को विरल और विभा की शादी तो करनी ही पड़ती। अपना काम कर दिया उन्होंने। तुम अकेले रहोगी इधर तो वो रहने देंगे। तुमसे प्यार करेंगे कि रसोई और हमारे उत्पात सँभालकर मेहमानों के आगे इज़्ज़त रख ले रही हो। विरल मेहमान जैसे आएगा तो उन्हें दिक़्क़त नहीं होगी।"

सुधा को अचंभा होता कि अम्मा की चेतना में अभी भी एक पत्नी और माँ कभी-कभी करवट बदलती है। डॉक्टर ने कहा भी था कि इन्हें दवा के साथ-साथ जीवनसाथी से समय चाहिए। मतलब इस जन्म में अम्मा का ठीक होना असंभव था।

सुधा का चौथा महीना चल रहा है। सुधा का वही सीढ़ी पर चढ़ना-उतरना, किचन में रात तक खड़े रहना, स्कूल में आठ घंटे लगातार खड़े रहना जारी है। उस रात कक्का के खाना खा लेने के बाद सुधा ने दरवाज़ों के ताले लगाए, बाहर की लाइट बुझाई, गैस पोछा, अम्मा को खाना दिया। विरल और अपना खाना एक थाली में डालकर ऊपर जाने जैसे ही रसोई से बाहर निकली पीछे से कक्का की आवाज़ आई, "खाना वापस किचन

में रखो। मेरे घर पर जिसे खाना है वो नीचे आकर खाएगा।"

सुधा डर से थर-थर काँपने लगी। थाली वापस रसोई के प्लेटफ़ॉर्म में रख दी। समझ नहीं आ रहा था कि ऊपर बिना खाने के जाकर विरल को क्या कहेगी। रात ग्यारह बज गए हैं। सुधा ने दोपहर दो बजे के बाद और विरल ने सुबह से कुछ नहीं खाया था। सुधा को ख़ाली हाथ देख विरल को सब समझ आ गया। दोनों बिना खाए सो गए।

विरल ने अगली सुबह सुधा को पास बुलाकर बैठाया, "अलग हो जाएँ? कक्का ख़ुद यही चाहते हैं। उन्हें इतना तो लगता ही है कि हम अपने ख़र्च आसानी से इसलिए उठा पा रहे हैं कि घर का किराया नहीं देना पड़ रहा है।"

सुधा रोने लगी, "इकलौते बेटे हो। इसी शहर में अलग होने पर कितनी थू-थू होगी! यही पाठक आंटी, भूपेंद्र मामा, विभा जीजी, अरोरा अंकल, मेरे कलीग्स, सब मेरा जीना हराम कर देंगे। मैं सबको क्या बोलूँगी! अम्मा ले-देकर सुबह खाना बनाती हैं, वो भी तब जब मैं पूरी तैयारी करके जाती हूँ।"

रात भूखे सोने के बाद अगली सुबह सुधा फिर चाय बनाने नीचे गई। कमज़ोर आदमी को नाराज़ होने का हक़ नहीं होता। जिस अपमान को नाराज़गी दिखाने के औज़ार न मिले, वो फिर भीतर शूल चुभाती है। ताक़तवार का अपमान उसका क्रोध बढ़ाता है और कमज़ोर का तिरस्कार उसका आत्मविश्वास तोड़ता है। सुधा ने कुकर में दाल चढ़ाई और पालक काटने लगी। कक्का के साथ-साथ सुधा की अम्मा से भी कोई बात नहीं होती। अम्मा से किसी भी स्तर पर बात करना आसान नहीं था। स्कूल में आठ घंटे से ज़्यादा बिताकर आते ही किचन में घुसना और विरल का करियर और इस घर में ख़ुद के भविष्य की चिंता के बीच अम्मा के सैकड़ों अनर्गल सवाल सुनने का धैर्य न था। अम्मा पर दवाओं का असर रहता तो वो लगातार सोती रहतीं। असर ख़त्म होते ही वो अद्‌भुत फुर्ती से

छिपकर घर के सारे नल खोल देतीं, फ्रिज से नींबू डस्टबिन में फेंक आतीं या पानी का पंप चला टंकी घंटों ओवर फ़्लो होने देतीं। आज कक्का का अपने जूठे हाथ धोने बाथरूम जाते ही सुधा फ़ौरन बाहर निकलकर खाने की थाली सीढ़ी में छिपाकर वापस आ टेबल से जूठी थाली सहित तमाम पसारा समेटने लगी। गैस पोंछी, अम्मा को खाना दिया, ताला लगाया, लाइट्स ऑफ़ की। कक्का इस समय तक खाना खाते ही अपने कमरे में सोने चले जाते हैं। मगर आज कक्का सोने नहीं गए, टीवी ही देखते रहे ताकि सुधा खाना ऊपर न ले जा सके। सुधा उनके सामने से सिर झुकाए ख़ाली हाथ बाहर निकल अँधेरी सीढ़ियों पर रखी थाली उठा ऊपर चली गई। कक्का पुलिसिया दिमाग़ रखते थे। वे समझ गए कि या तो खाना पहले ही ऊपर जा चुका है या सुधा उनके सोने के बाद दुबारा किचन में आएगी। कक्का का खाना खाने के बाद अपने कमरे में न जाकर ड्रॉइंगरूम में ही बैठे रहने से सुधा को समझ आ गया कि वे पहरे पर बैठे है कि सुधा खाना ऊपर न ले जा सके। अपनी बात की पुष्टि के लिए उसने ऊपर का दरवाज़ा बंद किया जिसकी आवाज़ नीचे तक जाती है। सिर्फ़ दो मिनट बाद हौले से दरवाज़ा खोला तो नीचे की टीवी बंद हो गई थी। कक्का को लगा कि ऊपर का दरवाज़ा बंद हो गया है अब सुधा खाना लेने नहीं आएगी। क्या ग़ज़ब था कि द्विवेदी विला में, अब सुधा और कक्का में वैमनस्य का रिश्ता बन रहा था सिर्फ़ इसलिए कि सुधा विरल की टीम का हिस्सा है। शुरुआती एक साल में अपनी जगह बनाने के प्रयास विफल होते और लगातार मिले अपमान से सुधा में कक्का के लिए एक अजब-सी बेरुख़ी आ चुकी थी। हरकतें बेज़ुबान होती है मगर उनका संप्रेषण भाषा से ज़्यादा प्रभावी होता है। कक्का अब अपने ही बनाए घर में उन तीन लोगों के साथ रह रहे थे जिन्हें वे पसंद नहीं करते थे।

पाँच

चीनू की शादी लग गई, सुधा का चौथा महीना चल रहा था। सुधा वो हारी नाविक है जिसने ख़ुद को लहरों के हवाले कर दिया था। स्कूल के किसी कलीग को कभी घर नहीं बुला पाती क्योंकि उसके लिए चाय कक्का के सामने से लेकर जाना पड़ेगा। सुधा को स्कूल में दूसरे टीचर्स की बातें सुनकर बहुत ख़ालीपन लगता। सुनीता मैडम बोलने लगीं, "सास ने मेरी प्रेग्नेंसी के पूरे नौ महीने ठंडे पानी से नहाने नहीं दिया।"

रुचि मैडम चहकीं, "सुधा मज़े कर ले इन दिनों। पूछना निधि से। मेरे ससुर रोज़ लंच टाइम में जूस की फ्रेश बोतल लेकर बाहर खड़े रहते थे। उन्हें डर था कि मैं डायटिंग के चक्कर में खाना कम तो नहीं खाती।"

सुधा सोचती कि क्या कहूँ कि ससुर के डर से कई बार थाली छिपाने का मौक़ा नहीं मिल पाता तो चुन्नी में छिपाकर रोटियाँ ले जाती और ऊपर रखी एक थाली में लगाकर विरल को देती हूँ। बिना तरी की सूखी सब्ज़ी बनाती हूँ ताकि रोटी में दबाकर ऊपर ले जा सकूँ। इस नये तरीक़े से थाली से दाल की विदाई हो गई। चीनू अपनी शादी से पहले दो दिन के लिए सुधा के पास रहने आने वाली थी। सुधा फिर बैचैन होने लगी कि यहाँ सामान्य परिवारों की तरह उनका स्वागत तो होगा नहीं। चीनू और बंटी को उम्मीद होगी कि विरल उन्हें स्टेशन कार में लेने आएगा। चीनू और बंटी ऑटो से द्विवेदी विला आए। सुधा को उनके आगे बहुत अपमानित महसूस हो रहा था। बंटी ने सुधा के ठंड से सिकुड़े पैर देखकर टोका, "दीदी, दिसंबर की ठंड है। आप बिना स्लीपर के हो?"

सुधा ने कहा, "कक्का ने किचन में स्लिपर पहनने मना किया था।"

"मगर आप तो दोपहर से रात 10 बजे तक नीचे रसोई में बैठे रहते हो तो पूरा दिन ठंडे पैर ही रहोगे? ऐसे में तबीयत बिगड़ जाएगी। आपके ससुर ने तो ठंड से बचने के लिए टीवी देखते समय भी मोटी जैकेट के बावजूद ऊपर चादर ओढ़ी है, मंकी कैप पहने हैं, सोफ़े के नीचे पैर लटकाने की जगह में कारपेट तक रखा है। वो तो पूरे घर में स्लीपर पहने घूमते हैं। आपके पैर देखो कितने मैले हो गए हैं। उँगलियाँ ठंड से ब्लू पड़ गई हैं देखो।"

सुधा उदास हो गई, "हाँ कल कक्का ने भी कहा– खाना परसते समय तुम कारपेट पर मत चढ़ा करो। तुम्हारे पैर गंदे रहते हैं। रात 10 बजे तक नीचे ठंड में नंगे पैर रह जब ऊपर आती हूँ तो विरल खीजकर कहते हैं कितने गंदे पैर हैं। पैर अच्छी तरह साफ़ करो फिर बिस्तर पर आओ। मैं सुबह पाँच बजे से उठी रहती हूँ तो शाम सीधे तीन बजे तक स्कूल से लौटती हूँ। स्कूल में टीचर्स को चेयर पर बैठना मना है। इतनी ठंड में मुझे स्लीपर पहनना मना है जबकि मैंने कक्का को किचन से बाहर निकलते देखा है और वो चप्पल पहने ही भीतर गए थे। उस दिन की बात है। किचन में सिलेंडर बदलना था। मेरी ऐसी हालत में मैं पीछे के आँगन से वज़नी सिलेंडर लाई तो उन्होंने पलटकर देखा और फिर सिगरेट पीने लगे जबकि उनकी कार में सिलेंडर बदलना हो तो वह ख़ुद उठाते हैं। न उन्होंने मना किया, न मदद की। बंटी, ये दिन कैलेंडर में गुज़र जाएँगे, मेरे दिल से नहीं गुज़रेंगे। पैसा कमाना जीवन की सबसे छोटी और निजी उपलब्धि है। मैं महानता का ढोंग नहीं कर रही, पर मैं उनके प्रति आदर बनाए रखना चाहती हूँ क्योंकि ये मेरी मानसिक शांति के लिए ज़रूरी है। ऐसी हालत में मैं इतनी मेहनत के साथ पेट भर खाना नहीं खा पा रही हूँ। माँ-बाबा को मत बताना। चीनू की शादी का टेंशन है उन्हें। कक्का ने तुमको भी सिर्फ़ विरल का साला माना, अपना रिश्तेदार नहीं। स्कूल में इतनी मेहनत के

बाद सारी टीचर्स घर भागने देखते हैं। मैं छुट्टी के बाद धीरे-धीरे स्कूटी चलाती हूँ। लगता है कहाँ जा रही हूँ।"

बंटी बहुत देर तक चुप रहने के बाद बोला, "सब ठीक हो जाएगा दीदी। जीजाजी बहुत मेहनत कर रहे हैं और वो आपको बहुत प्यार करते हैं। अलग होने के सिवा मुझे कोई चारा नहीं दिख रहा।"

सुधा ने कहा, "मैं इसी शहर में अलग घर में नहीं रह सकती। घर वालों से मिली दुत्कार दिल पर लगती है। इसी शहर में अलग होने पर हमारा अपमान सार्वजनिक हो जाएगा। ये सामान्य परिवार नहीं है कि मैं त्यौहार पर कभी मिलने आ जाऊँ। एक बार निकले मतलब ज़िंदगी से अम्मा और कक्का की हमेशा के लिए विदाई है। कभी मिलने आने की सोचूँ भी तो कौन कक्का के संग बैठकर गप्पें होंगी! अलग होने के बाद मेरी हिम्मत नहीं होगी घर में घुसने की। कैसे हमेशा के लिए छोड़कर निकल जाऊँ? अभी सिर्फ़ खाना बनाकर परोसने का रिश्ता है वो भी ख़त्म हो जाएगा। विभा जिज्जी को ख़ुद यहाँ अपने मायके आने का मन नहीं रहता। उनको ससुराल में दिखावे के लिए साल में एक बार मायके आना पड़ता है। मायके से रिश्ता टूटने पर वहाँ सबको क्या कहेगी!"

चीनू और बंटी किसी तरह तीन दिन राजनांदगाँव में रहे। इन तीन दिनों में ही दोनों भूपेंद्र मामा के घर मिल आए जहाँ से सनी के साथ फ़िल्म देखकर डोंगरगढ़ भी घूम लिया। कक्का के मेहमानों की आवभगत, खाना-खिलाना सुधा ने देखा है। वो अपने भाई-बहनों के लिए कुछ भी विशेष नहीं चाहती थीं। बस ज़रा देर कक्का उनसे वैसे बात कर लें जैसा अपने दोस्तों के बच्चों के साथ करते हैं। स्टेशन निकलते समय दोनों कक्का से मिलने नीचे गए, "ठीक है अंकल चलते हैं। जगदलपुर आइएगा।"

कक्का ने आँखें टीवी स्क्रीन से नहीं हटाईं। बंटी और चीनू बैग लादे द्विवेदी विला का गेट खोल बाहर निकल गए। सुधा सूनी सड़क पर दूर तक छोटे भाई-बहन को जाती देखती रही। सड़क किनारे जाते चीनू और

बंटी को आगे कहीं जाकर रिक्शा मिल ही जाएगा, वो जगदलपुर के उस घर में पहुँच ही जाएँगे, जो अपने इलाक़े का एहसास और सुकून देता है।

बंटी और चीनू के ओझल होने के बाद सुधा को इस बेगाने घर में घुसने की इच्छा नहीं हो रही थी। मगर जाती कहाँ? चुपचाप सिर झुकाए किचन में घुस गई। रात आठ बज गए थे। रोटी सेकती हुई सोच रही थी अब तक बंटी लोग ट्रेन में बैठ गए होंगे। उनके रास्ते के लिए डब्बा नहीं बाँधा क्योंकि रसोई में आठ बजे के पहले बेवक़्त रोटी बेलने की आवाज़ से कक्का समझ जाते कि अपने मायके वालों के लिए टिफ़िन बना रही है।

सुधा ने बच्चे के जन्म से पहले ही धीरे-धीरे मन कड़ा करना शुरू कर लिया था। द्विवेदी विला में अगली सुबह कक्का से मिलने प्रसाद अंकल आए थे। सुधा ने उन्हें आदर सहित भीतर बुलाया, “नमस्ते अंकल जी! आप बैठिए, कक्का नहा रहे हैं।”

सुधा प्रसाद अंकल को ड्रॉइंगरूम में बैठा किचन में आ गई। दो मिनट के बाद अचानक महसूस हुआ कि जैसे पीछे कोई है। सुधा सन्न रह गई। प्रसाद अंकल ठीक पीछे खड़े हैं। इसके पहले कुछ समझ आता प्रसाद अंकल ने मुस्कुराते हुए उसके कंधे पर हाथ रख दिया। सुधा के दिमाग़ को जैसे लकवा मार गया। उसने बिना एक सेकेंड गँवाए गैस की नॉब बंद की और लंबे डग भरते हुए ऊपर चली गई। दो मिनट बाद कक्का की आवाज़ ऊपर तक आई, “नमस्कार प्रसाद साहब!”

सुधा को प्रसाद अंकल के लिए चाय बनाने नीचे आना ही पड़ा। कक्का से वो कोई शिकायत नहीं कर सकती थी कि आपके दोस्त किसी और घर की बहू के साथ यह बर्ताव नहीं कर सकते। क्या आप ख़ुद से ये सवाल कर सकते हैं कि उन्होंने सिर्फ़ यहाँ ऐसा करने की हिम्मत क्यों की? सुधा कक्का और प्रसाद अंकल के सामने चुपचाप चाय रख आई। कक्का से बातचीत की पहुँच उतनी ही दूर थी जितने धरती से तारे। आज समझ आता है कि विभा जिज्जी को बड़ी अम्मा ने उनके घर पर बचपन से

इतना प्रताड़ित किया मगर वह कभी कक्का को नहीं बता पाईं क्योंकि बड़ी अम्मा से कक्का सम्मानपूर्वक व्यवहार करते थे। इसलिए वह कक्का के पास जाने वाली डायरी में झूठ लिखवा पाई कि उन्होंने सुधा को अँगूठी दी है कि कक्का से सच कहने की हिम्मत इस घर की तीनों महिलाएँ सुधा, अम्मा और विभा नहीं कर सकतीं।

कक्का उस परिवेश से आए थे जहाँ महिलाएँ दरवाज़े की ओट से खाना-पानी थमाती हैं, आँचल से पूरा चेहरा ढाँककर केवल मंदिर, शादी और बुलावों में ही जाती हैं। बहुओं की आवाज़ किसी भी हालत में बैठक तक सुनाई न दे। पूरी दुनिया में द्विवेदी जी की ख़ुश-मिज़ाजी के जलवे हैं, मगर द्विवेदी विला के गेट के भीतर आते ही कक्का का चेहरा कड़क हो जाता। कार रुकने की आवाज़ सुनते ही सोफ़े पर बैठकर न्यूज़पेपर पढ़ती सुधा फटाफट पेपर को ऐसे मोड़ती जैसे इसे कभी छुआ ही नहीं था और लपककर रसोई में घुस जाती। बाहर का गेट खुलने की आवाज़ होते ही कक्का के बेडरूम में फेंकने लायक़ ज़रूरी सामान तलाशती और इधर-उधर घूमती अम्मा फुर्ती से पलंग पर लेट जाती। कक्का के न होने पर भी सुधा डर के मारे ऊपर नहीं जाती कि कहीं कार रुकने की आवाज़ ऊपर तक नहीं आई तो उसे कक्का के आने की ख़बर नहीं होगी। बिना मतलब नीचे के आँगन में टहलती रहती जबकि ऊपर धोने के कपड़ों का ढेर, साफ़-सफ़ाई, कॉपी चेकिंग के काम होते।

सुधा का आठवाँ महीना लग चुका था और चीनू की शादी भी इसी माह है। बाबा कक्का को शादी का कार्ड पोस्ट कर सकते थे मगर ख़ुद इतनी दूर राजनांदगाँव आए ताकि व्यक्तिगत रूप से कार्ड दे पाएँ। बाबा जब द्विवेदी विला पहुँचे तब कक्का चार दिनों के लिए कुछ दोस्तों के साथ घूमने निकल चुके थे। सुधा को उनके प्लान के बारे में नहीं मालूम था। कक्का ने पड़ोस में पाठक अंकल को भी जाकर कार्ड दिया और कक्का के लिए चार-पाँच कार्ड टेबल पर छोड़ जगदलपुर निकल गए। फ़ोन पर

कक्का को बता भी दिया कि दो-चार अतिरिक्त कार्ड उनके दोस्तों के लिए छोड़कर आए हैं। बाबा सुधा को साथ ले जाना चाहते थे, मगर सुधा आख़िरी दिनों तक स्कूल जाना चाहती थी ताकि मेटरनिटी लीव लंबी मिल जाए। सुधा चीनू की शादी में जाने पर डिलीवरी के बाद ही लौटने वाली थी। बाबा के जाने के एक हफ़्ते बाद सुधा भी डिलीवरी के लिए जगदलपुर जाने के लिए बैग बाँध रही थी। विरल उसे ख़ुद छोड़ने जाने वाला था मगर उसके ज़रूरी केस का फ़ैसला आने की वही डेट थी। सुधा ने उसे मना कर दिया, "रहने दो मैं चली जाऊँगी। रिज़र्वेशन कन्फर्म है। हमारे स्कूल के चपरासी का भाई ऑटो चलाता है। घर से स्टेशन छोड़ देगा।"

सुधा बड़े से पेट और भारी बैग के साथ नीचे उतरी। कक्का टीवी देख रहे थे। अपना बैग बरामदे में छोड़ पैर छूने भीतर गई, "कक्का, जगदलपुर जा रहे हैं।"

ऑटो सुधा को लेकर स्टेशन की तरफ़ बढ़ रहा था। कभी-कभी आँसू इतनी ज़्यादा वजहों से एक साथ बहते हैं कि कोई एक कारण समझ नहीं आता। सुधा ऑटो से स्टेशन जाते क्यों रो रही थी नहीं मालूम। अब मैं यदि दो से तीन महीने जगदलपुर में रहूँगी तो क्या द्विवेदी विला में चाय, खाना नहीं बनेगा? क्या ताले नहीं लगेंगे? क्या लाइट्स ऑफ़ नहीं होंगी? क्या नौ महीने की गर्भवती बहू डिलीवरी के लिए इस तरह अकेले ससुराल से निकलती है? विरल के पेरेंट्स या उसकी पास्ट ज़िंदगी को ख़त्म करके एक नई दुनिया में मैं ख़ुश रह पाऊँगी? भीड़ भरे रेलवे स्टेशन में ट्रेन की तरफ़ थके क़दमों से बढ़ती सुधा के हाथ से अचानक किसी ने पीछे से आकर वज़नी बैग ले लिया। सनी मुस्कुराता हुआ बोला, "कौन-सी बोगी है, दीदी?"

सुधा को लगा कि सनी के गले लगकर जी भरकर रो ले। सुबह बातों-बातों में ही मामी को बता दिया था कि डिलीवरी के लिए जगदलपुर जा रही हूँ। उन्होंने ही ट्रेन के टाइम पर सनी को भेज दिया। भावना मामी ने

जाने कैसे इतनी बारीक बात समझ ली कि सुधा को आज बहुत छोटा महसूस हो रहा होगा। सनी ने सुधा का बैग ट्रेन में जमा दिया। सुधा ट्रेन में पूरी रात करवट बदलती रही। इकलौती बहू की डिलीवरी कहाँ होगी से कक्का को कोई मतलब नहीं बल्कि किचन के सामने सोफ़े पर रखवाली करते बैठे रहे कि खाना ऊपर न जाए। कक्का के दबाव में द्विवेदी विला में रहने वाला कोई भी व्यक्ति अपने क़रीबी को ससम्मान नहीं बुला सकता था, इससे वो बहुत अकेला हो जाता है। शादी के बाद यदि लड़की के सुखों में कमी आती है तो वो मायके की याद ज़्यादा करती है।

कल चीनू की बारात आने वाली है। घड़ी-घड़ी रिश्तेदार सुधा से पूछते, "सुधा, तुम्हारी ससुराल से कोई नहीं आया?"

सुधा ने पाठक आंटी को फ़ोन लगाया, "आंटी, कक्का और अंकल यहाँ आ रहे हैं क्या?"

पाठक आंटी ने सफ़ाई दी, "नहीं आ रहे हैं सुधा। हमको तो बहुत शर्मिंदगी हो रही है। तुम्हारे ससुर नहीं जा रहे हैं तो हम लोग कैसे आ जाएँ? तुम्हारे अंकल ने द्विवेदी साहब से कहा भी कि समधी के यहाँ बेटी की शादी में क्यों नहीं जा रहे? वो तो बोल दिए कि मेरे दोस्तों के लिए कार्ड नहीं छोड़ा, नहीं जाऊँगा। बुरा नहीं मानना सुधा, तुम्हारे अंकल, कक्का और उनके सारे पुलिसिया दोस्त पीने-पिलाने के शौक़ीन हैं। तुम्हारे पापा ठहरे टीचर। तुम्हारे वहाँ इधर जैसा कल्चर नहीं है तो कक्का कभी नहीं आना चाहेंगे। दोस्ती, रिश्तेदारी एक जैसे स्वभाव के लोगों से निभ सकती है। तुमको भी तो द्विवेदी विला में दिक़्क़त हो रही है न? कल्चर डिफ़रेंस है। कक्का अपने घर में क्यों बदलेंगे! तुम किचन में सीमित रहना नहीं सीखी तो हमेशा दुखी रहोगी। जॉब तो करने दे रहे हैं तुमको। बाहर निकलती हो तो जी आओ अपने मुताबिक़। इंतज़ार मत करना। तुम्हारे यहाँ शादी में कोई नहीं आ रहा।"

सुधा धक से रह गई। रिश्तों का मान रख लेना ही प्रेम है। सम्मानरहित

प्रेम तो एक ढकोसला है, सहूलियत है। द्विवेदी विला से सिर्फ़ और सिर्फ़ अपमान ही क्यों मिला ? हो सकता है अम्मा ने कार्ड फेंक दिए हों। बाबा ने फ़ोन भी तो किया था। सौ बात की एक बात– उन्हें विरल की ससुराल में आना ही नहीं था। सुधा की शादी से पहले कक्का दोस्तों के साथ घर आए थे तो माँ-बाबा ने बहुत आवभगत की थी फिर भी शादी में न आकर समधी का सार्वजनिक अपमान करना समझ से परे था। विरल को जानकर आश्चर्य नहीं हुआ।

भूपेंद्र मामा को बड़ा मज़ा आ गया। इतने दिनों में एक ही शहर में होने की वजह से उन्हें विरल और सुधा की पारिवारिक हैसियत का अच्छे से अंदाज़ा था। लल्ली बुआ के कान में फुसफुसाए, "देखना सुधा के ससुर न तो शादी में आएँगे और न सौ रुपये व्यवहार भेजेंगे। अरे विरल ने बस स्टैंड के पास एक गोदाम को किराये से लेकर ऑफ़िस बनाया था पहले। बड़े वकीलों का असिस्टेंट था। हालाँकि अब काम बढ़ा लिया है। बहुत होशियारी दिखा रहा हूँ सोचकर जीजाजी रिश्ता लगने से पहले मुझसे सलाह नहीं लिए। सुधा के आँख के चारों तरफ़ काले घेरे देख रही हो। अनीता दीदी और जीजाजी राजनांदगाँव आने पर मेरे यहाँ रुकते हैं। सुधा से मिलने वो लोग भी द्विवेदी विला नहीं जा सकते हैं। सुधा को मेरे यहाँ मिलने बुला लेते हैं। द्विवेदी साहब के यहाँ ढेला भर इज़्ज़त नहीं है।"

ऐसा नहीं था कि सुधा से मिलने द्विवेदी विला जाने पर माँ को कक्का भगा देते। माँ ख़ुद वहाँ नहीं आना चाहती थी। मानव स्वभाव है कि वह हर उस जगह से दूर भागता है जहाँ उसे छोटा महसूस कराया जाता है।

भूपेंद्र मामा ने सुधा के कंधे में हाथ रखा, "तेरे ससुर नहीं आ रहे ?"

सुधा हकलाने लगी, "अरे उनका बीपी हाई हो गया मामा। पाठक अंकल का फ़ोन आया है हॉस्पिटल में ऑब्ज़र्वेशन में हैं।"

लल्ली बुआ, "कुछ व्यवहार तेरे हाथ नहीं भेजे ?"

सुधा बोली, "बोले हैं आगे-पीछे चीनू से मिलेंगे तो देंगे।"

चीनू की शादी धूमधाम से मल्टीनेशनल कंपनी में मैनेजर विनोद से हो गई। विनोद ने चीनू को डायमंड रिंग गिफ़्ट की और रिसेप्शन के दूसरे दिन वो लोग फ़्लाइट से गोवा निकल गए। चीनू फ़्लाइट में बैठने वाली परिवार की पहली लड़की है। चीनू फ़्लाइट से गई यह बात रिश्तेदारों में फ़्लाइट से भी तेज़ गति से फैली। पंद्रह दिन बाद सुधा की डिलीवरी है। कक्का ने 'शादी कैसी निपटी' जैसा औपचारिकता फ़ोन भी बाबा को नहीं किया। सुधा की डिलीवरी डेट कब की है उन्हें मालूम नहीं। डिलीवरी कहाँ होगी जैसे कोई सवाल नहीं थे उनके पास। उपेक्षा की चोट से रक्तस्राव नहीं होता इसलिए इसका उपचार बाहरी व्यक्ति नहीं कर सकता है। अपनों से मिला अपमान अपराध की श्रेणी में नहीं आता। सुधा के दुख की मुख्य वजह 'उम्मीद' थी। विरल ने अपने परिवार की सच्चाई स्वीकार ली थी सो उसे कोई उम्मीद नहीं थी इसलिए वो दुखी नहीं रहता था। सुधा ने अपनत्व की उम्मीद छोड़ी नहीं थी। बच्चा लेकर कहाँ जाऊँगी? विरल चीनू की शादी के तीन दिन बाद ही राजनांदगाँव लौट चुका था, अब वो डिलीवरी के समय ही आएगा। सुधा को ख़ुद पर ग़ुस्सा आ रहा था कि अब मैं द्विवेदी विला छोड़ने पाठक आंटी, भूपेंद्र मामा, विभा जीजी, महाजन अंकल इन सबका संकोच क्यों कर रही हूँ? जबकि इस बीच दो बार थाली ले जाते हुए पकड़ने पर इस घर से अलग इंतज़ाम करने बोल चुके हैं। क्या दुनिया के सामने घर से भगाए जाने का अपमान सार्वजनिक नहीं होने देना चाहती!

सुधा को इन नौ महीनों में होने वाले बच्चे के बारे में ख़याल ही नहीं आया कभी। बस ज़िंदगी वर्तमान है। विरल की कमाई इतनी है कि वो सम्मानजनक तरीक़े से हम तीनों का जीवन चला ले। कक्का सब लोगों को क्या बताएँगे कि उन्होंने बेटे-बहू को क्यों निकला? क्या मैं ख़ुद उनके पद के आभामंडल से इतनी दबी हूँ कि उनके बिना अपना वजूद शून्य मानती हूँ? एक शहर में हम अलग रहेंगे तो दुनिया तो यही कहेगी कि

बुज़ुर्ग पिता और मानसिक रोगी माँ से अलग होकर हम अपनी ड्यूटी से भाग रहे हैं। या फिर सबको सिर्फ़ एक ही वजह समझ आएगी कि बहू का सास-ससुर के साथ विवाद होता होगा। मैं सवालों से कैसे बचूँगी? लगातार सोचते रहने से सुधा को भीतर-भीतर खोखला लगता। बहू एक माह से डिलीवरी के लिए मायके में है। आज तक कक्का का कोई फ़ोन नहीं आया। विरल द्विवेदी विला में खाना नहीं खा रहा था। उसके लिए कौन ऊपर खाना लाता! वो अलग होने के लिए सुधा के लौटने का इंतज़ार कर रहा था। सुधा को उसने कह दिया था कि कपड़े के सिवाय कुछ नहीं ले जाना द्विवेदी विला से। वो राजनांदगाँव के मुवक्किलों के केस की सुनवाई के लिए दूसरे शहरों में भी जाने लगा है। सुधा से हर रात फ़ोन पर तबीयत पूछना विरल की दिनचर्या में था। कल सुधा की डिलीवरी है। डॉक्टर ने बता दिया कि ऑपरेशन करना होगा। कक्का के शादी में न आने का सारा अपमान भुला बाबा ने फिर फ़ोन लगाया, "हाँ द्विवेदी साहब, कल डिलीवरी है।"

कक्का ने फ़ोन पर अच्छा बर्ताव किया तो बाबा फिर ख़ुश हो गए। जबकि मात्र पंद्रह दिन पहले उन्हें महसूस हुआ था कि पैसे वाले समधी ने शादी में शामिल न होकर सबके आगे उन्हें छोटा दिखा दिया। बाबा और माँ को हमेशा उम्मीद होती कि सुधा को ससुराल में किसी-न-किसी दिन सम्मान मिल जाएगा और सब ठीक हो जाएगा। माता-पिता अकेले बेटे से कभी दूर नहीं होना चाहते। सुधा के मन में बंजारों की ज़िंदगी का ढीलापन आ गया था। मायका भी वो सराय है जहाँ कुछ दिन बिताकर जाना ही है। दूसरा राजनांदगाँव का द्विवेदी विला जहाँ हर रात सोते समय बिस्तर पर सिर्फ़ एक ख़याल आता था– 'आज का दिन निकल गया।' माँ-बाबा चीनू को विदा करते ही सुधा की डिलीवरी की तैयारी में ख़ुशी-ख़ुशी लग गए।

सुधा ने अपने स्कूल और कॉलेज जीवन में हमेशा ख़ुद को ख़ास महसूस किया था अपने आस-पास के लोगों की वजह से। सहेलियाँ,

रिश्तेदार अक्सर ख़ूबसूरती की तारीफ़ करते। स्कूल-कॉलेज में हमेशा टॉप करने की वजह से टीचर्स से अतिरिक्त तवज्जो मिली। वो जितनी जगह इंटरव्यू देने गई सभी जगह सलेक्ट हुई। आकाशवाणी से हमेशा उसे कंटेंट राइटिंग के लिए कॉन्ट्रैक्ट मिलता। शादी के बाद भी राजनांदगाँव के स्कूल में बेस्ट टीचर का अवॉर्ड मिला मगर अवॉर्ड घर में लाकर भी ख़ुशी साझा करने रात तक विरल का इंतज़ार किया। द्विवेदी विला में पिछले तीन साल में इतनी अवहेलना मिली कि आत्मविश्वास हिल गया था। उसने सब्ज़ी स्वादिष्ट बनाई है या नहीं, ये बात कक्का जब दुबारा के लिए रखी कटोरी अपनी थाली में पलट लेते तो समझ आती। सुधा जगदलपुर में लेटी हुई द्विवेदी विला की घटना फिर से याद करने लगी जब प्रसाद अंकल किचन में आ गए थे और कान तक आँसू बह गए। द्विवेदी विला में मजबूरी में आने वाली वो महिलाएँ हैं जिनके पति द्विवेदी साहब से पारिवारिक रिश्ता क़ायम करने के फेर में पत्नियों को जबरदस्ती साथ ले आते हैं। उन्हें ड्रॉइंगरूम में पतियों के साथ ना बैठकर अम्मा के बेडरूम में घुसकर खुसुर-फुसुर करना पड़ता। सुधा पुरुषों और महिलाओं को अलग-अलग कमरों में चाय-नाश्ता देकर रसोई में खड़ी ड्रॉइंगरूम से आती आवाज़ें सुनती खड़ी रहती– भट्टाचार्य का प्रमोशन हो गया। पूरे डिपार्टमेंट में उससे करप्ट आदमी कोई नहीं है। सुधाकर रिटायरमेंट के बाद बैंगलोर शिफ़्ट हो गया है। ये पार्टी यदि स्टेट में आई तो कुछ सुधार हो सकता है। मेडिकल इंश्योरेंस में ये कवर नहीं होगा। ज़िंदा रहते बेटे-बहू को कभी भी सब बात मत बताओ भाई। साले बागबान के अमिताभ बच्चन वाली हालत कर देते हैं।

घंटे भर से ज़्यादा रसोई में खड़े-खड़े तंग आकर ज़मीन में बैठ जाती और फिर बेमतलब की बात सुनती– मेरी पोस्टिंग जब मोहन नगर थाने में थी तब पंडया नया नया ज्वॉइन किया था। खन्ना साहब के यहाँ भाभी जी को कैंसर हो गया। दिल्ली गया था लवली के पास बड़ी ठंड है उधर।

मदन के बेटे का सैटलमेंट नहीं हुआ। अभी एक मोबाइल शॉप खोलकर दिया है उसको। अरे देशलहरा अब तक रिटायर हो गया होगा।

सुधा को ऊपर ढेरों काम है। मशीन से कपड़े निकालकर सुखाना है। एग्ज़ाम की दो सौ कॉपियाँ चेक करना है। कोई काम न भी हो तो ऊपर के सोफ़े पर पड़ी रहूँ, इस तरह रसोई में खड़े रहने से अच्छा। मगर ड्रॉइंगरूम में मर्दों की महफ़िल के सामने से गुज़रकर ऊपर कैसे जाऊँ! पहले आंटियों के पास जाकर बैठ भी जाती थी मगर फिर वही– 'द्विवेदी साहब को मेरे हाथ की भरवा-भिंडी बहुत पसंद है। तुमसे कह नहीं पाते। एक काम करो, उनके लिए सूखी सेवई बनाया करो। मुझसे हक़ से बनवाते हैं साहब।'

सुधा ने नीचे आने वाली महिलाओं को चाय-नाश्ता देकर हटना शुरू कर दिया। आंटियों को जब ड्रॉइंगरूम से उनके पति पुकारते तब वे जाने के लिए अम्मा के कमरे से बाहर निकलतीं।

सुधा ने ऑपरेशन से यशु को जन्म दिया। माँ-बाबा यशु का चाँद-सा चेहरा देख निहाल हो गए। कक्का पाठक अंकल के साथ पोते को देखने हॉस्पिटल आए। कक्का ख़ुश लगे। कक्का को ख़ुश देख माँ और बाबा बहुत ख़ुश हो गए। सुधा को शायद इस बच्चे के सहारे द्विवेदी विला में स्नेह, सम्मान मिल जाए। हम सिर्फ़ अपनी भावनाओं पर नियंत्रण पा सकते हैं। दूसरों के जज़्बात बदलने का सफ़र यातना भरा संघर्ष है। पराश्रित आकांक्षाओं की उद्देश्यपूर्ति अनिश्चित होती है।

नन्हे यशु के जन्म को अब एक माह हो गया। कक्का हॉस्पिटल में ऑपरेशन वाले दिन जो देखकर गए तो फिर उन्होंने कभी फ़ोन नहीं किया। सुधा क्योंकि लंबे समय से मायके में थी तो अबकी बार उसका अपमान माँ को भी महसूस हो पा रहा था, "सुधा, तेरे ससुर अजब कट्टर हैं। बेटे-बहू से माया नहीं मगर छोटे से पोते के लिए भी मन नहीं दौड़ता। तेरी शादी के बाद बाबा एकतरफ़ा त्योहारों में फ़ोन करते रहे। चलो हम

लड़की वाले हैं। चीनू की शादी में बेइज़्ज़त किए, चलो ठीक है अपने बेटे से बदला लेने उसके ससुराल की शादी में नहीं आए। पर तू उनकी कुछ नहीं है क्या ? फ़ोन करके पूछ ही नहीं रहे कि सुधा और बच्चा राजनांदगाँव कब आएँगे ? बच्चा हॉस्पिटल से डिस्चार्ज हो गया क्या ? पहली डिलीवरी तो उनके घर से होनी चाहिए थी। लोग पोते का इंतज़ार करते हैं कि कब घर पहुँचें और फ़ंक्शन करें।"

सुधा को अब ज़गदलपुर में चार माह हो गए। अब यहाँ रहने में लोगों को जवाब देना पड़ रहा है कि सुधा को ससुराल से लेने कोई क्यों नहीं आ रहा। चीनू अपने ससुराल से रोज़ फ़ोन करती। उसके सास-ससुर भी कभी-कभी सुधा से तबीयत पूछते। यशु को गोद में लिए सुधा सोचती कि क्या मुझे चीनू जैसा सामान्य परिवार नहीं मिल सकता था! सुधा को चीनू के सास-ससुर से शर्म आने लगी थी कि चार माह हो गए मगर अभी तक वो मायके में है। उनको अंदाज़ा हो जाएगा कि ससुराल वालों ने इसे छोड़ दिया है। पाठक आंटी का फ़ोन पर बता रही थी कि वो द्विवेदी विला गई थीं। कक्का टीवी देख रहे थे, अम्मा कक्का को खाना खिलाकर बेडरूम में सो रही थीं। विरल चार दिन बाद कहीं से आया था। खाना बाहर ही खाता है।

सुधा सोचती कि मैं कब तक यहाँ रहूँगी ? जगदलपुर में चार माह से रहते हुए राजनांदगाँव जाने की हिम्मत ख़त्म हो गई थी। जैसे कक्का उसे देखते ही दरवाज़ा बंद कर देंगे। इतने दिनों से वहाँ नहीं रहने पर पैर उखड़ गए जैसे। कक्का का बुलाने के लिए कोई फ़ोन नहीं आया। चार महीने पहले हॉस्पिटल में प्रकट हुए थे। स्पष्ट था वे अकेले रहना चाहते हैं। विरल से फ़ोन पर बात होने पर वो बेहद सामान्य तरीक़े से बोलता, "तुम्हारे जाने के बाद मैं घर में खाना नहीं खा रहा हूँ। कक्का के घर में हम दोनों घुसपैठियों की तरह जबरदस्ती रह रहे हैं।"

सुधा ग़ुस्से में तमतमा गई, "यदि मैं घुसपैठिया हूँ तो जब शादी लगाई

थी तब मेरा ट्रांसफ़र राजनांदगाँव क्यों कराना चाहते थे वो ? उन्हें तो आज भी गुमान है कि मेरी जॉब उन्होंने लगवाई है।"

विरल सुधा के तेवर देख बात ख़त्म करता, "सुनो, तुम्हें क्या चाहिए बता दो ? वहाँ बेइज़्ज़त होते भूखे रहना है तो वैसे रहो। मैं इकलौता बेटा होकर भी अलग होने से अपने दोस्तों से लेकर रिश्तेदारों से किसी से शर्मिंदा नहीं हूँ। मेरे दोस्तों में ही चार लोग समझाने के बहाने मज़े लेंगे। दिनेश बोलेगा कि भाई मेरा बाप तो चमाट लगा देता है मैं तो अलग नहीं हुआ। अब तुम को अपने भूपेंद्र मामा-मामी क्या कहेंगे, पाठक आंटी क्या बोलेंगी की फ़िक्र है तो मैं कुछ नहीं कर सकता। दुनिया के किसी भी रिश्ते में सम्मान माँगा नहीं जाता, कमाया जाता है। तुम्हें लगता है कि तुम उनके हिसाब से जीकर या द्विवेदी विला में आए मेहमानों की आवभगत कर सम्मान कमा सकती हो। मगर याद रखना कि दुनिया क़ाबिल लोगों का सम्मान करती है। तुम जब-जब उनमें पिता तलाशोगी, निराशा मिलेगी। तुम क़ाबिल हो जाओगी, वह तुम पर फ़ख़्र करेंगे।"

सुधा का दिमाग़ ग़ुस्से में घूम गया, "मतलब मैं क़ाबिल नहीं ? आप घर-गृहस्थी सब छोड़कर हफ़्तों बाहर रहकर ख़ुद के लिए मेहनत कर क़ाबिलियत साबित कर सकते हो। मेरे पास ख़ुद को साबित करने के मौक़े ही नहीं हैं ?"

विरल बोला, "तुम्हारे जीवन का मक़सद कक्का की नज़र में सम्मान बनाना कभी नहीं होना चाहिए। जब तुमको ये मालूम हो जाता है कि जीवन बहुत छोटा है तब तुम जल्द-से-जल्द ख़ुशी के हर रास्ते पर पूरी ताक़त से दौड़ना चाहते हो। दुनिया का कोई रिश्ता तुम पर हावी नहीं होता। जो रिश्ता तुम्हारी ख़ुशी के आड़े आ रहा है वहाँ से दूर हो जाओ बिना उसे और ख़ुद को तकलीफ़ पहुँचाए।"

सुधा चिढ़ गई, "आपकी दिनचर्या द्विवेदी विला के बाहर है इसलिए प्रोग्रेस कर पा रहे हो।"

मैं जानता हूँ। द्विवेदी विला में रहते हुए आज़ाद होना मुश्किल है। तुम अलग होने से डरती हो। कक्का के दोस्त हमको फ़ंक्शंस में इनवाइट नहीं करते हैं क्योंकि उन्हें डर है इससे कक्का नाराज़ हो सकते हैं। तुम इन लोगों का लिहाज़ कर रही हो कि अलग होने से ये लोग क्या सोचेंगे! दुनिया क्या है ? जिन लोगों के साथ आप ग्रो करते हो उतने लोग ही दुनिया है। तुम ख़ुद की बनाई दुनिया में ही ख़ुश रहोगी। द्विवेदी विला में कक्का की बनाई दुनिया है। आप अपने दोस्तों, अपने कलीग्स, हमउम्र भाई-बहनों के साथ ज़्यादा ख़ुश रहते हैं, न कि पेरेंट्स के दोस्तों के साथ। पेरेंट्स की दुनिया के साथ थोड़ी देर बिताया जा सकता है, उनकी दुनिया को अपनी दुनिया नहीं बनाया जा सकता। पेरेंट्स भी बच्चों की दुनिया के साथ ज़रा देर बिता सकते हैं। कड़वा सच है यहाँ सबकी दुनिया उनके साथ पैदा होती है और बूढ़ी होकर मर जाती है। चूज़ों को यदि नीड़ से प्यार हो जाए तो आकाश नहीं नाप पाएँगे। माँ-बाप को जब ज़रूरत हो तो ज़रूर संग रहो। हर आदमी अलग होता है। कक्का ने तुम्हारे रहते आज तक ऊपर की सीढ़ियाँ नहीं चढ़ीं। मतलब कोई किसी को डिस्टर्ब न करे। यदि इस ग़ैर-पारिवारिक माहौल में तुम्हारा दम घुटता है तो हमें द्विवेदी विला को छोड़ ही देना चाहिए ताकि यशु को खुला माहौल दे पाए। मैं कभी दिल्ली छोड़कर नहीं आया होता यदि मालूम होता कि इसका परिणाम तुम्हें भुगतना होगा। मुझे लगा था कि तुम बाहर की आई हो तो शायद कक्का तुम्हारे साथ नर्म रहेंगे।"

सुधा चुप सुनती रही। फ़ोन रखने के बाद बाज़ू में लेटे यशु को थपकियाँ देती सुधा की आँखों से कान तक आँसू बहते रहे। चीनू, शिप्रा, अनुराधा सबके ससुराल ऐसे तो हैं कि वो अपने परिवार को कभी-कभार इनवाइट कर सकते हैं।

सुधा ने महसूस किया कि माँ-बाबा भी चाहते हैं कि वो ससुराल लौट जाए। माँ-बाबा फ़ोन पर रिश्तेदारों से लंबी-लंबी बातें करते, लेकिन सुधा

घर पर है, इस बात का ज़िक्र कभी नहीं करते। सुधा भी सावधान रहती कि यशु की रोने की आवाज़ फ़ोन तक न पहुँचे।

राजनांदगाँव लौटते ही द्विवेदी विला से अलग होने की बात सुनकर माँ-बाबा चुप रहे। सुधा ने विरल के आगे शर्त रखी थी कि वो एक ही शहर में अलग घर में नहीं रहने वाली। बेहतर है रायपुर शिफ़्ट हो जाते हैं जहाँ विरल का काम पहले से ही चल रहा है। सुधा ने पाठक आंटी को फ़ोन करके बता दिया कि विरल अपना काम रायपुर शिफ़्ट कर रहे हैं इसलिए वो भी अब रायपुर चली जाएगी ताकि पाठक अंकल के द्वारा ये सूचना कक्का को लग जाए। सुधा इज़्ज़त से घर छोड़ना चाहती थी। लोगों को बताने एक ठोस वजह कि मनमुटाव में घर नहीं छोड़ा, हालाँकि पूरा राजनांदगाँव और रिश्तेदारी के सामने द्विवेदी विला का हर रिश्ता बेपर्दा था।

सुधा गोद में नन्हे यशु को लिए बंटी के साथ द्विवेदी विला आ गई। ऑटो से बंटी ने सामान उतारा। यशु को गोद में लिए धकधकाते दिल से सुधा ने कक्का के पैर छुए। कक्का ने मुस्कुराते हुए एक नज़र यशु पर डाली फिर सुधा भीतर अम्मा के पास गई जिन्होंने यशु को देखा ही नहीं था। सुधा को देखते ही अम्मा चहक गईं, "सुधा, अच्छा हुआ तुम आ गई। ओह ये विरल का बेटा है? कक्का आज हमारा ख़ात्मा तो नहीं कर देंगे?"

सुधा सूटकेस रखने का बहाना कर ऊपर आ गई। विरल ने मुस्कुराते हुए यशु को गोद में लिया, "हम अगले हफ़्ते घर छोड़ देंगे। रायपुर में मकान मालिक रंग-रोगन करवा रहा है। अगले सेटरडे चाभी दे देगा।"

सुधा को आए मात्र दो दिन हुए थे। उस सुबह नीचे उतरी तो देखा, कार में जीवनलाल सिपाही सूटकेस रख रहा है। तीरथराम अम्मा को समझाता-बुझाता चढ़ा रहा है। सुधा ने पाठक आंटी को फ़ोन लगाया, "आंटी, कक्का और अम्मा गाँव गए हैं अभी-अभी। मुझे तो कुछ मालूम ही नहीं था कि वे गाँव जा रहे हैं। मैं जब नीचे उतरी तो देखा कार में

सामान चढ़ रहा था। मुझे ख़ुद अगले हफ़्ते रायपुर शिफ़्ट होना है। पता नहीं ये लोग कब वापस आएँगे। उनके पीछे इस तरह ताला मारकर नहीं जा सकते। इतना बड़ा डिसीजन कि हम शहर से जा रहे हैं उनके सामने बताकर जाना ठीक रहेगा।"

पाठक आंटी ने आगे बताया, "सुधा, तुम तो चार महीने से ज़्यादा से जगदलपुर में थी। तुम्हारे जाने के बाद तुम्हारी सास बहुत बेजा हरकतें करने लगी थी। एक दिन हमारे घर आ गई और तीन दिन तक यहीं रही। हमने तुम्हारे ससुर को फ़ोन किया कि इनको घर ले जाइए तो उलटा मुझे बोलते हैं तुमने पंचायत किया है तो घुसी है, भगा दो अपने घर से। तुम बताओ सुधा, हम कैसे भगा देते? वो आकर ले जाते। तुम्हारी सास भी जितने तमाशे कर रही थी वो बर्दाश्त के बाहर थे। मोहल्ले के हर घर में घुस रही थी। किसी के घर दो दिन, कहीं तीन दिन। तुम्हारे जाने से असल में उनको किचन सँभालना पड़ रहा था और उनकी आदत छूट चुकी थी। रसोई में लाया सामान चुपचाप नाली में फेंक देती। द्विवेदी साहब भी ज़िंदगी भर परेशान रहे। किसने किसको परेशान किया भगवान जाने, मगर कॉलोनी में हर दिन के तमाशे के कारण वो तुम्हारी सास को लेकर गाँव शिफ़्ट हो गए हैं। सिपाहियों को साथ में इसलिए ले गए ताकि वे लोग ट्रेन के चौबीस घंटे के सफ़र में अम्मा और कक्का के बीच बिचौलिए का काम करें।"

सुधा सन्न रह गई। द्विवेदी विला में पिछले चार माह में इतना कुछ हुआ और ये सब विरल और सुधा को बाहर के लोगों से मालूम हो रहा है। कक्का और अम्मा के गाँव जाने के चार दिन बाद फिर पाठक आंटी का फ़ोन आया, "सुधा, जीवनलाल और तीरथराम गाँव से लौटकर आने के बाद तेरे अंकल को बता रहे थे कि तुम्हारी सास ट्रेन में हंगामा कर रही थी। ट्रेन में उन्हें आज़ादी और उत्पात दिखाने दर्शक मिले। घड़ी-घड़ी वो ट्रेन से कूदने दौड़ती और सिपाही उन्हें रोकने। बहुत देर के हुड़दंग के

बाद कक्का ने सिपाहियों को आँख दिखाई कि जब तक तुम उनके पीछे दौड़ोगे वो आत्महत्या की धमकी देती रहेगी। तीरथराम और जीवनलाल अपनी सीट पर आकर बैठ गए। कक्का का कहना सही हुआ। अम्मा को ट्रेन से कूदने से रोकने कोई नहीं आया तो वो सिर पर आँचल लिए वापस सीट पर आ गई। कक्का ने गाँव पहुँचकर अपने हिस्से के कमरों का ताला खुलवाकर रहना शुरू कर दिया है।"

कक्का के जीवन की अपनी कमियाँ और खीझ हैं। द्विवेदी विला में उनकी अनुपस्थिति में यहाँ रहने की ज़िम्मेदारी फिर सुधा और विरल पर आ गई। उसे द्विवेदी विला से नहीं, यहाँ आने वाले लोगों से भी छुटकारा चाहिए था जो अक्सर बातों-बातों में सुधा को जता देते थे जैसे कि वे कक्का के क़रीबी हैं और द्विवेदी साहब के बेटे-बहू उनके बारे में उतना नहीं जानते जितना वे लोग। ये उपकृत लोग द्विवेदी साहब की मित्रता से गौरवान्वित होते– साहब राजा आदमी हैं। हमारे घर अधिकार से अपनी पसंद की सब्ज़ी बनवाकर खाते हैं। अपने घर में साहब बेटे-बहू से बात नहीं करते और हमसे कितना हँसी-मज़ाक़ करते हैं। साहब ने मेरी बेटी के लिए आधी रात फ़ोन करके डॉक्टर बुलवाया। द्विवेदी साहब ने मेरे भतीजे की नौकरी लगवा दी थी। साहब मेरे बेटे को अपना बेटा कहते हैं। ये द्विवेदी विला में आने वाले वो लोग हैं जो ड्राॅइंगरूम में सुधा को बुलाकर कक्का के सामने ही मध्यस्त की भूमिका निभाते– 'सुधा, कक्का आज हमारे घर खा रहे हैं। उनका खाना मत बनाना। सुधा, ये सब्ज़ी में लाल मिर्च नहीं डालना, कक्का को हज़म नहीं होती।' कक्का सामने बैठे हैं मगर ये बात उनके क़रीबी बताएँगे क्योंकि कक्का घर में चुप रहते हैं। कक्का मेरे लिए पिता हैं, न कि कहीं के साहब। सुधा अब अनचाहे ही विरल की राह में बढ़ चुकी थी। कक्का के लोगों से रिश्ता ख़त्म करना जो आकर बोलते थे कि कक्का को मीठा अचार बहुत पसंद है, तुम बना दिया करो। क्या ये बात कक्का ख़ुद मुझसे नहीं कह सकते! ये फोकटचंदी

लोग जिनकी अपने घर में धेले भर की इज़्ज़त नहीं यहाँ आकर विधायक के चेले-चपाटों वाली हरकत करते हैं। इन मैसेंजर्स की ऐसी की तैसी! इसलिए विरल इन लोगों से नमस्कार का भी रिश्ता नहीं रखता।

कक्का और अम्मा के अचानक गाँव चले जाने से सुधा झुँझलाने लगी। जब से शादी हुई है इस परिवार ने इरादों पर पानी फेरने और मुकरने के अलावा और कुछ नहीं किया है। यहाँ अकेले रहने की ज़िम्मेदारी आन पड़ी क्योंकि विरल का ऑफ़िस रायपुर शिफ़्ट हो चुका था। सुधा द्विवेदी विला में नीचे के पोर्शन को लॉक कर ऊपर के हिस्से में रह रही थी। ऊपर के स्टोर रूम को सुधा ने किचन में बदल दिया। शादी में मिले कई बर्तनों, जो अब तक नहीं निकले थे, से पूरा किचन जम गया। इन तीन सालों में दिन भर सीढ़ी पर ऊपर-नीचे होकर, स्कूल और रसोई में लगातार खड़े रहने से घुटने जवाब देने लगे थे। वैसे भी यशु को गोद में लेकर नीचे के किचन में जाने दस बार सीढ़ियाँ चढ़ना-उतरना संभव नहीं था। विरल को क्लाइंट्स की सुनवाई के लिए बिलासपुर हाईकोर्ट और रायपुर कोर्ट जाना पड़ता था। देर रात सिर्फ़ सोने के लिए राजनांदगाँव आना मुश्किल था। कक्का और अम्मा गाँव में, सुधा द्विवेदी विला में और विरल रायपुर में रह गया। कक्का के दोस्तों और कॉलोनी के लोगों के बीच सुधा की दबंगई की चर्चा होने लगी– 'बहू ने डिलीवरी के बाद मायके से आते ही सास-ससुर को गाँव भगा दिया। साहब ने इकलौते बेटे की कितने ख़ुशी-ख़ुशी शादी की थी। पोते के जन्म के बाद बहू चार महीने से ज़िद में मायके बैठी थी कि सास-ससुर के साथ नहीं रहना। ऐसे ही शादी के बाद भी दिल्ली नहीं जाऊँगी की ज़िद में लड़के को वहाँ की जॉब छोड़ने के लिए मजबूर किया था।

सुधा शाम को यशु को लेकर आँगन में निकलती तो पड़ोस के वे लोग भी जो पहले कभी घर नहीं आए थे रुककर पूछते, "द्विवेदी साहब अब यहाँ नहीं रहते क्या?"

सुधा हकलाने लगती, "अभी कुछ दिन गाँव की खेती देखने गए हैं।"

कक्का के इस तरह गाँव शिफ़्ट हो जाने से सुधा को अपराधबोध महसूस हो रहा था। उस दिन निर्मलकर आंटी सामने से निकल रही थीं। सुधा को देखकर पंचायत का अवसर कैसे जाने दें, "सास-ससुर चले गए सुधा? चलो अब तुमको आज़ादी मिल गई। फँसी हुई थी सेवा-टहल में।"

सुधा ख़ून का घूँट पीकर रह गई। घर में झाड़ू-पोछा के लिए आने वाली गीता ने बताया कि द्विवेदी विला के तीनों सदस्यों के आपस में बातचीत नहीं करने का मज़ा पूरी कॉलोनी उठाती है। लोग कहते हैं द्विवेदी विला में सास पागल, बेटा-बहू बदतमीज़ और ससुर सज्जन हैं। सुधा ने अपने स्कूल से कुल मिलाकर छह माह की छुट्टी ली थी। स्कूल से फ़ोन आया कि अगली 20 तारीख़ को ज्वॉइन कर लो। विरल का बाहर रहना ऐसे में कामवाली के भरोसे यशु को आठ घंटे से भी ज़्यादा के लिए छोड़कर जाना सही नहीं लग रहा था। वैसे भी विरल लगातार जॉब छोड़ने का दबाव बना रहा था, "सुधा, हम जॉब क्यों करते हैं? पैसों के लिए न? मैं अच्छा कमा रहा हूँ। यशु से हर दिन उसकी माँ के आठ घंटे और कभी-कभी दस घंटे छीनकर तुम क्या कर लोगी? आने के बाद घर पर भी तुम्हें रिज़ल्ट बनाना, कॉपियाँ चेक करना होता है।"

सुधा उदास हो गई, "यदि मुझे एक नॉर्मल फ़ैमिली मिली होती तो यशु की देखभाल के लिए एक कामवाली रखकर उसके दादा-दादी को नज़र रखने बोल सकती थी। यार पिछले साल मुझे मुख्यमंत्री से बेस्ट टीचर अवॉर्ड मिला है। आते ही हाउस इंचार्ज बना दी गई थी। जॉब में रहते हुए कितनी मुश्किल से बीएड किया था। जॉब से ब्रेक लेने पर पुराना एक्सपीरिएंस काउंट ही नहीं होगा यदि आगे कहीं एप्लाई करना पड़े तो।"

विरल बौखला गया, "ये बात-बात पर नॉर्मल फ़ैमिली का क्या ताना है?"

दोनों उस रात मुँह फेरकर सो गए जबकि सुधा ने पाँच दिन से विरल

के आने का इंतज़ार किया था। दूसरे दिन सुधा ने रेजिग्नेशन लेटर स्कूल भेज दिया। विरल का इंतज़ार करते हफ़्ता निकालना बहुत मुश्किल हो रहा था। उस दिन पाठक आंटी का फ़ोन आया, "सुधा, परसों तेरे ससुर आ रहे हैं। मैं सोची बता दूँ ताकि तू नीचे के कमरे, किचन की साफ़-सफ़ाई करवा के रख। कब से बंद पड़ा है।"

सुधा को ऐसे फ़ोन से भी अपमान महसूस होता कि पड़ोसी आदेश दे रहे हैं कि घर की सफ़ाई करो। आंटी ने आगे पूछा, "कक्का नहीं थे तो तुम ऊपर के दूसरे कमरे को किचन में कन्वर्ट कर ली थी न? वैसे भी वो ऊपर से आया खाना नहीं खाएँगे। गैस से एक-एक रोटी उतारकर ऊपर से लाओगी क्या? कक्का अपने किचन में पका ही खाएँगे।"

सुधा ने ख़ून का घूँट पीकर कहा, "क्यों आंटी, नीचे के किचन में भी मैं ही राशन लाती हूँ और मैं ही पकाती हूँ। ऊपर से बनकर आया खाना क्यों नहीं खाएँगे? आपको कक्का की टेंशन लेने की ज़रूरत नहीं है।"

सुधा ने फ़ोन काट दिया। विरल की वो बात दिमाग़ में घूमने लगी कि जाने इस घर में क्या है कि कक्का से जुड़े रिश्ते कभी भी घर के बाक़ी सदस्यों को मान नहीं देते। घर के गेट पर अरोरा अंकल आए। सुधा बाहर निकली तो नमस्ते कहकर उन्हें भीतर आने कहा।

"द्विवेदी जी गाँव से कब आएँगे बेटा?"

"दस दिन बाद अंकल जी।"

"ठीक है मैं चलता हूँ।"

पलटकर जाते हुए अरोरा जी के हाथ में सुधा ने शादी का कार्ड देखा। यदि द्विवेदी जी नहीं हैं तो वो सुधा को शादी में नहीं बुलाना चाहते। सुधा अरोरा अंकल को हर शाम कक्का से मिलने आने पर पूरे आदर से मुस्कुराकर 'नमस्ते अंकल' कह चाय-नाश्ता की ट्रे रखती आई थी। थोड़ी देर बाद सुधा ने देखा कि अंकल कार्ड थामे बार-बार बाहर चक्कर काट रहे हैं। पाँचवीं बार जब वो चक्कर काट रहे थे तभी द्विवेदी विला

का आँगन झाड़ती गीता को देख फुर्ती से गेट खोल भीतर आ उसके हाथ में कार्ड पकड़ाकर भाग गए। सुधा ने बुज़ुर्गों का ऐसा रूप नहीं देखा था। अरोरा अंकल के बेटा भर कह देने से वो निहाल हो जाती थी। क्या किसी और घर में जाकर बहू और कामवाली के खड़े रहने पर वो कामवाली के हाथ में कार्ड देने की हिम्मत करते? अरोरा अंकल ने रोज़ शाम की वॉक करके द्विवेदी विला में रुकने का रिवाज बना रखा था। सुधा को उनका आना अच्छा लगता था क्योंकि कक्का को अकेले बैठे देखना अच्छा नहीं लगता था। उसमें भी वो उस बहू से कार्ड छिपा रहे हैं जो हर शाम उन्हें चाय पिलाती है।

सुधा समझ गई कि कक्का के गाँव से आने पर उनके सामने अंकल ज़रूर बोलेंगे कि तुम शादी में नहीं आई। मैं कक्का के आगे ही बोलूँगी कि अंकल जी मैं और गीता खड़े थे तब आपने कार्ड गीता के हाथ में यह बोलकर दिया कि द्विवेदी जी आएँगे तो दे देना। कक्का सामने बैठे होंगे तो मैं इतना लंबा-चौड़ा तो बोलने की हिम्मत नहीं कर पाऊँगी कि अंकल आप पहली बार में ही कार्ड लाए लेकिन कक्का के आने की तारीख़ तक आपके घर की शादी निकल चुकी होगी जानकर आप बिना कार्ड दिए निकल गए। पाँच बार आपने रोड पर चक्कर काटा। कक्का के आगे एक वाक्य में ही बात करनी पड़ेगी। कक्का को तब समझ आएगा कि पीठ पीछे लोग मेरे साथ कितना गंदा सलूक करते हैं। अरोरा अंकल को वो ज़रूर बोलेंगे कि सुधा के रहते तुमने गीता के हाथ में कार्ड देकर बहुत ग़लत दिया।

कक्का को गाँव से आने में दो दिन बाक़ी हैं। सुधा नन्हे यशु को लेकर गीता के साथ नीचे उतरी और लगातार चार घंटे डस्टिंग, जाले निकालना, किचन के प्लेटफ़ॉर्म, गैस चूल्हे को वॉशिंग पावडर से रगड़ना, बर्तनों पर पीतांबरी घसना, सोफ़ा, डायनिंग टेबल झाड़ना, नीचे के फ्रिज में सब्ज़ियाँ और डब्बों में राशन भरना। इस बीच यशु कई बार रोया तो फिर उसे

लेकर ऊपर गई। उसके दूध की बॉटल और डायपर ऊपर थे। विरल तीन दिन पहले बिलासपुर निकल गया था। सुधा को आज कक्का के आने का समय भी पाठक आंटी से पता चला। कार रुकने की आवाज़ हुई। पाठक अंकल कक्का को लेने स्टेशन गए थे। सुधा ने यशु को गोद में लिए हुए कक्का के पैर छुए। कक्का अपना सूटकेस उतारकर भीतर आ गए। सुधा को कक्का का आना अच्छा लग रहा था। अपने से ही सोचने लगी कि कक्का को हम लोगों की याद आई इसलिए ही तो रहने आए हैं। फटाफट किचन में चाय चढ़ा दी। नीचे का किचन फिर शुरू हो गया। चाय के लिए पाठक अंकल को भी रोक लिया। यशु को कक्का के पास सोफ़े पर बिठा दिया। सुधा ने किचन से देखा कि कक्का ने यशु को गोद में उठा लिया है। एकदम से आँखें नम हो गईं। क्या अम्मा की अनुपस्थिति में कक्का सहज हैं? यशु की नन्ही, नर्म उँगलियों पर हाथ फिराते हुए कक्का के चेहरे पर एक नर्म मुस्कान थी। कक्का के मुस्काने भर से दिल भर आया। कक्का को खाना खिलाकर सुधा ऊपर आ गई। यशु के साथ पहले जैसे नीचे रसोई में बने रहना संभव नहीं था। शाम की चाय के समय ही अरोरा अंकल दरबार में हाज़िरी देने पहुँच गए। सुधा चाय की ट्रे टेबल पर रख ही रही थी तो अरोरा अंकल ने कक्का के आगे बनावटी ग़ुस्सा दिखाया, "सुधा, तुम शादी में नहीं आई?"

सुधा को लगा तीन साल की शादी में पहली बार अपनी बात रख रही है, "अंकल, आपने मेरे आगे ही काम करने वाली को कार्ड दिया तो मैं कैसे आती?"

अरोरा अंकल को सुधा से जवाब की उम्मीद ही नहीं थी। तीन सालों में हर आने वाला जान चुका था कि अधिक से अधिक ये दाँत दिखाकर फट से किचन में चली जाती है। अरोरा अंकल सकपका गए। द्विवेदी साहब के आगे पर्दाफ़ाश हो गया कि वो इतने दोगले आदमी हैं। सुधा जान-बूझकर कप-प्लेट रखते हुए कनखियों से कक्का को उम्मीद से देख रही थी।

अरोरा को सकपकाता देख कक्का खीज गए, "तुम शादी में नहीं गई न? चलो जाओ अब यहाँ से।"

सुधा सन्नाटे की हालत में किचन में खड़ी थी। कक्का को बुरा नहीं लगा। आज बाबा होते तो अपने दोस्त पर बिफर पड़ते– 'क्या बाक़ी घरों में भी तुमने काम करने वालों के हाथ में कार्ड दिया? सुधा को नहीं पहचानते?'

सुधा किचन में खड़ी कक्का की आवाज़ सुन रही थी जो अरोरा जी का अपराधबोध ख़त्म कर उन्हें सामान्य करने की कोशिश कर रहे थे, "अरे अरोराजी मैं शादी में बुलावे का इंतज़ार नहीं करता। मुझे बस मालूम होना चाहिए इस तारीख़ को शादी है।"

सुधा का दिल टूट गया। लगा जैसे सामने जाकर कक्का को कहूँ कि फिर चीनू की शादी में क्यों नहीं आए थे! आज सिर्फ़ कक्का की वजह से द्विवेदी विला के वीराने में यशु को लेकर रह रही है कि जब-जब कक्का राजनांदगाँव आएँगे तो उनका खाने का इंतज़ाम कैसे होगा! दिन-प्रतिदिन छोटी ज़िम्मेदारियों को निभाते आना किसी एक दिन बड़ी जवाबदेही के निर्वहन से ज़्यादा बड़ी बात है। किस घर में ससुर के दोस्त की रसोई में घुसकर बहू पर हाथ फेरने की हिम्मत होगी! आज जितना अकेला कभी महसूस नहीं हुआ। विरल ने कहा भी था– 'मार दो घर में ताला, आ जाओ रायपुर। अम्मा की वजह से गाँव में शिफ़्ट होना उनकी मजबूरी है तो क्या अब घर में ताला न पड़े इसलिए तुम यशु को लेकर अकेले रहोगी? कक्का तो फट से कह देंगे कि मैंने कभी सुधा को नहीं कहा कि वो यहाँ अकेली रहे। तुम ख़ुद ही ज़िम्मेदारी ओढ़ लेती हो।'

रात में विरल को फ़ोन किया। उसके पास अपने काम को लेकर उत्साह से भरपूर बातें होतीं। सुधा ने बताया कि कक्का गाँव से आए हैं मगर अरोरा जी वाली बात नहीं बताई। आज मन बहुत ख़राब था। सुधा को लगता कि घर की टेंशन का असर उसके काम पर न पड़े। विरल सीनियर

वकीलों को असिस्ट करने, ज़मानत कराने वाले हल्के केस निपटाने, कोर्ट में पेशी के लिए आने वाले मुवक्किलों से साइन लेते समय उपस्थित रहने, सुनवाई की डेट आगे बढ़वाने जैसे छोटे-छोटे कामों से काफ़ी आगे निकल चुका था। अब वो कई बड़े व्यापारियों के केस लड़ रहा था। स्वाभाविक है काम आगे बढ़ाने के लिए ज़्यादा जनसंपर्क, वकीलों में उठना-बैठना, कोर्ट के स्टाफ़ में जान-पहचान करना ज़रूरी है। उसके पास रात घर पहुँचने के बाद ही टाइम मिलता जब सुधा से बात हो पाती। अगले हफ़्ते विरल अपनी ड्रीम एसयूवी कार ख़रीदने जा रहा है।

अगली शाम अरोरा जी वॉक से लौटते हुए फिर सुधा को उसकी औकात और अपने दाँत दिखाते ड्रॉइंगरूम में घुसे। रिटायर्ड पुलिस ऑफ़िसर के संग हर शाम गुज़ार वो ख़ुद को महत्त्वपूर्ण समझते थे। सुधा ने चाय तो बनाई मगर आज बिना 'नमस्ते' कहे रख दिया। अरोरा जी और कक्का दोनों को ही ये ख़तरनाक फ़र्क़ महसूस हुआ। सुधा को समझ आ चुका था कि औरत को अपने सम्मान की लड़ाई के लिए पिता, पति या भाई के कंधे पर बंदूक़ रखने की बेवक़ूफ़ी कभी नहीं करना चाहिए। जो लोग कक्का के संग शामें बिताते हैं, उन्हें सुधा का अपमान हुआ चक्कर में वो खोना नहीं चाहते। कक्का उन्हें खाने पर रोक लेते। बहुत पहले सोनी आंटी घर आईं तो अम्मा के कमरे में बैठी सुधा से बोलीं, "सुधा, हम सभी आंटियाँ अपने पतियों को समझाती हैं कि द्विवेदी साहब खाने पर रोक लेते हैं और तुम लोग बैठ जाते हो। पहले से मालूम नहीं होता कि कोई बाहरी खाने बैठ जाएगा तो तुम अकेली किचन में सब कैसे मैनेज करती हो?"

कक्का पंद्रह दिन रुके। इन पंद्रह दिनों में केबल टीवी वाला पैसे माँगने आया। कक्का आँगन में ही थे। उस लड़के को बड़ी ज़ोर से कहा, "मैं यहाँ नहीं रहता। जो टीवी देखता है उससे माँगो।"

लड़के ने भीतर दरवाज़े में 'भाभी-भाभी' आवाज़ दी। सुधा को कक्का का ये रूप देख बड़ा दुख हो रहा था। कक्का केबल वाले को कह सकते

थे कि मेरे पास चेंज नहीं है। बाहरी आदमी को जता रहे हैं कि मेरा बेटे-बहू से मतभेद है। यशु के पहले जन्मदिन से ठीक दो दिन पहले वो गाँव निकल गए। सुधा के कुछ कलीग, विरल के कुछ दोस्तों और कॉलोनी से पाठक आंटी को बुलाया। वे जानती थीं कि द्विवेदी जी पोते के पहले जन्मदिन से दो दिन पहले ही निकल गए सो पंचायत का मौक़ा कैसे छोड़े, "सुधा, इसके दादाजी पोते के जन्मदिन पर नहीं रुक पाए? इसके जन्म की पार्टी तो उनको देनी चाहिए थी। दुनिया के दादा पहला जन्मदिन अटैंड करने दूर-दूर शहरों से आते हैं और वो दो दिन पहले निकल गए! वैसे अभी वे स्वर्णकार जी के पोते का बर्थडे अटेंड करने गाँव से आए थे।"

सुधा को अपनी इज़्ज़त बचाने हज़ार झूठ बोलने पड़ते, "अम्मा जी की तबीयत ख़राब थी, इसलिए बर्थ डे के पहले जाना पड़ा।"

पाठक आंटी को सुधा का झूठ समझ आ गया। विषय बदलने यूँ ही पूछ लिया, "विरल रहता नहीं? इतने छोटे बच्चे के साथ राशन, सब्ज़ी लाना कैसे मैनेज करती हो?"

सुधा ने कहा, "गीता पीछे स्कूटी में यशु को लेकर बैठती है। हफ़्ते में दो बार सब्ज़ी लेने जाती हूँ और महीने में एक बार राशन। राशन वाले की दुकान पर सब माल तौला देती हूँ। गीता का पति रिक्शा चलाता है। वो सामान भरकर ले आता है। विरल सैटरडे-संडे आते हैं तो उनके आने के पहले सब करके रखती हूँ ताकि उनके रहने पर पूरा समय दे पाऊँ तो भी हफ़्ते भर का कपड़ा धोने के लिए लेकर आते हैं।"

छह

कक्का और अम्मा को गाँव गए अब छह साल हो चुके हैं। कक्का दो या तीन महीने में गाँव से अकेले द्विवेदी विला आते रहते। कभी महीना भर, कभी पंद्रह दिन के लिए। जब-जब कक्का आते सुधा को रसोई नीचे शिफ़्ट करने में दो दिन लगते। उनके जाने के बाद फिर रसोई का सामान ऊपर लाना और नीचे की रसोई बंद करने से पहले भी दो दिन तक राशन ख़ाली करना, फ्रिज बंद करने से पहले सफ़ाई करके, एक-एक चीज़ को पुराने कपड़ों से ढाँकते हुए पूरे घर को बंद करना होता। सुधा को डिलीवरी के बाद हाथ-पैर के जोड़ों में असहनीय दर्द होने लगा जिससे बार-बार सीढ़ियों पर उतरना-चढ़ना बेहद तकलीफ़देह हो चुका था। डॉक्टर ने प्रेगनेंसी टाइम में दूध और कैल्शियम टैबलेट नहीं लेने को इसकी मुख्य वजह बताया। आर्थराइटिस की शुरुआत हो चुकी थी। किचन नीचे होने से सीढ़ियों पर लगातार उतरने-चढ़ने ने घुटनों की दुर्गत कर दी। लंच बन जाने के बाद यदि क़क्का कहीं बाहर गए हों तब भी वो नीचे बैठकर कक्का का इंतज़ार करती कि शायद 10 मिनट में आ जाएँ तो फिर नीचे आना पड़ेगा। एक बार दो घंटे इंतज़ार करते-करते सुधा बहुत बोर होकर ऊपर चली गई थी। ऊपर कम-से-कम अपना इलाक़ा लगता था जहाँ सोफ़े पर बैठ सकती थी। अक्सर कक्का बैंक जाना, मेडिकल चेकअप, किसी दोस्त से मिलने जाना जैसे अपने पर्सनल काम सुबह के समय निपटाते ताकि दिन की रौशनी में कार चला पाएँ। लगभग रोज़ ही कहीं-न-कहीं निकलते और लौटने में दोपहर के बाद, एक या दो बजे जाते। यदि

ऊपर भी आ गई तो यशु को गोद में लिए सुधा नीचे के गेट की आवाज़ पर ध्यान लगाए रखती। कार के रुकने की आवाज़ होते ही नीचे जाकर तवा चढ़ा देती। उस दिन कक्का का इंतज़ार करते हुए ऊपर टीवी की आवाज़ में नीचे कार रुकने की आवाज़ नहीं सुन पाई। लगभग तीन बजे वो नीचे गई तो देखा वो आकर अपने कमरे में सो चुके थे। शाम को पाठक आंटी का फ़ोन आया, "सुधा, तुमने आज अपने ससुर को खाना नहीं दिया?"

"आंटी मुझे समझ ही नहीं आया कि कक्का आ चुके हैं। इतने सालों में ये पहली बार हुआ है।"

फ़ोन रखने के बाद सुधा सोचने लगी कि मेरे जीवन में इतनी सफ़ाई देना क्यों है? कभी मेरे लिए भी कोई क्लेरिफ़िकेशन क्यों नहीं देता? कक्का ये बात पाठक अंकल को फ़ोन करके बताने की बजाय ऊपर की घंटी बजाकर 'अरे सुधा खाना निकालो' कहते तो मैं निहाल हो जाती।

अम्मा के गाँव जाने के बाद सुधा साल में एक बार गाँव जाने लगी लेकिन हाँ ये सच है कि उसके भीतर अब परिवार में रहने की चाह मर चुकी थी। मगर जाने वो कौन-सा तार जुड़ा था कि कक्का की मुस्कुराहट देख हमेशा अच्छा लगता था। कक्का ख़ुद को अकेला महसूस करते थे या नहीं, मगर सुधा उन्हें अकेला सोचती थी। शायद इसलिए उनकी मुस्कुराहट भली लगती थी। विरल, यशु और वो जब-जब साथ कहीं घूमते तब कक्का अकेले बैठकर टीवी देखते याद आते। जब तक कक्का राजनांदगाँव में रहते सुधा की कोशिश होती कि विरल के आने पर भी वो लोग डिनर करने या घूमने न जाएँ ताकि यदि कक्का कहीं बाहर घूमने गए तो उन्हें ताला ख़ुद न खोलना पड़े।

कल जगदलपुर से माँ का फ़ोन आया, "सुधा, वो पुणे वाला लड़का याद है जो तुझे देखने आया था? बाबा को एक परिचित मिले थे वो बता रहे थे उसकी डेथ हो गई।"

सुधा ने पूछा, "कैसे माँ, क्या हो गया था?"

माँ बताने लगी, "अरे अचानक कुछ अटैक आ गया शायद। तेरे को देखकर जाने के बाद दोनों भाइयों ने सबको बता दिया था कि जगदलपुर में शादी तय हो गई। वो तो अच्छा हुआ उसकी किसी से शादी नहीं हुई थी नहीं तो एक लड़की की ज़िंदगी बर्बाद हो जाती।"

उस लड़के को जिसका नाम-पता तक सुधा को मालूम नहीं। सिर्फ़ पाँच मिनट की मुलाक़ात। इतनी हल्की झलक याद है कि जो शायद बाज़ू से गुज़रता तो भी पहचान नहीं पाती। उसके प्रति सिर्फ़ ये संवेदना गहरी थी कि वो 'अकेला' था।

अवांछित अकेलापन त्रासदी है। तो क्या इससे उलट संभावना भी हो सकती है? अनचाही सामुदायिकता त्रासदी है। कक्का का अकेलापन उनका चयन है। दुनिया में अच्छा-बुरा कुछ नहीं होता। हर आदमी के लिए उसका अच्छा मतलब उसका 'कम्फ़र्ट' जोन और बुरा मतलब उसका 'डिसकम्फ़र्ट' है। सुधा द्विवेदी विला में आने वालों की नज़र में वो बहू थी जिसने बूढ़े सास-ससुर को खदेड़कर 'द्विवेदी विला' पर क़ब्ज़ा कर लिया है और दिन भर कार चलाती घूमती है। सुधा ने पास-पड़ोस से कोई आना-जाना नहीं रखा। पहले वो बिना कुछ किए अपराधबोध से नज़र चुराती थी, मगर अब वो उनकी परवाह नहीं करती क्योंकि वो उनकी असलियत पहचानती थी।

उस दिन पाठक आंटी ने फ़ोन किया, "सुधा, आज हमारे घर में द्विवेदी साहब सहित सभी लोग जमा थे। सब अपने-अपने बच्चों को उनके गृह प्रवेश, नाती-पोते के पैदा होने पर क्या-क्या दिया, ये बता रहे थे, तब तुम्हारे ससुर चिढ़कर बोल रहे थे कि मैं तो इन लोगों को एक रुपया नहीं देता।"

सुधा ने आंटी से थोड़ी देर इधर-उधर की बात करके फ़ोन रख दिया। सुधा अपनी तरफ़ से किसी भी बाहरी को मनोरंजन की कोई ख़ुराक नहीं देना चाहती थी। कक्का द्विवेदी विला के बाहर ज़्यादा खुलेपन से बात

करते थे। सुधा की उपस्थिति उन्हें असहज करती थी। सुधा सोचने लगी कि कोई और पिता होता तो कितने फ़ख़्र से बोलता कि मेरे बेटे-बहू ने आज तक एक रुपया नहीं माँगा। इधर-उधर, हर महफ़िल में इतना कुछ छन-छनकर सुनने मिलता है कि 'कक्का ने ये कहा, कक्का ने वो कहा'। द्विवेदी विला के नीचे आने वाले लोग घड़ी-घड़ी मन ख़राब करते। सैकड़ों बार सुधा के हाथ का चाय-नाश्ता, खाना खाकर गए ये सारे लोग इसी शहर में कहाँ रहते हैं, मुझे नहीं मालूम। ये लोग बाज़ू में पाठक आंटी के घर कोई कार्ड, मिठाई लेकर आए और वहाँ उन्हें पता चला कि कक्का गाँव में हैं तो वे कार्ड लेकर द्विवेदी विला नहीं आते। अगली बार कभी वे आते तो उनके काइयांपन को देख सुधा को नफ़रत होती। सोचती, मुझे अपनी मानसिक शांति पर ध्यान देना चाहिए। पाठक अंकल दसियों बार छोटी-सी कटोरी में सब्ज़ी माँगकर ले गए। पाठक आंटी ने सूप भेजा तो अंकल बकायदा एक बाउल में चम्मच डालकर लाए और कक्का के सामने रख दिया। उस घर में कक्का के अलावा सिर्फ़ मैं थी। पाठक अंकल को कक्का के सामने बाउल रखने में बुरा नहीं लगा। बात सूप, शादी के कार्ड या मिठाई की नहीं थी। बात सुधा के द्विवेदी विला में अस्तित्व, सम्मान और पहचान की थी। शादी के नौ साल बाद भी परिवार के सदस्य की मान्यता न होकर नौकरानी समझा जा रहा है। सुधा ने उन सबसे अब सिर्फ़ चाय-नाश्ता या खाना खिलाने का रिश्ता रखा है। फ़ालतू में बरसों से लिहाज़ के फेर में 'बहुत दिन बाद आए अंकलजी, खाना खाकर जाइए आंटी, चाय लेंगे या शर्बत' करती रही। एक शब्द बात नहीं करती। सुधा ने अब नीचे आए मेहमानों को किसी होटल के वेटर की तरह बिना मुस्कुराए ट्रे छोड़कर सामने से हट जाना शुरू कर दिया ताकि संतुष्टि रहे कि मेरा भी इनसे कोई व्यक्तिगत रिश्ता नहीं है।

कक्का ने पाठक अंकल का लाया सूप तारीफ़ करते हुए ख़त्म कर सुधा को आवाज़ दी, "सुधा, ये बाउल धोकर अंकल को वापस दे दो।"

सूप लाया किसी और ने, पिया कोई और, बर्तन किसी और का लेकिन सुधा को ये जूठा बर्तन धोकर दाँत निपोरते पाठक अंकल को लौटाना है। सुधा अब कम-से-कम बाहर वालों से अपने अपमान की प्रतिक्रिया छिपाने तैयार नहीं। उसने कुछ चुनिंदा लोग जिन्होंने अब तक उसका अपमान नहीं किया था को छोड़कर बाक़ियों के आगे ट्रे रखते या खाना परसते हुए अनावश्यक मुस्कुराना, खाने की ज़िद करना छोड़ दिया है। वो पूरी तरह जता देना चाहती थी कि आप मेरे मेहमान नहीं सो इससे ज़्यादा की मेहमाननवाज़ी नहीं हो सकेगी। समय के साथ ये बदलाव भी आया कि सुधा रसोई का काम ख़त्म होते ही ऊपर चली जाती। सुधा का आत्मविश्वास बढ़ने के दो कारण थे– उसका अकेले पूरी तरह घर-बाहर सँभालना, विरल की कमाई बढ़ना। कार धोने वाला, काम वाली गीता, दूध वाला, न्यूज़पेपर वाला, केबल वाला, कचरा वाला, कपड़े आयरन वाला, टेलर सब पैसों के लिए सुधा को 'भाभी-भाभी' आवाज़ देते। अर्दलियों का स्वभाव होता है वो पगार देने वाले को ही मालिक मानता है। सुधा इन सब लेनदारों को कक्का से आड़कर पैसे देती ताकि उनका मालिकाना रुआब बना रहे। द्विवेदी विला में यशु के दोस्तों की मम्मियाँ भी अब आने-जाने लगी थीं। ये सब भी बरामदे से सीधे ऊपर चले जाते। अपने बनाए घर में ही लोग कक्का से मिले बिना सीढ़ी से चढ़-उतर रहे हैं। निश्चित रूप से घर में आने-जाने वाले यदि उनके परिचित न हों और परिचय का प्रयास भी न करें तो बुरा लगना स्वाभाविक है। सुधा से बेहतर कौन समझता है ये बात! मगर एक बड़ा फ़र्क़ है। कक्का सुधा की सहेलियों को बैठने नहीं बोलते सो भीतर ले जाने का कोई तुक नहीं था। घर में स्पष्ट रूप से दो दुनिया थी। नीचे कक्का की, ऊपर सुधा की। सुधा का नीचे की दुनिया को ख़ुश करने का प्रयास पूरी तरह ख़त्म हो चुका था। सुधा रेडियो के लिए कंटेंट लिखने लगी थी। ये ऐसा काम था कि ऑफ़िस जाने का बंधन नहीं था। यशु की ज़िम्मेदारी पूरी तरह अकेले उठाने की वजह से कोई ऐसी

जॉब जो निश्चित टाइम टेबल का समय माँगती है करना संभव नहीं था। हालाँकि यशु अपने स्कूल ट्यूशन और उसके बाद दोस्तों के साथ ग्राउंड में बेहद व्यस्त रहता। उसकी अपनी दुनिया धीरे-धीरे फैल रही थी जिसमें अब सुधा की घेरी ज़मीन सिकुड़ रही थी। जब-जब यशु घर में हो उसके हिसाब से उपलब्ध रहना सुधा की प्राथमिकता हो चुकी थी। पूरे टाइम घर पर अकेले रहते सुधा शनिवार का इंतज़ार ऐसे करती जैसे बचपन में दिवाली का। विरल के आने का इंतज़ार। दो दिन कब निकल जाते पता नहीं चलता। विरल इन दो दिनों में भी लगातार लैपटॉप में केस स्टडी करता है या फ़ोन पर बातें करता रहता। यशु आँगन में खेलता-कूदता यदि नीचे से टीवी की आवाज़ आ रही है तो कक्का के पास घुसकर कार्टून चैनल लगा लेता। कक्का उसे मुस्कुराते हुए निहारते।

सुधा ने समय काटने के लिए अपना पसंदीदा काम ट्यूशन पढ़ाने सोचा। दो बच्चियों ने आना भी शुरू कर दिया। सात साल की बच्ची थी भारी स्कूल बैग के साथ सीढ़ियों में गिर सकती है। सुधा के स्टूडेंट का ड्राइवर उसका वज़नी स्कूल बैग लेने और छोड़ने ऊपर आता।

इन दिनों कक्का द्विवेदी विला आए हुए हैं। ड्राइवर को बैग के साथ नीचे उतरते देख गरजे, "ऐ आइंदे ऊपर नहीं जाना। गेट के बाहर रहा कर।" कक्का की आवाज़ ऊपर सुधा तक आई। सुधा ने ड्राइवर से कभी एक शब्द बात नहीं की थी। अब सुधा को ख़ुद बैग लेकर नीचे उतरना पड़ रहा था जो कि ड्राइवर के आगे अपमानजनक था। असल में द्विवेदी विला की डिज़ाइन कुछ ऐसी थी कि लोगों को भ्रम होता कि दो अलग-अलग किरायेदार या फिर मकान मालिक और किरायेदार रहते हैं। ड्राइवर शायद सुधा और कक्का को दो अलग-अलग परिवार मान कक्का को आँगन में देखकर सिर झुकाए गुज़र जाता था। द्विवेदी विला में कौन सीढ़ी चढ़ सकता है तय करने का अधिकार कक्का का है।

ड्राइवर को भगाने के दस दिन बाद सुधा अंदर बेडरूम में यशु को

पढ़ा रही थी कि तभी हाल में मर्दाना आवाज़ों की भुनभुनाहट-सी लगी। यशु और वो धड़कते दिल से हॉल में आए तो अवाक् रह गए। ऊपर के हाल में पाँच-छह गुटका चबाते लड़के खड़े थे। सुधा को अपने ही घर के हॉल में अनजान लड़कों से घिरे होने पर पल भर के लिए लगा था कि बस आज कुछ अनहोनी होने वाली है। यशु और उसकी ज़िंदगी का आख़िरी दिन। दौड़कर वापस ख़ुद को बेडरूम में क़ैद कर लूँ! ऊपर आने के बाद लड़कों को समझ आ चुका था कि वे सीधे हॉल में प्रवेश कर चुके हैं क्योंकि सीढ़ियाँ ऊपर के हॉल में खुलती हैं। सुधा के चेहरे की हवाइयाँ देख एक ने पान गटकते हुए सफ़ाई दी, "गणेश के चंदे के लिए आए हैं। हमें अंकल जी ने कहा ऊपर चले जाओ।" सुधा ने फटाफट पैसे देकर उन्हें विदा किया। उनके जाने के घंटों बाद भी कमरे में गुटके, सस्ते परफ़्यूम, शराब और दहशत की मिली-जुली गंध थी।

सुधा घंटों कक्का के बारे में सोचती। कक्का ने बैग उठाने वाले परिचित ड्राइवर को घर में घुसने से मना कर दिया और अपरिचित मुस्टंडों की भीड़ ऊपर भेज दी। उनका घर है तो उनकी मर्ज़ी कि कौन आएगा और कौन नहीं। कक्का को पीने का पानी उबलने के बाद कपड़े की चार तह में छना हुआ चाहिए, "कल से मेरा पानी ठीक 10 बजे उबाल देना और किचन में नहीं मेरे सामने ही खड़े होकर छानना। तू उसको चार फ़ोल्ड करके नहीं छानती। गिलास के नीचे सफ़ेदी रहती है।"

पानी का भगौना कक्का के सामने ले जाकर हर रोज़ चुपचाप छानते हुए ऐसा लगता कि ख़ुद को चोर न साबित करने सबूत देना पड़ता है। हर दिन के इस सत्यता परीक्षण से सुधा का मन ख़राब होगा, उसे बुरा लगेगा जैसा सोचने की संवेदना कक्का में नहीं थी। यदि उन्हें लगता है कि सुधा पानी छानने में आलस कर रही है तो क्या वो अपना पानी तक नहीं छान सकते। कपड़े को चार फ़ोल्ड करके छानने के बाद भी छने पानी में सफ़ेदी देखकर सुधा को आंतरिक ख़ुशी हुई। सुधा को ख़ुद की ख़राब

होती मानसिकता पर तरस आया।

विरल ने सुधा को सौ नहीं, हज़ार बार समझाया, "तुम अपनी ज़िंदगी बेहतर बनाने, अपने शौक़ पर काम करने के बारे में सोचो। एक ही जीवन मिला है। कक्का के पास भी तुम्हारे ख़िलाफ़ पचासों शिकायतें होंगी। उन्हें पाक कला में निपुण और हमेशा घर में उपलब्ध बहू चाहिए। तुमने उनके मेहमानों में इन्वॉल्वमेंट बिल्कुल छोड़ दिया है। अलग-अलग आदमियों के पास एक ही घटना की अलग-अलग कहानियाँ हो सकती हैं। तुम कितना शानदार लिखती हो, रेडियो या न्यूज़पेपर के लिए लिखो। मैं तो कहता हूँ रेडियो स्टेशन में अपना लिखा अब ख़ुद पढ़ो। श्रोता और अपने बीच से रेडियो जॉकी को हटाओ। कल प्रणव ने तुम्हारे आर्टिकल की पिक व्हॉट्सएप पर डाली। मैंने प्राउडली बताया कि ये सुधा ने लिखा है। कुछ क्रिएटिव करो।"

सुधा नागिन बन जाती, "कितने स्वार्थी हो तुम!" आपने मुझे आज तक क्या सपोर्ट किया! जॉब छोड़ने का प्रेशर बनाया। यदि आज भी मैं घर पर रहती हूँ तो आप एक गिलास पानी नहीं लेते हैं, कभी खाना निकालकर नहीं खाया है। यशु का एक पन्ने का होमवर्क कराया है कभी? यदि फ़ैमिली सपोर्ट होता तो आज मैं कही प्रिंसिपल होती। संग के लोग कहाँ से कहाँ पहुँच गए! घर बैठकर ट्यूशन पढ़ाओ या यशु स्कूल गया हो तो फटाफट लिखो और रेडियो स्टेशन, न्यूज़ दफ़्तर में मीटिंग निपटाकर यशु के आने और कक्का के खाने के टाइम तक घर वापस आ जाओ। दिल लगाओ कहीं, दिल लगाओ कहीं... अरे मेरा दिल कहाँ लगेगा मैं डिसाइड करूँगी न। आपने डिसाइड कर लिया था न जिस लड़की से शादी कर रहा हूँ उसे अपने माँ-बाप की सेवा में नीचे छोड़ूँगा। ख़ुद एक जूड़ी धनिया लाए हो कभी या यशु को स्वीमिंग पूल लेकर एक घंटे वहाँ बैठने की ड्यूटी की है?"

विरल चुप हो जाता।

कक्का जब गाँव में होते तो सुधा याद करके अपनी दुनिया के लोगों के घर मिलने जाती या घर बुला लेती। उस दिन सुधा यशु को स्वीमिंग कॉस्ट्यूम ख़रीदवा रही थी कि गाँव से एक रिश्तेदार का फ़ोन आया, "सुधा, तुम्हारी सास ख़त्म हो गईं।"

विरल, सुधा और यशु आनन-फानन में फ़्लाइट, फिर आगे का रास्ता ट्रेन से तय कर जब तक गाँव पहुँचे, अम्मा का दाह-संस्कार हो चुका था। लोग सुधा को देख सांत्वना देने लगे, "हमने तो कक्का से कहा था कि सुधा और विरल का इंतज़ार कर लें। इकलौते बेटे के लिए नहीं रुके।"

विरल ने कुछ नहीं कहा लेकिन सुधा का मन दुखा। लोग अमेरिका गए बच्चों का तीन-तीन दिन इंतज़ार करते हैं। क्या विरल के लिए सिर्फ़ एक दिन नहीं रुका जा सकता था? विरल की माँ नहीं थीं वो? सुधा ने घुसते ही रसोई सँभाली। दूर-दूर के ऐसे रिश्तेदार जमा थे जिन्हें उसने कभी नहीं देखा था।

सुधा पूरे समय लंबा घूँघट काढ़ती। दीवाली पर गाँव आने की वजह से पास-पड़ोस को छोड़कर गाँव की महिलाओं से भी अपरिचित थी। क्रियाकर्म के तीसरे दिन फूल चुनने की रस्म हुई और घर में रिश्तेदारों की गहमा-गहमी बढ़ने लगी। मृत्य छूत होने से रसोई के कामों में 10 दिनों तक किसी बाहरी व्यक्ति की संभव नहीं थी। दसवें दिन शुद्धि स्नान और कुटुंब सामूहिक भोज और 13वें दिन गाँव भर को तेरहवीं भोज। घर पर महिलाओं के नाम पर सुधा, विभा जीजी, 80 वर्षीय दबंग बुआ थीं। घर की कमान बुआ सास के हाथ में थी, "सुधा, कल 10वें दिन 100 लोगों का खाना होगा।"

"अच्छा बुआ, 10वें दिन क्या बनता है?"

बुआ खाट में पसरी सफ़ेद बालों को कान के पीछे खोंसती हुई बोलीं, "खास नहीं चुरो। खाने में उड़द के बड़े, पूरी, दो सब्ज़ी, चावल, कढ़ी, बिजौरी, मट्ठे की मिर्ची बनेगी।"

सुधा ने सहजता से पूछा, "अच्छा कौन बनाएगा कल खाना?"

बुआ नागिन-सी फुफकारीं, "तुम बनाओगी और कौन बनाएगा!"

सुधा के पैरों तले ज़मीन खिसक गई। विभा जिज्जी ने बात सँभाली, "अरे कल बहुत लोग मदद के लिए होंगे। चिंता मत करो।"

बुआ 10वें दिन की पूजा में अड़ी रहीं, "सुधा, बरे के लिए उरद नदी में धौ के आने परी।"

सुधा को गाँव की गलियों से इस तरह उड़द दाल का टोकरा ले नदी में जाकर सबके सामने नहाना और वही उड़द दाल को धोने के बाद घर गीले कपड़े में लौटना अजीब लग रहा था। दादी और नानी की डेथ पर मम्मी और भावना मामी, जो कि एक पीढ़ी पुरानी है उन्होंने भी यह सब नहीं किया। बाद में गाँव की दूसरी महिलाओं ने बुआ की बहुत थू-थू की– 'आजकल की जवान बहुओं को कोई भी नदी में ऐसे नहीं ले जाता। ठीक है समय के साथ गाँव में भी सब बदल रहा है। ये तब के नियम हैं जब ढेर मेहमानों के लिए घर पर पानी की व्यस्था ही नहीं होती थी। अब जवान बहू-बेटियों के लिए नदी से एक लोटा पानी मँगाकर बाथरूम में दे दिया जाता है।'

तेरहवीं से एक दिन पहले ही से दरवाज़े पर दूर-दूर तक पूरी गली में टेंट हाउस के शामियाने तन गए, किराया भंडार से मँगाई लाल रंग की प्लास्टिक कुर्सियाँ लग गईं। घर के बाहर गली पर तना पंडाल मर्दानख़ाना बन गया। अम्मा की अनुपस्थिति में उनके मातम पर इतना पैसा ख़र्च किया जा रहा था जिसका आधा भी उन्होंने अपने जीवन में नहीं देखा था। वैसे भी कक्का ने अम्मा की तेरहवीं को 'मेरा काम' कहा था जो ये उनके पद प्रतिष्ठा के अनुरूप होना चाहिए। बेटे की शादी को भी अपने काम की श्रेणी में रख कोई कमी नहीं की थी।

कल तेरहवीं में खाने में क्या-क्या बनेगा की ख़बर से मेहमानों में हलचल है। प्रताप फुसफुसाकर छोटे भाई को बता रहा था, "कक्का ने

खीर के साथ-साथ गुलाबजामुन भी बनवाए हैं। कक्का राजा आदमी हैं सो उनका काम भी राजा जैसा। हमाये आगे कक्का ने हलवाई को हिदायत दी है कि खीर में पानी नहीं मिलेगा। काजू-किसमिस डालने में कंजूसी मत करियो। हम और गुड्डन बस से उतरने वाले मेहमानों के लाए जाए ख़ातिर हाइवे के पास खड़े रहेंगे। हाइवे से उतरकर गाँव किस साइड बताने भी लोग चाहिए भाई। कक्का के संग के अफ़सरान भी आ रहे राजनांदगाँव से तेरहवीं पे।"

कल तेरहवीं है। रात में लाइट गुल होने के बाद लोग गर्मी की घुटन से घबराकर बाहर पड़ी खाट और चबूतरों पर गप्पें मार रहे थे। सुधा का बरामदे में बात करना अशिष्टता का पर्याय है सो अकेली अँधेरे कमरे में गर्मी में पड़ी थी। अम्मा को ले जाते वक़्त जिस जगह पर ज़मीन में आख़िरी बार लिटाया गया था वहाँ तेरह दिन गोबर से लीपकर दीपक जलाया जा रहा था। यह दीपक ही अब बता रहा था कि अम्मा जा चुकी है क्योंकि अब घर में अम्मा की ख़ातिर कोई व्याकुल नहीं है। कमरे का भयावह ख़ालीपन विकराल अँधेरों को रौंदता हुआ चहलक़दमी करने लगता।

तेरहवीं वाले दिन इलाहाबाद से ताँबे के कलश में लाए गंगाजल का पूजन, पिंडदान, नवग्रह पूजा, गुप्तदान देर तक चलते रहे। हवन के सुगंधित धुएँ संग अम्मा के एहसास की मौजूदगी की आख़िरी लड़ी भी टूटकर उड़ने लगी। माथे पर बड़ी-सी लाल बिंदी और सिंदूर लगी उनकी मुस्कुराती तस्वीर को फूलों की माला पहना दी गई। रिश्तेदारी के भाई-भतीजों से लेकर बुज़ुर्ग, युवा, बच्चे सिर मुड़ाए दौड़-दौड़कर भीतर बाहर व्यवस्था में लगे थे। सुबह से चलते लंबे पूजा पाठ, मंत्रोच्चार के बीच ही लगातार मेहमानों का आगमन हो रहा था। आँगन में बड़े-बड़े चूल्हों पर विशालकाय हाँडियाँ चढ़ी थीं। अनवरत रसोइयों का फ़रमान– 'बहू, ज़रा पूड़ी बेलने 4 से 5 पटा मिलेगा, तनिक उथला परात दो बेटा, बेलन तो 8 से 10 लगेंगे, तेल छानने सूती कपड़ा दे दो।' सामने आँगन में पुरुषों

के बैठने के लिए कुर्सियाँ और महिलाओं के लिए भीतर के बड़े हॉल में दरी बिछी थी।

सुधा किसी उपवास वाले मेहमान के लिए रसोई में नींबू-पानी बना ही रही थी कि तीव्र स्वर में महिला रुदन से रूह काँप गई। हे भगवान, ये कौन रो रहा है अम्मा की ख़ातिर! क्या अम्मा के मायके से कोई आया है! बरसों-बरसों मायके वालों से न मिल पाने वाली मानसिक बीमार बेटी को तो सभी बिसरा चुके थे। गिलास में नींबू वैसा ही छोड़ सुधा बरामदे की तरफ़ दौड़ी। वहाँ महिलाओं के घेरे के ठीक बीच पल्ला किए कोई नवआगंतुक महिला बुक्का फाड़ रो रही थी। यहाँ महिलाओं को एक विचित्र स्थिति का सामना करना पड़ रहा था। सुधा को कोई नहीं पहचानता था। सुधा ने इन ग्रामीण रिश्तेदारों को द्विवेदी विला में कभी आते-जाते नहीं देखा था। तेरहवीं पर आस-पास के गाँव से थैला पकड़े पहुँचे रिश्तेदारों में पुरुष तो बाहर लगी कुर्सियों में मुँह उतार बैठ जाते और संग आई महिलाओं को कमरे में घुसते ही जनानख़ाने की भीड़ में समझ न आए कि अफ़सोस किससे करना है। विभा दीदी का परिचय भी बहुत लोगों से न था। हाँ सयानी बुआ ही एक थी जो गाँव की सबसे बूढ़ी बेटी थी। वे दमदारी से किसी का भी घूँघट उठाकर पूछ लेती, "का हो? तुम काऊ की बहू हो?" आने वाली महिलाओं के साथ समय बिताने की महत्त्वपूर्ण ज़िम्मेदारी बुआ और विभा जीजी के हिस्से थी। सुधा पीछे आँगन में हलवाइयों की ज़रूरत और रसोई में व्यवस्था भी देख रही थी।

कुछ-कुछ अंतराल में बहुत दूर से आती रोने की आवाज़ धीरे-धीरे तेज़ हो घर के नज़दीक आने लगती तो भीतर बैठी महिलाएँ रोते आ रहे मेहमान के विषय में अनुमान लगाते, "मोठ साइड से आने वाली बस का टेम है। लल्ला और बहुरिया होवे अभैये शायद।"

बाहर मर्द बिरादरी के बीच से सिर ढाँके महिलाएँ गगनभेदी क्रंदन करती बरामदे में पहुँचते ही ज़मीन पर लोट देर तक रोते हुए अम्मा जी के

लिए रोती, सिर पटकती। थोड़ी देर बाद बुआ की आदेशात्मक आवाज़ गूँजती, "सुधा, इन्हें पानी पीबा दो तनिक।" आने वाली महिलाओं का रोना जितना अप्रत्याशित प्रलयंकारी था उससे भी अधिक नाटकीय पानी का गिलास पकड़े यकायक चुप हो जाना। जैसे किसी ने स्विच निकाला और रुदन का शोर ख़त्म। अपने पल्ले के अंदर गिलास घुसा घटर-घटर पानी पिया और फिर घूँघट उठा कुछ इस तरह चारों तरफ़ देखती कि जाने कौन रो रहा था। बेसुध बिलखने वाली उन दुखिया स्त्रियों को तेरहवीं में आने साड़ी में जितने रंग की धारियाँ थीं उतनी ही रंगों की चूड़ियों की लहर और उतने ही रंग की बिंदी और बालों पर तीन-तीन रंग की क्लिप की मैचिंग लगाना याद रहा। बुआ आने वाली महिलाओं से बातों का सिलसिला शुरू करने पूछती, "10 बजे वाली बस पकड़ी थी का?"

आँखें मटकाकर कहती, "हाँव!"

उन चेहरों पर विषाद की एक महीन रेखा तक न थी जिन्होंने पाँच मिनट पहले आकाश गुंजित रुदन से कमरे की छत तक कँपा रखी थी। सुधा फुसफुसाती हुई विभा जीजी से सभी का परिचय लेती, "जीजी, ये हरी साड़ी वाली कौन है?"

ये ललितपुर वाले जीजाजी के दूसरे नंबर वाली बहन की छोटी बहू है। अभी दो महीने पहले ही शादी हुई।

सुधा ने आश्चर्य से पूछा, "मतलब इसने तो अम्मा जी को कभी देखा ही नहीं है था न? फिर क्यों बस से उतरते ही गला फाड़ पूरे रास्ते भीड़ इकट्ठा करती आई?"

विभा जिज्जी ने दबी आवाज़ में कहा, "देखो तमाशा अभी तुम।"

थोड़ी-थोड़ी देर में घूँघट किए औरतें बरामदे में रोती घुसती और तीन-चार फीट की ख़ाली जगह की गुंजाइश देख गश खाकर गिर जाती। पाँच मिनट की औपचारिकता के पूरे होते ही उनकी निगाहें घर की बहू मतलब सुधा को या विभा दीदी को ढूँढने लगतीं। सुधा सामने बैठी होकर

भी अपना परिचय देने से कतराती। दोपहर जब पंडितों का भोजन निपट चुका तो बाक़ी लोगों की पंगत के लिए बाहर गली में आमने-सामने दोनों तरफ़ दरी बिछी। कक्का की अगुवाई में दसियों बाहर वाले घर वाले बने काम सँभाले थे। विरल एक कुर्सी में मोबाइल चलाते बाहर वाले लोगों में थे। पूरी गली के दोनों तरफ़ के चबूतरों, दो-तीन पक्के मकानों की छत तक से जहाँ तक नज़रें जातीं, पंगत परसी जा रही थी। शुरुआती पंगत के कई दौर में केवल पुरुष ही बैठ रहे थे। मालूम हुआ कि गाँव की महिलाएँ शाम को आती हैं जब गाँव के सभी पुरुष खा चुके होंगे।

तभी दोनों दिशा की पंगत के बीच बने रास्ते से एक महिला रोती बिलखती छाती तक आँचल, नायलॉन की थैली पकड़े बरामदे में घुसी। हालाँकि उसके आगमन की पूर्व सूचना पाँच मिनट पहले से ही उसके तीव्र सप्तक के विलाप ने दे दी थी। उसके चेहरे पर पड़ा पीला आँचल उच्च रुदन से थर-थर काँप रहा था। बुज़ुर्ग बुआ ज़रा देर पहले ही अन्य महिलाओं से उनके बच्चों की शादी-ब्याह आदि का सिलसिलेवार ब्यौरा ले रही थी। अकस्मात् हुई इस विध्वंसक उल्कापात से सभा में विराम लग गया। अब भीड़ में उत्सुकता थी कि कब ये मुँह उघारे तो उसकी पहचान से पर्दा उठे। दो मिनट के उफान पश्चात् फिर एक मिनट धीमी हिचकियों और सिसकियों का दौर चला। ज़रा देर बाद उस महिला को महसूस हुआ कि भीड़ में से किसी ने बढ़कर उसे चुप नहीं कराया।

धीरे से उसने घूँघट उठाकर प्रश्न किया, "प्रभा कहाँ है ?"

महिला साफ़-सुथरे चेहरे की प्रौढ़ स्त्री थी। बुआ ने असमंजस में पूछा, "कौन प्रभा, काके इत्ते आई हो तुम ?"

उसने अचंभे से पूछा, "जे जादव जी का घर नहीं है ?"

बुआ ने कहा, "जे द्विवेदी जी का घर है।"

इतने में रायते भरी बाल्टी लेकर बाहर निकलते रतिराम को सारी ग़फ़लत समझ आ गई, "अरे बुआ ! सड़क पार यादव बब्बा की तेरहवीं

भी आजे है।"

उस अवाक महिला ने अपनी बात रखी, "हमने बस से उतरकर एक जना से पूछी कि आज जिनके घर तेरहवीं है उनका घर कित्ते परता, तो वो मोड़ा हमें इत्ते ले आया।"

लोग मुँह फेर दबी हँसी में बेहाल होने लगे। बड़ी उहापोह और शर्मिंदगी की हालत में बेचारी उठी और चप्पलों में पैर डालने का उपक्रम करने लगी। बुआ ने धीमी आवाज़ में कहा, "सुधा, इन्हें तनिक पानी और मीठा दे दो। अभी ये ही नक़्शेबाज़ी उन्हें वहाँ दुबारा करना है।"

महिला जिस घर में तेरहवीं में आई थी इसके पहले वो कभी वहाँ नहीं गई थी। गहरी संवेदनाओं के रिसाव के अभाव में ये उथला शोक प्रदर्शन वास्तविकता और फ़रेब को गड्डमड्ड कर देता है। मेहमान लौटते वक़्त लड्डुओं का बड़ा पैकेट या फिर एक से ज़्यादा मिल जाए की जुगत में भंडार के आस-पास डोलते। रात होते होते पूरा गाँव जब खा चुका तो गाँव के बाहर रहने वाले छोटी जाति के लोग अपनी थाली पकड़े आए। इन्हें मान से पंगत में परोसकर कौन खिलाता है! बुआ का पूरा ध्यान था कि– उनकी थाली में एक बार में सब डार दो। जे ना हो भाई कि बाद में तसलों में बची कढ़ी, दार घर भीतरी लाओ।

सुधा हतप्रभ थी। उसे लगा था कि छुआछूत प्रेमचंद्र और गांधीजी के ज़माने की बाते हैं। आज मोबाइल युग में निचली जाति के लोगों को पूरे गाँव के खाने की प्रतीक्षा करते देखा। रात ग्यारह बजे तक चले इस महाभोज के बाद पीछे के आँगन, सामने की गली, घर के कोने-कोने में भोजन की निशानियाँ बिखरी थीं।

गाँव में तेरह दिन बीत चुके। यशु के स्कूल, विरल का काम सब रुके पड़े थे। राजनांदगाँव तो लौटना ही पड़ेगा। कक्का ने अम्मा के रहते ही गाँव के एक रिश्तेदार लड़के को खाना बनाने काफ़ी पहले ही रख लिया था। विभा जीजी, विरल, सुधा सब पंद्रहवें दिन बैग बाँध रहे थे। सुधा को

पंद्रह दिन में यह किचन अपना लगने लगा। सुधा की समझ के बाहर हो रहा था कि इस घर से अभी जितना लगाव महसूस हो रहा था वो पहले नहीं हुआ था। पंद्रह दिनों से भीड़-भाड़ वाले घर में जनानख़ाना लगभग अलग होने से कक्का से सामना ही नहीं हुआ। मैं कैसे यहाँ सब बिखरा छोड़कर जा रही हूँ। घर महज़ दीवारों की घेराबंदी या काग़ज़ पर मालिकाना हक़ का नाम नहीं। घर तो यहाँ रहने वालों की दिनचर्या, मन:स्थिति के साक्षी होने का अनुबंध भी है। घर से निकलने से पहले आलू को बोरी से निकाल फैलाकर रखना, बची शक्कर का फटा पैकेट टाइट डब्बे में भरना, ग़ैरज़रूरी बर्तन पेटी में रखना, पीछे आँगन में चिपचिपाती चाशनी के निशान वॉशिंग पावडर से धोना। नागेंद्र जीजाजी कार ले आए थे कानपुर से ट्रेन पकड़ना था। कक्का को इस घर में अकेले छोड़कर जाना दुखद था।

सात

गाँव से राजनांदगाँव पहुँचने के एक घंटे के भीतर विरल जबलपुर निकल गया। अगले दिन से यशु स्कूल जाने लगा। सुधा द्विवेदी विला में अकेली अपना जीवन सोचते बैठती। कभी-कभी भूपेंद्र मामा और मामी मिलने आ जाते। यशु स्कूल से घर आने के बाद भी खेल, ट्यूशन और टीवी में समय बिताता। सुधा को लगने लगा कि अब द्विवेदी विला में वो अम्मा की जगह ले रही है जिसकी ज़रूरत किसी को नहीं। जॉब नहीं किया जा सकता। घर में यशु के लिए रहना ही होगा। मेरी ज़िंदगी विरल के इंतज़ार में कट रही है। द्विवेदी विला उसका घर नहीं है वो यहाँ सिर्फ़ केयरटेकर है। सुधा का दिमाग़ नकारात्मकता से भरने लगा। विरल से फ़ोन पर भी बात करते समय अक्सर खीज जाती, "क्या कर रही हो... क्या कर रही हो पूछते हो। क्या कर रही होऊँगी मैं, ख़ुद बताओ न? यशु का स्कूल से आने का इंतज़ार, आपका राजनांदगाँव आने का इंतज़ार। कक्का के गाँव से आने की डेट पता लगते ही नीचे जाकर डर से एक-एक चीज़ को चमकाओ। मुझे नौकरानी की फ़ीलिंग आती है।"

विरल को सुधा की शिकायतों में अब ज़रा भी रुचि न थी, "कर लो वापस नौकरी।"

सुधा का ख़ून खौल जाता, "अब जब चौदह साल पीछे छूट गई। यहाँ यशु को स्कूल से लौटकर आने के बाद कौन है?"

विरल बौखला गया, "अब जब अकेली पड़े-पड़े कोई काम नहीं तो फिर तुम गड़े मुर्दे उखाड़ो। कक्का और मुझे दो टाइम खाना और दो वक़्त

की चाय नहीं दे सकती तुम। कौन-सा सास-ससुर के ताने सुनने पड़ते हैं! सुनो तुम्हारी इस राम कहानी का कोई अंत नहीं। अकेली हो तो मैं यहाँ क्या ऐश कर रहा हूँ! चलो कल बात करते हैं।" विरल ने फ़ोन काट दिया।

यशु सो चुका था। सुधा खिन्न मन से देर रात उसका स्कूल यूनिफ़ॉर्म आयरन करने के बाद मोबाइल स्क्रॉल करते फ़ेसबुक के अनगिनत पोस्ट देखकर सो गई। कक्का के गाँव से आने के बाद जिन महीनों में किचन नीचे शिफ़्ट होता उन दिनों विरल की थाली ऊपर लेकर आने के बाद विरल जब दाल माँगता तो फिर एक कटोरी के लिए फिर नीचे जाना, जूठे बर्तन नीचे ले जाना, चाय बनाने नीचे जाना फिर विरल की चाय ऊपर लेकर आना। रात होते-होते घुटने मंजीरे हो जाते। हालाँकि इन चौदह सालों में कक्का पहले से बहुत बदल गए थे। विरल आर्थिक रूप से कक्का के दोस्तों के बच्चों से काफ़ी आगे निकल चुका था। कक्का को अक्सर विरल की तारीफ़ दूसरों से सुनने मिलती। राज्य के शुरुआती दस सफल वकीलों में उसका नाम हो चुका था। कक्का के कई दोस्त अब या तो अपने बच्चों के शहर में शिफ़्ट हो चुके थे, या कुछ की डेथ हो चुकी थी और कुछ शारीरिक वजहों से गाड़ी नहीं चला पाते थे। द्विवेदी विला में कक्का की मंडली अब पहले जैसी नहीं जमती थी। जब कक्का नीचे ड्रॉइंगरूम में होते तो विरल यशु के साथ नीचे लॉन में दौड़-दौड़कर मस्ती नहीं करता और न ही सुधा और विरल छत पर बैठकर चाय पीते क्योंकि छत से आवाज़ नीचे तक जाती है। कक्का कभी शामिल नहीं हुए मगर तीन लोगों के बहुमत में अपने ही घर में बाहरी होने का एहसास करते। अपनों से मिला परायापन प्राणघातक होता है। सुधा और विरल जितना हो सके उनकी आँखों के आगे एक साथ दिखने से बचते आए थे।

सुधा को अकेले रहते-रहते अब ख़ुद फ़ैसला लेना आ चुका था। घर पर आने वाले किसी भी मेहमान की आवभगत में ट्रे की सजावट इस बात पर निर्भर रहने लगी कि उस मेहमान का सुधा के साथ बर्ताव कैसा था।

रसोई में बेवजह खड़े रहने का दबाव ख़त्म होने के बाद सुधा को काफ़ी राहत मिल गई थी। कक्का को चाय, खाना देने या मेहमानों के आने पर सुधा नीचे आ जाती। कक्का पूरा दिन नीचे चुप अकेले टीवी देखते। सुधा कभी-कभी भावुक हो जाती– तीन दिन हो गए, न कक्का घर से बाहर निकले, न उनसे मिलने कोई आया। वह चुपचाप खाना खिलाकर ऊपर आ जाती। सुधा बार-बार यशु को नीचे भेजती– जा नीचे बेटा। दादू के पास जाकर टीवी देख ले।

यशु भला कायदे से एक जगह कैसे बैठे? कक्का की मुस्कान बताती कि यशु का बैठना उन्हें भला लगता है। सुधा ने देखा भी है कि सुधा के किचन में जाने के बाद वो अपनी थाली की सबसे अच्छी चीज़ फट से यशु की थाली में डाल देते। उन्हें अपने स्वभाव की नरमाई दिखाने में लाज आती थी। काश कक्का परिवार से ये कठोर आवरण हटाकर मिलते! जो लोग परिवार से फ़ासला रखते हुए ये दम भरते हैं कि मुझ से लल्लो-चप्पो नहीं होती मगर ज़रूरत के समय मैं सबसे पहले खड़ा रहूँगा। 'ज़रूरत का समय' किसे कहते हैं? कोई एक्सीडेंट, मौत के समय हॉस्पिटल में खड़ा होना ज़रूरत का समय है! क्या परिवार का प्रेम पाने इस अनहोनी का इंतज़ार करना पड़ेगा! परिवार में न तो एकतरफ़ा ज़िम्मेदारियाँ होती हैं और न ही एकतरफ़ा अधिकार। एक-दूसरे के लिए वक़्त निकालना, ज़रा-सा बेमतलब की बात कर लेना, छोटी-छोटी परेशानियों को धैर्यपूर्वक सुनना भी पारिवारिक ज़िम्मेदारी होती है। घर के बड़े जब तक शारीरिक शक्ति हैं बाहर जाते समय पूछ लें कि बाज़ार जा रहा हूँ, कुछ सामान लाना है? बच्चे को बस स्टॉप से ले आना, अपने बच्चों के दोस्तों से मुस्कुराकर बात कर लेना, नाती-पोतों को बिस्तर में लिटाकर कहानियाँ सुनाना, उनके होमवर्क में मदद करना पारिवारिक ज़िम्मेदारी है। सुख-दुख, कर्तव्य, अधिकार की साझेदारी एक-दूसरे से जोड़ती है। यदि कोई एकतरफ़ा ज़िम्मेदारी निभा रहा है तो एक समय बाद उसे रिश्ते बोझ लगेंगे। रिश्तों

में उपयोगी बने रहना चतुरता है, इससे क़द्र बनी रहती है। द्विवेदी विला में कॉलबेल बजने पर सभी अपनी जगह में बैठे होते और सुधा ही देखने बाहर निकलती। कक्का के मेहमान हैं तो उन्हें ड्रॉइंगरूम तक लाना, कुरियर आया है तो पेमेंट करके रिसीव करना, विरल के मेहमान हैं तो उन्हें ऊपर विरल के पास भेजना, आदि।

उस रात दो बजे लाइट गोल हो गई। यशु बिना एसी गर्मी से बेहाल हो जाग गया। नीचे कक्का के कमरे से कूलर की आवाज़ आ रही थी। एक घंटे के इंतज़ार के बाद भी ऊपर लाइट नहीं आई और यशु परेशान होने लगा। उसे सुबह स्कूल भी जाना था। सुधा ने असमजंस में कहा, जा कक्का के पास सो जा। यशु ख़ुशी-ख़ुशी स्लीपर पहन नीचे चला गया। दो मिनट में अपमानित चेहरा लिए ऊपर आया, "कक्का ने कहा कि मैं रात में जगह लूँगा और हाथ-पैर फैलाकर सोना चाहता हूँ।" कक्का अपने डबल बेड में यशु को चढ़ने नहीं दे सकते क्योंकि उन्हें सह अस्तित्व या साझेदारी मंज़ूर नहीं। सुधा का मन कड़वा हो गया। यशु दो घंटे पसीना-पसीना रोता रहा।

सुधा द्विवेदी विला में विरल के बिना रोज़ाना की समस्याओं से अकेले जूझते-जूझते तंग आ चुकी थी। उसका आगमन घर में एक मुख्य अतिथि की तरह होता जिसकी प्रतीक्षा तो हमेशा दिल से होती मगर अतिथि को घर के बारे में कुछ जानकारी नहीं होती। विरल को सुधा और यशु के बारे में बहुत कुछ नहीं पता होता या बार-बार बताने पर भी भूल जाता।

"सुनो, मैं सोच रहा हूँ अगले हफ़्ते फ्री हूँ तो गोवा चलें?"

सुधा झुँझला जाती, "मैं और यशु आपके वीक एंड का इंटरटेनमेंट बनकर रह गए हैं। दस बार बता चुकी हूँ कि मंडे से यशु के पेपर स्टार्ट हो रहे हैं। यशु के एग्ज़ाम के टेंशन में मेरी आँखों के नीचे ब्लैक सर्कल आ गए हैं।"

सुधा को नीचे से अनवरत आती टीवी की आवाज़ से घबराहट होती तो

कक्का को भी ऊपर से मोबाइल पर बात करती सुधा की आवाज़ से खीज होती। फिर भी कक्का ने ख़ुद को बहुत ज़ब्त करना सीखा था।

द्विवेदी विला में दिन-दिन भर ऊपर अकेली टँगी सुधा सोचते-सोचते अवसाद में जाने लगती। विरल ने समझाया, "बाग़वानी शुरू कर दो। तुम बग़ीचे में उनकी अनुपस्थित में टहल सकती हो।"

जब कक्का गाँव में थे तो सुधा ने माली लगवाया और गार्डन की रंगत बदल दी। बाउंड्रीवॉल के पास स्वर्ण चंपा, मधुकामिनी, रातरानी लगवाए। पीछे की तरफ़ मालती लगवाए। कक्का का लगाया आम का पेड़ बारहमासी आम था जो बरसात में बहुत बेस्वाद फल देता था। कम ऊँचाई के इस पेड़ में एक बार में कम-से-कम सौ फल लगते जिन्हें दो साल का बच्चा भी तोड़ ले। बेमौसम फलने वाले आम ज़मीन पर गिरकर सड़ जाते मगर इन लिसलिसे खट्टे आमों को जमादार या गीता खाने को तैयार नहीं।

सुधा उस दोपहर कक्का के आने का इंतज़ार करती किसी भी तरह समय काट रही थी ताकि खाना खिलाकर ही ऊपर जाए। मोबाइल पर चीनू से बात करते आम से लदे पेड़ों के नीचे टहलती हुई बात कर रही थी। कक्का की कार कब गेट पर रुकी उसे नहीं मालूम। अचानक पीछे से आवाज़ आई, "ऐ आम मत तोड़ना, मैं गाँव ले जाऊँगा।" पचासों आम ज़मीन पर थे। सुधा गार्डन में टहल रही थी आम नहीं तोड़ रही थी। यदि किसी का सम्मान रखते हुए इस बात को बोला जाता तो शायद ऐसे बोलते– 'सुधा दो-चार आम गाँव के लिए छोड़ देना।'

सुधा ने इन तीन महीने में जिस लता को बड़ा कर दीवार में चढ़ा दिया था कक्का ने गाँव से आते ही माली से कहकर उखड़वा दिया। गार्डन उनका है जिस पौधे को चाहे रखेंगे जिसे चाहे उखाड़ेंगे। शाम को कार धोने वाले लड़के तेजस का फ़ोन आया, "भाभी, मेरा हिसाब कर दो। कल से नहीं आऊँगा। आप तो ऊपर थे। आज अंकल ज़ोर से डाँटे कि बाल्टी बीच में रखते हो, कल से मेरे घर में आने की ज़रूरत नहीं है। मेरे को बाल्टी

कहाँ रखना है बता देते।"

सुधा विरल के साथ बैठी चाय पी रही थी कि बिना किसी भूमिका के उसने शांत स्वर में कहा, "इस घर में बाग़वानी नहीं करूँगी।"

विरल लैपटॉप में काम करता चाय का घूँट लेता रहा।

सुधा झुँझला गई, "इस घर में रहकर कोई काम नहीं किया जा सकता। सब कुछ कक्का के मूड और दया पर डिपेंड है। कार धोने वाले को इसलिए भगाया कि वो आपकी और मेरी कार धोता है। उन्होंने अपनी कार हमेशा से सौ तालों में रखी और ख़ुद ही सहला-सहला धोते रहे। क्या मैं उनके बुलाए किसी आदमी को भगा सकती हूँ? सोच सकते हो नौकरों के आगे मुझे कैसा लगता होगा? बहू की आवाज़ उन्हें बेअदबी लगती है। यशु को बुलाने के लिए भी सीढ़ी चढ़ूँ। विरल आप बताओ, मैं ऐसा कौन-सा काम करूँ कि घर के बाहर भी हो, आस-पास भी हो कि घर में गेस्ट आए या यशु के बस के टाइम घर पहुँच जाऊँ और वर्किंग टाइम मेरे हिसाब का हो?"

विरल समाधानों पर बात करने को हमेशा तैयार रहता, "तुम अपना बुटीक खोल लो। तुम्हारा फ़ैशन सेंस अच्छा है। ज़रा देर घर से बाहर रहोगी, लोगों से मिलोगी तो कम-से-कम दिमाग़ शांत रहेगा।"

सुधा को बुटीक का प्रपोजल जम गया। घर के बिल्कुल पास वाली मेन रोड पर कक्का ने सालों पहले एक ज़मीन ले रखी थी। सुधा को ये ज़मीन इसलिए मुताबिक़ लग रही थी कि पैदल भी वहाँ जा सकती थी। कक्का को कहते सुना था कि ज़मीन इतनी छोटी है कि उसे कोई कार पार्क वग़ैरह करने ही रेंट पर लेगा। सुधा ने महीनों हिम्मत जुटाकर एक दिन खाने की थाली रखते हुए पूछा, "कक्का, इस ज़मीन पर एक दुकान बना लें क्या?"

कक्का ने तुरंत हामी भर दी, "बना लो।"

विरल ने पहले ही कह दिया, "मैं तुम्हें सिर्फ़ पैसे दे सकता हूँ। बनवाना

तुम्हें अकेले ही होगा। ज़मीन बहुत छोटी है। दो मंज़िला बनाना होगा।"

सुधा का मन अब ज़रा उत्साहित रहने लगा। कुछ नया करने की चाह। कम-से-कम अब मेरा दिमाग़ लंच, डिनर से अलग किसी क्रिएटिव चीज़ में एंगेज होगा। काम करने का मतलब सिर्फ़ पैसा कमाना नहीं होता, ख़ुद के प्रति सम्मान और विश्वास कमाना भी होता है। मुझ में कोई क़ाबिलियत है जिसके बदले कोई पैसे देने तैयार है, फिर चाहे वो बुटीक ही क्यों न हो। सुधा गूगल करके ईरानी इंटीरियर की डिज़ाइन देखती, थाई फ़र्नीचर की उपलब्धता पता करती, पाकिस्तानी कुर्तों के नये डिज़ाइन देखती। बुटीक के निर्माण का काम शुरू हो चुका था। सीमेंट, रेत, रॉड के लिए कई सप्लायर का नंबर मोबाइल में रख घर से ही ऑर्डर कर रही थी।

बिल्डिंग साइट पर भवन-निर्माण संबंधित सारे सामान खुले पड़े थे। जिसमें क़ीमती बिजली उपकरण, प्लंबर वर्क के महँगे नल फ़िटिंग्स, रॉड्स, बिजली वायर के कई बंडल, सीमेंट की बोरियाँ बिखरी पड़ी थीं। शाम पाँच बजे साइट पर काम करने वाले मज़दूरों के चले जाने के बाद इन सारे सामानों के साथ ये जगह वीरान हो जाती। आस-पास के सभी निर्माणाधीन साइट में ओड़िसा से पलायन कर आए किसान अब गार्ड, मज़दूरी और चौकीदारी जैसी छोटे-मोटे काम कर रहे थे। बुटीक साइट पर गंगा प्रसाद नाम का उड़िया चौकीदार शाम पाँच बजे से लेकर अगली सुबह 10 बजे, जब तक मज़दूर न आ जाएँ, साइट पर ही रहता था। रात भर खाट पर पड़े-पड़े गंगा प्रसाद भोर की प्रतीक्षा करता। साइट पर 10 बजे पहले मज़दूर के पहुँचते ही अपनी खटिया दीवार से लगा चुप अपने घर के लिए निकल जाता। दुबला-पतला, निस्तेज चेहरा, थोड़ी-सी बढ़ी अधपकी दाढ़ी वाला अधेड़ गंगा प्रसाद प्रेमचंद के उपन्यास के किसी दयनीय पात्र-सा लगता था। गंगा प्रसाद से सुधा की मुलाक़ात नहीं के बराबर थी क्योंकि उसके आने का समय शाम का था और सुधा प्रायः साइट पर कक्का को खाना खिलाकर और शाम की चाय से पहले जिस वक़्त कक्का सोए होते

मुआयना करने जाती थी तब गंगा प्रसाद अपने घर पर होता था।

कभी-कभार यशु को शाम को ट्यूशन से लेकर लौटते वक़्त गंगा प्रसाद साइट पर मिल जाता। ठेकेदार हमेशा कहता कि मैम जब ट्रक से रेत, गिट्टी आती है तो आप साइट पर पहुँच जाया करिए। दुकान वाले कई बार फुल ट्रक नहीं भेजते। सभी जगह मकान मालिक खड़े होकर अनलोड कराते हैं।

द्विवेदी विला के सामने से गुज़रता कोई परिचित आँगन में कक्का संग गप्पें मार रहा हो तो सुधा सबके सामने से गाड़ी निकालकर साइट जाने में कतराती, चाहे कितना बड़ा नुक़सान हो जाए। संवादहीनता की वजह से सुधा को लगता कि कक्का सोचेंगे बेवजह कार में घूमती रहती है।

इस बीच एक रात साइट के ठीक सामने रहने वाले एक दबंग, संयुक्त परिवार में आधी रात चोरी हो गई। सुबह उस परिवार के जवान लड़कों ने चौकीदार गंगा प्रसाद को घेरा, "तूने रात में हमारे घर से किसी को भागते देखा क्या ? यहाँ का चौकीदार है तो अपनी ड्यूटी सोकर करता है ? हमारे यहाँ ताला टूटा, लाखों की चोरी हो गई, हरामख़ोर... पीकर टुल्ली पड़ा था ?"

इसके साथ ही उन लड़कों ने गंगा प्रसाद को दो-चार थप्पड़ जड़ दिए। ग़रीब चौकीदार का उनके घर की चोरी में कोई हाथ न था और ये बात वो परिवार भी बहुत अच्छी तरह जानता था। वो दबंग परिवार अपने नुक़सान का ग़ुस्सा इस असहाय पर निकाल रौब झाड़ रहे थे। चौकीदार का गुनाह चोरी से भी बड़ा था– वो ग़रीब था और यह दुनिया का सबसे बड़ा अपराध है। अपने से आधी उम्र के छोकरों से ख़ामोशी से थप्पड़ खाकर निर्दोष गंगा प्रसाद ने काम छोड़ दिया। ठेकेदार ने सुधा को फ़ोन पर कहा, "मैडम, आप स्वयं ही चौकीदार की व्यवस्था कर लें। आपके पड़ोसी ऐसे मारपीट करेंगे तो मैं कहाँ तक चौकीदार की व्यवस्था करूँगा। सुधा ने आनन-फानन में आस-पास के लोगों, कचरे वाले, दूध वाले, माली

सभी को नए चौकीदार की व्यवस्था के लिए फ़ोन लगाना शुरू किया।

चौकीदार के काम छोड़ देने से मज़दूरों के काम ख़त्म करके जाने के बाद साइट माल-असबाब के साथ सूना हो जाता था। सुधा आते-जाते अक्सर इस वीराने में थोड़ी देर के लिए ठहर जाती थी। साइट पर पड़ोसी दुकानदार तिवारी मिलने आ गया, "अच्छा है आप लोगों की दुकान खुल जाने से इस इलाक़े की रौनक और बढ़ेगी। अभी तो इस सड़क का चौड़ीकरण होने वाला है।"

सुधा ने घड़ी पर नज़र डाली। यशु की बस के आने का वक़्त होता देख तिवारी जी से बातचीत का समापन किया, "तिवारी जी, दो-चार दिन जब तक चौकीदार नहीं मिल जाता आप इधर नज़र रखिएगा। मुझे डर है साइट पर पड़े क़ीमती सामान चोरी हो जाएँगे। कबाड़ी वाले सूने साइट्स पर नज़र रखते हैं।"

एक दिन बाद ही पड़ोसी दुकानदार तिवारी जी का सुबह-सुबह फ़ोन आया, "दीदी, आपके साइट से पूरे राड्स और पाइप्स, बिजली वायर के सारे बंडल चोरी हो गए।"

सुधा इतनी बड़ी चोरी की बात भी कक्का से शेयर नहीं कर सकती थी। उनको बताने पर भी वो टीवी पर ही नज़र जमाए रहते जैसे कुछ सुना ही न हो। द्विवेदी विला से पाँच मिनट की दूरी पर साइट है, मगर वह ये सोचकर नहीं जा सकी कि कक्का को लगेगा सुबह-सुबह कहाँ चली। इतने बड़े नुक़सान का पछतावा हो रहा था। साइट पर जाने की हड़बड़ी थी। कक्का के आगे सुबह की चाय रख आनन-फानन में साइट पर पहुँचकर देखा तो पूरा सामान चोरी हो चुका था। सुधा को देखते ही तिवारी जी हड़बड़ी में किसी तरह चप्पल पहनते दौड़े आए, "अरे दीदी, सड़क पर कचरा बीनने वालों का काम है। बहुत नुक़सान कर दिया आपका।"

सुधा ने चारों तरफ़ नज़र दौड़ाई। नल और बिजली फ़िटिंग के लंबे पाइप्स के सारे बंडल, चार वॉशबेसिन, ब्रांडेड स्विच बोर्ड के एक दर्जन

बॉक्स सब कुछ साफ़ था। सुधा ने हताशा भरे स्वर में कहा, "तिवारी जी, किसी भी हाल में मुझे तीन-चार दिन के भीतर चौकीदार अरेंज कर दीजिए। आपका लोगों में उठना-बैठना है। आपके लिए आसान काम है। चौकीदार मिलने पर मुझे फ़ोन कर दीजिएगा।"

ठेकेदार रवींद्र को साइट पर खड़े-खड़े ही फ़ोन कर दिया, "आज काम मत लगाओ। तुम्हारे मज़दूरों के तसला, रापा भी चोरी हो गए हैं।"

तेज़ी से चल रहे निर्माण कार्य की गति एकाएक थम गई। इस तरह चोरी और काम बंद होने से मन उदास रहने लगा। काश कक्का एक सामान्य पिता होते तो कभी-कभी साइट पर जाकर खड़े होते। उनके आते-जाते रहने से मुझे बल मिलता। कितना अकेला लगता है! विरल के पास लैपटॉप पर केस स्टडी करने से फ़ुर्सत ही नहीं है। काम की अधिकता से उसने आठ-दस जूनियर वकील रख लिए हैं। कोर्ट से आने के बाद देर रात तक ऑफ़िस में मुवक्किलों से मिलना, केस की प्रोग्रेस रिपोर्ट, कौन-सा केस किस जज के पास है देखने में कई बार दो-दो दिन बात नहीं होती। पाँच मिनट की बात में सुधा ने साइट पर चोरी होने की जानकारी दी। विरल वीक एंड पर घर आने पर बाहर खाने, फ़िल्म ले जाने का काम बहुत प्रेम से करता, मगर उसके पास अपने इतने काम होते कि सुधा की समस्याएँ उसे बहुत छोटी बात लगती। सुधा कई बार मायूस होकर कहती, "रात नौ बजे से पहले कोई फ़िल्म या बाहर डिनर करने नहीं निकल पाएँगे।"

कक्का को डिनर कराते-कराते बाहर जाने का मन मर जाता है। उनको खिलाकर हम तीनों बाहर जाते हैं तब भी बुरा लगता है। घर से एक बुज़ुर्ग को साथ नहीं ले जा रहे हैं। किचन की सफ़ाई करने के बाद जब ऊपर आती तो इंतज़ार करते-करते यशु चिड़चिड़ाने लगता। बिना तैयार हुए वैसे ही फटफट सीढ़ी उतर कार में बैठ जाती। विरल बोलता भी कि तुम्हें मालूम था कि बाहर जाना है तो पहले ही तैयार होकर नीचे जाती।

सुधा, "नये कपड़ों में मेकअप करके कक्का को खाना सर्व करने में

संकोच होता है।"

चोरी की घटना के हफ़्ते भर बाद सुबह-सुबह दुकानदार तिवारी का फ़ोन आया, "दीदी जी, चौकीदारी के लिए आदमी मिल गया है। आप अभी आकर बात कर लीजिए।"

सुधा फ़ौरन ही साइट के लिए निकल गई। साइट पर पहुँचकर कार के भीतर से ही उसने इधर-उधर नज़र दौड़ाई। साइट रेत और गिट्टी के टीलों से घिरा एकदम वीरान था। तिवारी जी की दुकान खुली थी मगर तिवारी जी नदारद थे। अलबत्ता दो या तीन बार हॉर्न बजाने से गुनगुनी धूप में उनकी दुकान के बाहर खड़ी बाइक पर बैठकर न्यूज़पेपर पढ़ रहे युवक ने अपने चेहरे के सामने से पेपर हटा सुधा पर रूखी नज़र डाली और फिर दुबारा पेपर पढ़ने लगा। तभी सामने से तिवारी जी अपना ढीला पैंट छाती तक खींचते चले आ रहे थे। उन्हें देखते ही सुधा कार का दरवाज़ा खोल बाहर निकली, "मुझे बुलाकर आप ख़ुद ग़ायब हो गए थे!"

तिवारी जी ने बाइक पर बैठे उसी युवक को क़रीब आने का इशारा किया जिसे सुधा ने अख़बार पढ़ते में हॉर्न बजाकर डिस्टर्ब किया था, "दीदी, ये है आपका चौकीदार।"

सुधा हैरान रह गई। छह फीट लंबा, बलिष्ठ, साफ़-सुथरे कपड़े और गोरे रंग में वो किसी मल्टीनेशनल कंपनी का एम्प्लॉई लग रहा था। तिवारी जी के बुलाने पर पास आकर उसने सिर झुकाकर अभिवादन किया।

समाज ग़रीबों के पक्ष में बड़ी-बड़ी उदार बातें लिखता और पढ़ता है लेकिन एक ग़रीब को प्रथम दृष्टया ही फटेहाल दिखना चाहिए जैसी धारणा से ग्रस्त होता है। सुधा शंकित हो गई– 'इसे चौकीदार रखना ठीक होगा? पता नहीं इन कंकड़-पत्थर के ढेर और सामने गुज़रते बड़े नाले पर मंडराते मच्छरों की फौज के बीच ये हीरो चौकीदारी करेगा या भगवान भरोसे छोड़ अपने घर सोने चला जाएगा!'

सुधा ने पूछा, "क्या नाम है तुम्हारा?"

"मैम, ढाल सिंह।"

"घर कहाँ है ?"

"धर्मपुरा गाँव।"

सुधा उसके अभिजात्य व्यक्तित्व से उपजी असहजता और आशंकाओं को नियंत्रित रख पूछती रही, "धर्मपुरा ? ये कहाँ है ?"

"मैम, यहाँ से 20 किलोमीटर दूर।"

साइट पर फिर से काम शुरू करने चौकीदार किसी भी क़ीमत पर चाहिए था। चौकीदार न होने से पूरा काम रुक गया था। ढाल सिंह को रखना मजबूरी थी। पसंद न आने की वजह सिर्फ़ एक थी उसका संभ्रांत व्यक्तित्व। अगर वो पहले चौकीदार गंगा प्रसाद की तरह दीन-हीन होता तो उसे निर्देशित और नियंत्रित करने में सहजता होती। हम अपने अधीनस्थ से प्रायः कमतरी की अपेक्षा रखते हैं। क्या द्विवेदी विला में भी मुझसे यही अपेक्षा है ?

"चलो फिर आज शाम से ही पहुँच जाना।"

ढाल सिंह कृतज्ञ भाव से बोला, "ठीक है मैम। मैं बिलकुल आ जाऊँगा।"

साइट से घर पहुँचते ही सुधा ने सिलसिलेवार ठेकेदार, इलेक्ट्रिशियन, प्लंबर, फालसिलिंग वालों को फ़ोन लगाया, "चौकीदार मिल गया है। कल से काम शुरू करना है।"

विरल को घर आते ही ख़ुशखबरी दी, "सुनिए, चौकीदार मिल गया। कल से काम शुरू हो रहा है।"

उसे भी तसल्ली हुई, "चलो तुम्हारा एक टेंशन तो ख़त्म हुआ।"

आज चौकीदार मिलने की ख़ुशी में कक्का की थाली में हलवा था मगर उन्हें हलवा बनने का कारण नहीं मालूम था। मिठास मीठे में नहीं उस उत्सवधर्मिता की वजह में होती है। संवादहीनता की वजह से कक्का हमेशा ख़ुशी के उस ज़ायके को महसूस करने से वंचित रहे।

ढाल सिंह के आने के दो दिन बाद की बात है। सुधा और विरल देर रात 12 बजे फ़िल्म देखकर साइट के सामने से गुज़र रहे थे। दिसंबर की कड़कड़ाती ठंड में विरल ने नीम अँधेरे में डूबे साइट के आगे कार रोक दी। घुप्प अँधेरे में डूबे साइट पर डली खाट में कार की हेड लाइट की रौशनी पड़ते ही ढाल सिंह आँखें मलता उठकर बैठ गया। आड़ी-तिरछी बाँस-बल्लियों और मच्छरों के बीच बिना मच्छरदानी के सो रहा था। सुधा कार का दरवाज़ा खोलकर बाहर निकल आई। ढाल सिंह उस नीम अँधेरी रात में ईंट के ढेर के ऊपर से कूदता-फाँदता कार की तरफ़ आने लगा। विरल धीमे से फुसफुसाया, "ये हीरो चौकीदार है ?"

"नमस्ते साहब!" कह ठंड से काँपता ढाल सिंह हाथ बाँधकर खड़ा हो गया।

विरल ने ज़रा फ़िक्रमंदी से कहा, "अरे यार, मच्छरदानी के बिना कैसे सो रहे हो इस नाले के सामने ?"

ढाल सिंह चुप खड़ा रहा। कुछ देर वहाँ रुककर दोनों कार में घर की राह बढ़ गए। विरल ने कार ड्राइव करते हुए कहा, "सुधा तुमने ग़ौर किया ? वो खाट पर नहीं सो रहा था।" आधी रात घर पहुँचकर अपने साफ़-सुथरे बेड की गर्म रज़ाई में घुसकर सुधा के दिमाग़ से अँधेरे साइट पर बिना कंबल-बिस्तर, नाले के किनारे ठिठुरता ढाल सिंह उतर नहीं रहा था।

आठ

सुधा सुबह 10 बजे साइट पहुँची तो मज़दूर काम पर आ चुके थे। दिन के उजाले में ग़ौर किया। ढाल सिंह ने साइट पर पड़ी लकड़ियों की फट्टियों को ईंटों से टिकाकर बेहद असुविधाजनक खाट की व्यवस्था की थी। इन फट्टियों से अनगिनत नुकीली फाँस निकली थीं जिस पर बिना बिस्तर डाले कोई हाड़ तोड़ती ठंड में पूरी रात कैसे गुज़ार सकता है! अभी सुधा खड़ी-खड़ी यह ग़रीबी-गुज़ारा देख ही रही थी कि ढाल सिंह सामने की दुकान से दौड़ता आया और साइट पर अपनी अनुपस्थिति की सफ़ाई देने लगा, "सामने वाली दुकान पर अभी अपने लिए टूथब्रश ख़रीदने गया था मैम। पाँच मिनट पहले तक यहीं था।"

ढाल सिंह इस बात से अनभिज्ञ था कि सुधा के ज़ेहन में उसके सोने की दयनीय व्यवस्था देख क्या चल रहा है। सुधा ने विषय बदला, "खड़ग सिंह, तुम अपना बिस्तर साथ क्यों नहीं लाए?"

बाक़ी के मज़दूर ठहाके लगाने लगे। ढाल सिंह ने मुस्कुराते हुए कहा, "मैम मेरा नाम ढाल सिंह है, खड़ग सिंह नहीं। कल या परसों में अपने गाँव जाऊँगा तो ले आऊँगा। असल में परसों नौकरी की बात करने आया था बिना किसी तैयारी के। आपने कहा कि आज से ही शुरू हो जाओ।"

अब अनजाने में उसकी इस हालत की ज़िम्मेदार सुधा ही थी। दूसरे मज़दूरों के सामने अपना अपराधबोध छिपाने साइट पर इधर-उधर नज़रें घूमा बेवजह के निर्देश देने लगी, "भगवती, ये सामान यहाँ क्यों पड़ा है? श्याम आज आया या नहीं?" सुधा एक किनारे में बनी सीढ़ी चढ़ ऊपरी

मंज़िल में आ गई।

भगवती भी दो-दो सीढ़ियाँ लाँघती सुधा के पीछे-पीछे ऊपर आ गई। भगवती साइट पर पिछले एक साल से काम पर आने वाली 25 साल की मज़दूर युवती थी। मज़दूरों में वही इकलौती थी जो लगातार एक साल से आ रही थी। ठेकेदार रवींद्र का काम शहर में अलग-अलग कई जगह चल रहा था। वो ज़रूरत और हुनर के मुताबिक़ मज़दूरों को अलग-अलग जगह भेजता था लेकिन भगवती को एक साल से साइट पर भेजा जा रहा था क्योंकि उसका घर साइट के बिल्कुल पास था। इस तरह लगातार संपर्क में रहने से सुधा को भगवती से ज़रा-सा लगाव हो गया था। लंबी, दुबली-पतली, पक्के काले रंग की यह मेहनती लड़की अपने जीवंत और खिलंदड़े स्वभाव की भगवती यशु से मसखरी करती रहती– 'ए यशु स्कूल से आ गया क्या? तेरी स्कूल बस में हमको भी स्कूल ले जाना।' उसके काले, चिकने चेहरे पर लंबी नाक में चाँदी की लौंग के घुँघरू बात करने पर लगातार हिलते रहते। हँसती तो सफ़ेद दंतपंक्ति बिजली-सी दमक देती। उसके तेल लगे बालों पर साप्ताहिक बाज़ार से ख़रीदी सस्ती क्लिप की दुकान सजी होती।

सुधा और भगवती इस वक़्त ऊपर की मंज़िल पर खड़े थे। नीचे खड़ा ढाल सिंह उसकी बातें न सुन ले यह ध्यान रखते हुए भगवती ने फुसफुसाकर कहा, "पता है मेडम, ये नया चौकीदार ढाल सिंह पहले बड़ा ठेकेदार था। इसके पास 50 के लगभग मज़दूर काम करते थे। मैं ख़ुद दो साल इसके साथ काम कर चुकी हूँ। बहुत ईमानदार ठेकेदार था। कभी इसने किसी मज़दूर का पैसा नहीं खाया।"

सुधा को आश्चर्य हुआ, "फिर इसको क्या हो गया कि ख़ुद मज़दूर हो गया?"

भगवती बल्लियों पर टिक गई, "अरे! इसकी बीवी की बीमारी में बर्बाद हो गया मेडम। किडनी ख़राब हो गई थी। इलाज कराने महीनों

अस्पताल-अस्पताल घूमता रहा तो इसकी ठेकेदारी यहाँ कौन देखता! गाँव में अपने हिस्से में मिला खेत-खार भी बेच दिया। इलाज कराने में पूरी तरह बर्बाद हो गया और बीवी भी नहीं बची। माँ-बाप, रिश्तेदार समझा-समझाकर हार गए कि इतना महँगा इलाज मत करा। जवान है तू, ये मरेगी तो दूसरी मिल जाएगी। मेडम, ये तो अपनी किडनी देने को तैयार था लेकिन डॉक्टर बोले दोनों का ख़ून अलग है। जब तक इसके पास आख़िरी कौड़ी थी, तब तक बीवी की साँस की क़ीमत चुकाता रहा। इधर पैसा ख़त्म, उधर बीवी। अभी महीना भर पहले लाश लेकर गाँव लौटा। खेत-खार, गाय-गोरु सब बिक चुके थे। क्रियाकर्म तो गाँव वालों ने मिल-जुलकर किया। अब शहर में इतने साल बाद वापस इसको कौन अपने मकान का ठेका देगा! इसके सब मज़दूर दूसरे ठेकेदारों के पास काम करने जा चुके हैं। एक हफ़्ते से रोज़ शहर आ रहा था काम ढूँढने, तभी आपके यहाँ काम मिला है तो आ गया। अच्छा नहीं लगता मैम अपने ठेकेदार को ऐसे चौकीदारी करते देखकर। एक टाइम था जब ढाल सिंह बाइक में आकर हर शनिवार को हम लोगों को पेमेंट करता था।"

सुधा और भगवती बात कर ही रहे थे तभी नीचे से रवींद्र ठेकेदार ने भगवती को आवाज़ लगाई। ठेकेदारों को अपने मज़दूर सिर पर तसला ढोते न दिखें तो फ़ौरन उनकी पुकार मचती है। भगवती दौड़ती नीचे भागी। सुधा रेत के ढेर पर ख़ामोश बैठ गई। ज़िंदगी इंसानों के साथ कितने क्रूर खेल खेलती है। हमारी योजनाएँ कुछ और होती हैं, नियति कुछ और ही षड्यंत्र रच रही होती है। ढाल सिंह की पत्नी उसको कितना अकेला छोड़ गई। सुधा ने साइट से बाहर निकलकर देखा, ढाल सिंह धूप तापते तिवारी जी की दुकान से अख़बार माँगकर पढ़ रहा था। सुधा को देखते ही फट से खड़ा हो गया। सुधा उसे अनदेखा कर ठेकेदार रवींद्र से बातें करने लगी, "रवींद्र भैया, मज़दूर बढ़ाओ। काम ऑलरेडी लेट चल रहा है।"

पता नहीं क्यों वो ठेकेदार से ग़ैरज़रूरी बातें कर रही थी। ढाल सिंह

के मार्मिक अतीत को भुलाने या उस दुखांत कहानी के नायक की जीवंत उपस्थिति से ख़ुद को उबारने के लए। सुधा मुख्य सड़क पर खड़ी अपनी कार तक पहुँचने साइट पर बिखरे बिल्डिंग मैटीरियल्स के ऊपर से पैर जमाते सावधानीपूर्वक बढ़ी। लौटते हुए ख़याल आया कि ढाल सिंह बिस्तर लेने जाने कब गाँव जाएगा? दिसंबर की तीन रातें तो वो इस तरह खुले आसमान के नीचे काट ही चुका है। सुधा ने पलटकर ढाल सिंह को आवाज़ लगाई, "खड़ग सिंह..."

भगवती और ढाल सिंह की मिश्रित हँसी ने सुधा को ग़लती का एहसास कराया, "अच्छा हाँ, ढाल सिंह सुनो, अभी घर आकर बिस्तर ले जाना। भगवती सुन रही है? ढाल सिंह ने घर नहीं देखा है। तुम अपने साथ ढाल सिंह को घर ले आना।"

घर पहुँचने के कुछ देर बाद भगवती और ढाल सिंह ने घंटी बजाई। तब तक सुधा एक पुराना गद्दा, तकिया, रज़ाई और मच्छरदानी जो मेहमानों के लिए रखी थी दीवान से निकाल चुकी थी। सुधा ने नीचे झाँककर कक्का की टोह ली। कक्का को द्विवेदी विला में सुधा से मिलने आने-जाने वाले अनजान चेहरों या सुधा द्वारा किए जा रहे कारोबार के प्रति जिज्ञासा ज़रूर होती मगर गांभीर्य के इस चोले को फेंककर सुधा से पूछें कैसे? सुधा बड़ी से बड़ी रौनक़ के विषय में अब उन्हें नहीं बताती। सुधा को कोई भी बात उनके सामने खड़े होकर समाचार वाचिका जैसे सूचित करना बेहूदा लगता। कक्का सुधा से कुछ पूछ नहीं पाते, मगर ऊपर जाती सीढ़ियों पर जब दबे क़दमों की हलचल अधिक होती तो कक्का की उत्सुकता और बेचैनी कभी-कभी क्रोध में बदलती। सुधा ने एक नियम अपना लिया जितना हो सके कक्का की नज़र से छिपकर लोगों को आमंत्रित करो, सारे कारोबार नज़र में आए बिना करो ताकि कक्का की बैचेनी न बढ़े। इन दबी-छिपी हलचलों को वो अपने घर में अतिक्रमण मानते, अपनी सत्ता खिसकती महसूस करते।

सुधा ढाल सिंह का बिस्तर लिए दबे पाँव गेट तक आई। भगवती को बिस्तर के लिए सुधा ऊपर न बुलाकर ख़ुद नीचे आई क्योंकि यदि भगवती को बुलाती तो वो कक्का के दबदबे से बेपरवाह सीढ़ियों पर मेडम-मेडम पुकारते चढ़ती। गेट पर सुधा के हाथ से ढाल सिंह की जगह भगवती ने लपककर बिस्तर का बंडल सिर पर उठा लिया। वो आज भी ढाल सिंह को अपना ठेकेदार मानती थी।

तभी सुधा को ख़याल आया, "अरे! वहाँ खाट भी तो नहीं है! ढाल सिंह, गैरेज से वो फ़ोल्डिंग पलंग निकाल लो।"

ढाल सिंह ने वज़न में हल्के फ़ोल्डिंग पलंग को मोड़कर अपने सिर के ऊपर रख लिया। दोनों सिर पर बोझा लादे साइट की तरफ़ वापस निकल पड़े। इस छोटे-से इंतज़ाम को करने के बाद सुधा को बहुत तसल्ली मिली। भगवती और ढाल सिंह ने सुधा का व्यवहार द्विवेदी विला में साइट से बिलकुल अलग पाया– आधा घंटा पहले साइट में मैडम पूरे रुआब से सभी को निर्देश दे रही थी, अब घर में लग रहा है जैसे किसी से छिपकर बात कर रही है और जल्द-से-जल्द उन्हें यहाँ से भगाना चाह रही है।

ढाल सिंह जैसे न जाने कितने लोग छोटी-छोटी नौकरियों के लिए अपने घर, गाँव, परिवार से दूर अनजान शहरों में अकेले गुज़ारा करते हैं। उनका पूरा जीवन ज़िंदा रहने का अंतहीन संघर्ष मात्र है। ढाल सिंह खाना कैसे और कहाँ खाता है? साइट के सभी मज़दूरों को तो सुधा नहीं पहचानती थी। भगवती नियमित थी और ढाल सिंह चौकीदार, सो इन दोनों से ही दिन भर हुए कामों की जानकारी लेती और अगले दिन के लिए निर्देश दे देती– 'ढाल सिंह, आज टाइल्स का ट्रक आएगा। इस कोने में रखवाना है। भगवती देख तो यहाँ पर पानी का मटका किसने लुढ़काया? तीन बोरा सीमेंट पानी पड़ने से पत्थर हो गया। ढाल सिंह, जब ट्रक रेत पलट रहा था तब तुम कहाँ थे? देखो रेत से पूरी सड़क घिर गई है। आने-जाने वालों की गाड़ियाँ फँसेंगी रेत में। तिवारी जी की बाइक फिसली

अभी। पड़ोसियों से रिश्ता ख़राब करवाओगे!'

ढाल सिंह तुरंत रापा से रेत समेटने लगा। थोड़ी दूर पर गारा उठाती भगवती के पास जाकर सुधा ने धीमी आवाज़ में पूछा, "भगवती, ये ढाल सिंह खाना कहाँ खाता है?"

भगवती ने कहा, "मैं ज़्यादा टिफ़िन ले आती हूँ। उसी में से ढाल सिंह को भी खिला देती हूँ। रात का खाना कहाँ खाता है मुझे भी नहीं मालूम।"

इस कुँवारी लड़की के सिर पर पूरे परिवार का बोझ था। दो बड़े भाई मोहल्ले में आवारागर्दी करते घूमते थे। माँ सब्ज़ी बेचती थी। छोटी बहन शिखा भी दिहाड़ी मज़दूर थी। दोनों बड़े जवान भाई मटरगश्ती करते और उसी घर की दो बेटियाँ और माँ परिवार चला रही थीं। इस ग़रीबी में भी भगवती ढाल सिंह के लिए दोपहर का खाना लाती थी। एक ग़रीब का दूसरे ग़रीब के लिए सामर्थ्य से बढ़कर उपकार था। ढाल सिंह हर शाम मज़दूरों के काम ख़त्म करने के बाद साइट से कई सामान साइकिल में लेकर द्विवेदी विला लाता था। साइट और द्विवेदी विला पास होने से ढाल सिंह का दिन में दो-तीन बार आना-जाना लगा रहता था– 'मैम, ठंडे पानी की बॉटल है क्या? मैम, पुराने अख़बार होंगे क्या? एक छाता होगा क्या? बस स्टैंड जाते तक भीग जाऊँगा। मैम, एक प्लास्टिक कुर्सी मिलेगी क्या? वहाँ लेबर लोग पलंग में बैठकर मेरा पलंग तोड़ देंगे।'

वक़्त का पता नहीं चला कि किस तरह ढाल सिंह को आए एक साल गुज़र गया। इस एक साल में उसके व्यक्तित्व का शुरुआती ठेकेदारी वाला रुआब ढल चुका था। उसकी चाल-ढाल से लेकर लहजे तक में मज़दूरों वाली दीनता रच-बस गई थी। अकेले बसर कर रहा ढाल सिंह रौनक़ की तलाश में अब हर शाम बेवजह भी द्विवेदी विला आ जाता। सुधा बालकनी में आती तो ढाल सिंह यशु के साथ सड़क पर खेलता दिखता। यशु हमेशा बैटिंग और ढाल सिंह बॉलिंग करता था। कभी-कभी सुधा गेट तक आकर उसे एक कप चाय पकड़ा देती तब उनके खेल में अल्पविराम लग जाता।

ढाल सिंह ने कहा, "यशु भइया, थोड़ा-सा ब्रेक दे दो। चाय पीकर फिर बॉल फेंकते हैं।"

इस बीच साइट पर चारों तरफ़ शटर लग गए। शटर लगने से साइट को अब लॉक किया जा सकता था और इसका मतलब था कि चौकीदार की ज़रूरत ख़त्म हो गई। सुधा ख़ुद को तैयार कर रही थी कि ढाल सिंह को कैसे बोलूँ कि अब तुम्हारी ज़रूरत नहीं है। हालाँकि शटर लगने के बाद बुटीक की ज़रूरतों के मुताबिक़ ढेर सारी फ़िनिशिंग, पेंटिंग, पंखे फ़िटिंग, फ़र्नीचर वर्क, वार्डरोब का काम बाक़ी था। फ़िटिंग के अगले दिन साइट पर पड़ी इकलौती कुर्सी पर बैठ सुधा ने भूमिका बनानी शुरू कर दी, "ढाल सिंह तुम फिर से ठेकेदारी शुरू क्यों नहीं करते? आज नहीं तो कल हमारी चौकीदारी तो छूटेगी ही।"

रेत के ढेर पर बैठे ढाल सिंह ने मुस्कुराते हुए सुधा पर अपनी गहरी आँखें जमा दीं, "हाँ मैम, अब ऊपर से नीचे तक सारे शटर लग गए हैं। काम तो छूटेगा ही।"

उस दिन ढाल सिंह ने पहली बार अपनी पत्नी के बारे में बात की, "मैम, घरवाली के जाने के बाद अब किसी चीज़ में मेरा मन नहीं लगता। नये सिरे से ठेकेदारी करने की हिम्मत नहीं बची। दोनों बच्चे गाँव में हैं। बड़ा बेटा 16 साल और छोटा 14 साल का है।"

सुधा ने आश्चर्य से पूछा, "इतने बड़े बच्चे! ढाल सिंह, शादी कितनी उम्र में हो गई थी तुम्हारी?"

ढाल सिंह रेत पर तिनका घुमाते हुए धीरे से हँसा लेकिन जवाब नहीं दिया।

सुधा, "बच्चों का खाना कौन बनाता है?"

ढाल सिंह की आवाज़ इससे पहले कभी इतनी भीगी न थी, "मेरी माँ बहुत बुज़ुर्ग हैं, मैम। उनसे तो एक गिलास पानी उठाना नहीं होता। छोटे भाई की बीवी सबका खाना बनाती है। बँटवारे में मिली ज़मीन तो बीवी

के इलाज में बिक गई। घर के दो कमरे मेरे हिस्से में आए हैं। माँ और मेरे दोनों बेटे वहीं रहते हैं। भाई की बहू को महीने का तीन हज़ार खर्चा देता हूँ तो वो तीनों को दो वक़्त का खाना देती है। अब आपके घर से काम छूटेगा तो देखता हूँ कुछ। ठेकेदारी बहुत जुगाड़ का काम है। पहले तो काम खोजो। वो पूछते हैं पहले जिधर ठेकेदारी किए हो वहाँ के मकान में भीतर ले जाकर हमको घुमाओ। मकान मालिक मेरा ससुर लगता है जो मेरे संग अनजान आदमी को डिज़ाइन देखने टेम-बेटेम बहू-बेटी वाले घर में घुसने दे!"

थोड़ा रुककर वह बोला, "हज़ार चिकचिक के बाद काम मिल भी जाए तो रोज़ चौक में लेबर खोजने जाओ। अब हम ठेकेदारों के मज़दूर छुट्टी लेने के पहले एप्लिकेशन नहीं देते। लेबर नहीं आने से मालिक का काम लेट हुआ तो ठेकेदार गाली खाता है। कभी काम पूरा होने के बाद भी मालिक पूरा पैसा नहीं देते लेकिन मैं अगर अपने लेबर की पेमेंट में ढिलाई करूँगा तो वो दूसरे ठेकेदार के पास भाग जाएँगे। चाहे घर से पैसा निकालकर पेमेंट करूँ मगर मैं आज तक किसी भी मज़दूर का हाफ़ डे मज़दूरी भी बकाया नहीं रखा हूँ। मान लो मेरा काम तीन जगह चल रहा है। हर साइट पर पूरा दिन मौजूद नहीं रह सकता। कभी मज़दूर बदमाशी कर बिना काम किए ही दिन भर का वेतन बना लेते हैं। ठेकेदारी शुरू करने कम-से-कम एक लाख का चैली-भाड़ा, तसला, रापा, सटरिंग प्लेट, बाँस-बल्ली ख़रीदना पड़ेगा। अब मैं मन से बहुत टूट गया हूँ। इतना सब झमेला हारे मन और बिना पूँजी के नहीं हो पाएगा, मैम।"

यह बताते हुए उसकी उदासी बढ़ गई, "जिसको बचाने की आस में मेरा सब कुछ बिक गया वो भी आधे रास्ते में साथ छोड़कर चली गई। ये तक नहीं सोचा कि बच्चे उसके बिना कैसे जिएँगे। वो साथ होती तो बच्चों को चाची के भरोसे थोड़ी न छोड़ता। औरत दूसरों के बच्चे को कैसे खाना देती होगी आप तो समझती होंगी, मैम? किसी को बता नहीं पाता लेकिन

छाती फटती है बच्चों का चेहरा देख। दोनों बेटे पूरा दिन गाँव में आवारा घूमते हैं। उनको यदि अपने साथ शहर लाने कि सोचूँ भी तो यहाँ एक कमरे का किराया दो हज़ार से कम क्या होगा। गाँव में खेती भी नहीं है।"

ढाल सिंह की समस्या का सुधा के पास कोई हल न था और ढाल सिंह आशावान होने की दलील सुनने की दशा में भी न था। इस बीच वहीं बैठी भगवती चुन्नी से आँसू पोंछ रही थी और यशु रेत में खेल रहा था। इस नये ख़ाली कमरे में देर तक तीनों ख़ामोश बैठे रहे। आख़िरकार सुधा उठते हुए भगवती को शटर लॉक कर चाभी ढाल सिंह को देने का निर्देश दे चुपचाप वहाँ से लौट आई। ढाल सिंह को समझ आ गया था कि सिर्फ़ उसका परिवार पालने कोई बेवजह कितना और कब तक अपने घर से पैसा निकालकर देगा!

कई बार भावना और व्यावहारिकता में कड़ा संघर्ष होता है। सुधा ढाल सिंह की दारुण दशा, बच्चों की बदहाली से द्रवित थी मगर व्यावहारिकता कह रही थी कि ऐसे एक जवान और स्वस्थ व्यक्ति अपनी पत्नी की मृत्यु के बाद ज़िम्मेदारियों से विमुख नहीं हो सकता। क्या पूरे शहर में उसको कहीं काम नहीं मिलेगा? सुधा ने इसे उसकी व्यक्तिगत समस्या मान ख़ामोशी ओढ़ना उचित समझा। इस बातचीत के 10 दिन बाद ढाल सिंह को सुधा ने फ़ोन किया, "ढाल सिंह, आज 30 तारीख़ है। पैसे लेने आ जाओ।" बिना कुछ और बोले दोनों ही जानते थे इस 30 तारीख़ का मतलब है कि कल से साइट पर सोने की ज़रूरत नहीं है। साइट अब चमचमाती टाइल्स, डिस्टेंपर से महकती दीवारें, सर्वसुविधायुक्त टॉयलेट, बिजली की व्यवस्था होने के बाद बेहद सुविधाजनक और साफ़-सुथरी इमारत बन चुकी थी।

ढाल सिंह शाम के धुँधलके में पैसे लेने द्विवेदी विला आया। उसे अपनी सीमा पता थी। गेट न खोलकर एक पैर साइकिल के पैडल पर और दूसरा ज़मीन पर जमाए बाहर सड़क पर खड़ा रहा। सुधा नोट गिनती हुई

नीचे आई तो देखा ढाल सिंह लॉन में खेलते यशु को अपने पास बुलाने ख़ुशामद कर रहा था, "यशु भइया बाहर आओ, क्रिकेट खेलेंगे। भइया अब पता नहीं कब मुलाक़ात होगी! मैं अपने गाँव वापस जा रहा हूँ।"

माहौल में तैरते जुदाई के विषाद को सुधा समझ रही थी। उसे पैसे पकड़ाते हुए उसने कहा, "ठीक है ढाल सिंह। आते रहना फिर।" पूछने की हिम्मत न पड़ी कि उसे काम मिला या नहीं। ढाल सिंह पैसे पॉकेट में डाल, गले में लटके गमछे के एक छोर को कंधे पर फेंक नैराश्य में डूबा आख़िरी सलाम कर बिना कुछ बोले निकल गया। सुधा उसे साइकिल में जाते देखती रही फिर भारी मन से यशु को भीतर आने के लिए आवाज़ दे ख़ुद भी अंदर आ गई। वह शाम बेहद बोझिल, अनमनी और उदास थी। कक्का को रात का खाना खिलाकर ऊपर आई तो देखा यशु पूरा कमरा बिखराकर तेज़ आवाज़ में कार्टून देख रहा है। यशु क्लास सिक्स्थ में है फिर भी एक पन्ने का होमवर्क बिना सुधा के कहे नहीं करता। वो समझने लगा था कि मम्मी यदि कक्का को खाना सर्व करने नीचे गई है तो एक घंटे तो ऊपर नहीं आ सकती। बेहतर है टीवी देखो, मम्मी का मोबाइल चलाओ, चाहे कल सुबह टेस्ट ही क्यों न हो।

तीन मंज़िला साइट पर अभी भी फाल सीलिंग, ज़मीन से लेकर तीसरी मंज़िल तक चारों दिशा में शटर के भीतर काँच की ऊँची दीवारों की फ़िटिंग का काम, वुडेन वर्क, फ़र्नीचर, पुट्टी, बाहर की तरफ़ एसीपी वर्क जैसे काम अगले छह माह तक चलने वाले थे। दूसरे दिन साइट पर शुरू होने वाले नये काम को देखने की उत्सुकता में सुधा वहाँ पहुँची तो ढाल सिंह बैठा मिला। आश्चर्य से देखती ही रह गई क्योंकि इन नये ठेकेदारों और अलग क्षेत्र के अजनबी मज़दूरों से उसका याराना भी नहीं था कि मेल-मिलाप के लिए आया हो। सुधा कुछ बोले इससे पहले ही ढाल सिंह ने निवेदन किया, "मैम, रोज़ 20 किलोमीटर साइकिल चलाकर धर्मपुरा से काम पर आना और वापस जाना बहुत कठिन है। इतनी लंबी साइकिलिंग

की थकान के बाद काम नहीं कर पाता। बस से आने-जाने में रोज़ी का आधा हिस्सा तो टिकट में चल देगा मैम।"

सुधा ने बेरुख़ी से कहा, "यहाँ कोई कमरा किराये से ले लो न।"

ढाल सिंह फिर समस्या गिनाने लगा, "मैम, एक कमरे का किराया मेरी कमाई के आधे से ज़्यादा है। गाँव में ख़र्चे का तीन हज़ार रुपया देना पड़ता है। आप अगर शटर की एक चाभी मुझे भी दे दो तो दिन भर कहीं मजूरी करके रात में यहाँ सोने का इंतज़ाम हो जाएगा। मैं कम-से-कम छह माह यहाँ रह सकता हूँ जब तक बुटीक स्टार्ट नहीं होता।"

सुधा ने नरमाई से कहा, "ठीक है, घर आकर शटर की दूसरी चाभी ले लेना।"

कुछ ही दिनों में भगवती ने रवींद्र ठेकेदार का काम छोड़ ढाल सिंह के साथ टीम बना ली। इस तरह भगवती और ढाल सिंह सुधा की ज़िंदगी से जुदा होते-होते फिर वापस आ गए। उन्हें लोगों के मकान में रिपेयर वर्क, बारिश के मौसम से पहले आँगन का सीमेंटीकरण, बाथरूम की पुरानी टाइल्स उखाड़ नई लगाना, दीवारों के उखड़े प्लास्टर का नवीनीकरण, कमरे में पार्टिशन की दीवार बनाना जैसे काम मिलने लगे। रोज़ सुबह भगवती साइकिल से साइट पर आती जहाँ ढाल सिंह नहा-धोकर तैयार खड़ा मिलता था। यहाँ से दोनों अपनी-अपनी साइकिल के पीछे कैरियर में तसला, रापा जैसे औज़ार लिए गली-गली घूमते रहते। आश्चर्य था कि इनके पास हर दिन काम होता था। यदि द्विवेदी विला के आस-पास के इलाक़ों में इनका काम लगा होता तो दोनों दोपहर के खाने की छुट्टी में द्विवेदी विला आ जाते। लॉन में गमछा फैलाकर भगवती अपना टिफ़िन खोलती। ढाल सिंह नल से जल्दी-जल्दी हाथ-पैर धोकर हरी घास में पालथी मार बैठ जाता। उनको खाना खाते देख सुधा कभी अचार, कभी एक कटोरी दही या सब्ज़ी, पापड़ या फिर दो हरी मिर्च और एक प्याज़ दे देती। एक घंटे का लंच ब्रेक ख़त्म होते ही उनके काम पर लौटने का

वक़्त हो जाता। लौटते समय दोनों को तेज़ अदरक की मीठी चाय देने पर सुधा के प्रति आई मिठास उनके चेहरों से झलकती। ढाल सिंह चाय का कप तेज़ आवाज़ से सुड़कता। चाय का कप ख़ाली होने पर भगवती कप धोकर रसोई में रख जाती। धीरे-धीरे ये रोज़ का क्रम बन गया कि शाम की चाय कक्का को ड्राॅइंगरूम में देकर सुधा, भगवती और ढाल सिंह लॉन में एक साथ पीने लगे। कक्का को इन दोनों के आने से कोई समस्या नहीं थी क्योंकि इन्होंने भी कक्का से दुबककर रहना सीख लिया था।

भगवती और ढाल सिंह का लंच ब्रेक उस वक़्त होता था जब सुधा कक्का को लंच कराकर फ़ुर्सत में होती थी और यशु स्कूल गया होता था। ढाल सिंह, भगवती और सुधा लॉन में चाय पीते ख़ूब बातें करते।

"अभी कहाँ से आ रहे हो ढाल सिंह?"

ढाल सिंह ने कहा, "विद्युत नगर में एक पंडित महाराज के घर में दीवार में काला पत्थर लगा के अलमारी बनाना है, मैम। तीन दिन का काम मिला है।"

सुधा फिर आगे का पूछती, "तीन दिन का यह काम पूरा होने के बाद आगे नये काम के लिए किसी और का फ़ोन आया?"

ढाल सिंह, "नहीं मैम, लेकिन मेरे को चिंता नहीं है काम की। कहीं-न-कहीं से लोग बुला ही लेते हैं। अभी जिस घर में काला पत्थर लगा रहा हूँ पहले इसी पंडित महाराज के दोस्त के घर आँगन में सीमेंट-बेंच और तुलसी-चौरा बना रहा था। तभी ये उनके यहाँ बैठने आए और सीमेंट-बेंच की सुंदरता देख अपने घर में दो दिन बाद ही काम शुरू करने के लिए बुला लिए। एक जगह काम पूरा हुआ नहीं होता दूसरे जगह का काम मिल जाता है। दिक़्क़त तो काम पूरा हो जाने के बाद की है जब बड़े-बड़े घर के लोग मज़दूरी के लिए तरसा देते हैं तो ख़राब लगता है। ऐसा लगता है मेहनताना नहीं भीख माँग रहे हैं।"

सुधा को अचंभा हुआ, "लोग क्या तुम लोगों का भी पैसा नहीं देते?"

भगवती लॉन के नल में अपना ख़ाली टिफ़िन धोते हुए बोली, "मेडम, यहाँ तो लोगों का ये हाल है कि काम कराते समय हज़ार ऑर्डर देंगे– ऐ इसको अच्छे से कर, इधर से भी सीमेंट गर्द साफ़ कर, काम करके गंदगी तुम लोग किए हो तो सफ़ाई कौन करेगा, चल थोड़ा-सा किचन के प्लेटफ़ॉर्म का भी रिपेयर कर दे, अब इसका अलग से नहीं माँगना समझे! मेडम, जब मज़दूरी देने का टाइम आता है तो ऐसा करते हैं जैसे भीख दे रहे हैं। चिल्लाने लगेंगे कि तुम मज़दूर लोग ठगी का धंधा करते हो क्या? तीन दिन के काम को सात दिन लगा दिए तो क्या मैं सात दिन की मज़दूरी दूँगा! हम लोग लाख कहे कि बात जिस काम के ठेके पर हुई थी आपने तय ठेके से एक्स्ट्रा काम करा लिया, बाद में काम बढ़वाकर पहले तय हुई बाउंड्रीवॉल की हाइट से दो फ़ीट और ऊँची करवा दी, गमलों को सजाने गार्डेन में प्लेटफ़ॉर्म बनवा लिए, रसोई की दीवार का उधड़ा प्लास्टर रिपेयर करवाए। हमारा दो दिन तो एक्स्ट्रा काम में निकल गया। आख़िरी दिन जब मज़दूरी के लिए खड़े रहो तो घंटा भर बाद घर से बाहर निकलेंगे। हम अपना हिसाब बताएँगे तो लताड़ने लगते हैं– साले तुम लोग पर दया करो ग़रीब है, ग़रीब है तो आग मूतने लगते हो। चल ये चार दिन की रोज़ी ले और दफ़ा हो, बेवक़ूफ़ समझते हैं। मेरे को भी मार्केट रेट पता है। ढाल सिंह तो सीधा है मेडम, जितना भी पेमेंट मिले चुप पैसे रख लेता है मगर मैं चुप नहीं रहती।"

ढाल सिंह ने हँसते हुए पिछले सप्ताह की घटना सुनाई, "एक दिन एक घर में काम ख़त्म होने पर शाम को पैसों के निपटारे में मालिक मकान किचकिच करने लगा। मैं तो चुपचाप उस बड़े आदमी की बेईमान दलील सुनता रहा। समझ गया था कि कुछ बहाना करके सौ-दो सौ नहीं देगा मगर ये भगवती ने उनके आँगन में ही बड़बड़ाना शुरू कर दिया। ग़रीब का पैसा खाने वाले को कभी बरकत नहीं मिलती। हम मेहनत करते हैं, चोरी-ठगी नहीं साहब। गाली तुमको आती है तो हमको भी आती है। हम

गाली देंगे तो तुम्हारी बहुत बड़ी वाली बेज़्ज़ती होगी। काम बताते टाइम तो कूद-कूद के बताते हो। पैसा देते टाइम नानी मरती है। मालिक दाँत पीसता भगवती को मारने दौड़ा। मैं भगवती को खींचते हुए बाहर सड़क पर ले आया।"

ये पूरा क़िस्सा सुनते हुए भगवती दुबारा गालियाँ बकने लगी। उसकी कामना में मालिक की सात पुश्तें निवालों के लिए तरसने वाली थीं, ज़ुबान में कीड़े पड़ने वाले थे और ढेले-ढेले की भीख माँगने वाला था। सुधा ने समझाया, "देख भगवती, बेईमान आदमी को गालियों और बद्दुआ से कोई असर नहीं होगा। सड़क में तमाशा कर ढाल सिंह को भी शर्मिंदा करती है।"

भगवती ग़ुस्से में भरी थी, "मेडम, वो तो मैं भी जानती थी कि वो आदमी गाली खाकर भी पैसा नहीं देगा मगर जी भरकर गाली बकने से मेरे दिल को तसल्ली मिल गई। मैं तो उसके दरवाज़े में आक थू बोल के निकली तो कलेजा ठंडा हुआ मेडम।"

भगवती की इस बात पर सुधा ठहाका लगाए बिना नहीं रह पाई, "बात में दम तो है ढाल सिंह।"

ढाल सिंह को भी हँसी आ गई, "अरे मैडम, चंडी बन गई थी ये वहाँ।"

भगवती की छोटी बहन शिखा भी कई बार भगवती के साथ द्विवेदी विला में लगे आँवले, अमरूद, आम, शहतूत खाने तो कभी सेम तोड़ने आती। शिखा और भगवती दोनों बहनें चुन्नी भर के आँवले, आम, अमरूद तोड़ते। सुधा की ढाल सिंह, भगवती और शिखा के साथ चाय और आँवले की खट्टी-खट्टी पार्टी होती। भगवती कई बार बताती कि घर में उसकी और शिखा की शादी के लिए कोई नहीं सोचता। एक मज़दूर परिवार जहाँ 20 साल की लड़की शादी के लिए ओवर एज मान ली जाती है वहाँ भगवती 25 और शिखा 23 से ज़्यादा की हो चुकी थी। कुंवारा बड़ा भाई

30 साल का जो दिन भर शराब पीकर मोबाइल में फ़िल्मी गाने सुनते हुए बस्ती में हुल्लड़ करता घूमता था। छोटे भाई का भी अमूमन यही हाल था। पिता बहुत बुज़ुर्ग थे तो समाज में लड़के देखने जाना उनके बस का नहीं था। माँ भाजी बेच रात में 9 बजे लौटती थी। भगवती शाम 6 बजे अपनी माँ से पहले ही घर लौटती थी इसलिए रात का खाना भगवती ही बनाती थी। भगवती की बातों में 'अभाव' से हासिल हुई गहराई थी।

भगवती कहती, "अरे मेडम, हम बहनों की शादी हो गई तो बाप भाई भूखे मर जाएँगे। बेशर्म हो चुके हैं फ़ोकट का खा-खा के। रात में माँ से दारू के लिए भी पैसा झटक लेते हैं। बाबूजी को माँ पर दया आती है। कभी-कभी अपनी अद्धा से उसको भी पीने दे देता है।"

सुधा हतप्रभ थी, "हे भगवान! भगवती, तेरी माँ दारू पीती है?"

भगवती, "हाँ मेडम, लेकिन तमाशा नहीं करती। पीकर चुपचाप सो जाती है। मेरे भाई पीने के बाद जो नौटंकी करते हैं कि बस्ती भर को पता चलना चाहिए कि हमारे घर पैसा है, हम दारू पी सकते हैं। जितने का नशा नहीं चढ़ता उससे ज़्यादा का दिखावा करते हैं। अभी बस्ती में गणेश पूजा पंडाल में छोटा भाई डीजे लगाकर आवारा लड़कों के साथ इतना नाचा कि कपड़ा-लत्ता सब फट गया। आस-पास के ठेले वालों से उलझकर ख़ूब नंगई कर रहा था। बात नहीं कर रहा है पाँच दिन से और मेरे को देखते ही गाली बकता है।"

सुधा और ढाल सिंह कभी भगवती की राम कहानी के मूक श्रोता होते तो कभी सलाहकार। सुधा बातों का निचोड़ निकाल कहती, "भगवती, तेरे को कोई लड़का मिले तो तू शादी कर ले। क्यों अपना जीवन इन स्वार्थी लोगों के पीछे बर्बाद कर रही है! तू चली जाएगी तब ये लोग ख़ुद काम पर निकलेंगे।"

ढाल सिंह हाँ में हाँ मिलाता, "वही तो मैं बोलता हूँ मैम। कई बार इसके घर गया हूँ। ये बिचारी दिन भर हड्डी तोड़ मज़दूरी कर थकी-माँदी

लौटती है तो छोटा भाई पान ठेले में खड़ा दिखता है। फ़ोकटचंद साला काला चश्मा पहन हीरो बनता है। हम लोग बाज़ू से गुज़रते हैं तो ऐसा लगता है कि जैसे बहन को पहचानता ही या नहीं। इसी की कमाई खाकर तो गुटका थूककर आक थू बोलता है। उन निकम्मों की चिंता में शादी नहीं कर रही है। मैम, भगवती की शादी हो जाएगी तो मैं भी कमाने गुजरात चला जाऊँगा।"

सुधा चौंकी, "गुजरात?"

ढाल सिंह बोला, "बीवी के साथ आख़िरी साल गुजरात में ही रहा इसलिए वो जगह बहुत याद आती है।"

सुधा ने पूछा, "बच्चे तुम्हारे जैसे दिखते हैं या अपनी माँ के जैसे?"

ढाल सिंह ने कहा, "बच्चे अपनी माँ के जैसे है बहुत सुंदर हैं मैम। सावित्री दूध जैसी गोरी थी। क्यों भगवती कैसे दिखते हैं?"

भगवती ने कहा, "हाँ मैम, राजा की तो आँखें नीली हैं। अँग्रेज़ दिखते हैं दोनों बच्चे। ढाल सिंह दो दिन के लिए उनको राजनांदगाँव घुमाने लाया था तो दोनों मेरे ही घर पर रुके थे। स्वभाव में भी बहुत सीधे हैं।"

ढाल सिंह बोला, "अरे मैम, बिन माँ के बच्चे हैं। ज़िद करना, रूठना, मान करवाना, माँ के आगे ज़मीन में लोटकर रोना उनकी क़िस्मत में नहीं है। नसीब अच्छा होता तो माँ काहे मरती? दूसरे बच्चों को देखता हूँ– उनकी माँ कंघी कर रही है, चूल्हे के पास बिठाकर गर्म खाना खिला रही है तो सावित्री बहुत याद आती है। ऊपर से देखती होगी अपने बच्चों की दुर्गत। बहुत लाड़ के थे दोनों बच्चे। एक बार मेरे से ख़ूब लड़ी थी बच्चे का जन्मदिन मनाने। मैंने समझाया ये सब बड़े घर का चोचला है। जन्मदिन क्या मनाना! बच्चे को नारियल अगरबत्ती देकर तालाब वाले मंदिर भेज दे। ज़्यादा है तो बिस्किट पॉकेट दिला दे। माँ-बेटा मिलकर 1000 रुपये ख़र्चा करा दिए। उस समय ठेकेदारी नई-नई शुरू हुई थी। मेरे दो दिन की कमाई उसके केक और फुग्गा में चली गई। हम लोग बाप जनम में

केक काटना देखे नहीं थे मैडम। मैं बोला पिक्चर में तो केक को खाते नहीं गाल में गुलाल जैसे रगेटते हैं तो मेरा दो दिन का मजूरी को मुँह में मल दो। ख़ूब ग़ुस्सा हो गई थी। सावित्री बहुत चाहती थी मैम बच्चों को। नहला-धुला के काजल का टिका लगा देती थी। बोलती थी गाँव में मेरे बच्चे सबसे सुंदर है। वो सपने में भी नहीं सोची होगी कि हम तीनों को मझदार में छोड़ चली जाएगी।"

इतना कह ढाल सिंह चुप हो गया। द्विवेदी विला के लॉन में बैठे तीनों की चाय कब की ख़त्म हो गई थी। देर से सुधा के हाथ में ख़ाली कप था।

ढाल सिंह एक झटके से उठा और बाहर गेट पर अपनी साइकिल की चेन ठीक करने लगा। शायद थोड़ी देर पहले हुए सावित्री के ज़िक्र से उपजे नैराश्य को सांत्वना दे रहा था।

उसी रात यशु के सोने के बाद सुधा ने कॉलेज के दिनों के बाद पहली बार अपनी कविताओं की डायरी खोल सावित्री के लिए एक कविता लिखी–

सात फेरे लिए थे तुम्हारे आँचल से बँध कभी
आज उसी अग्नि पे तुमको लिटा फेरे ले आया हूँ
जिन कंधों को तुम अपना तकिया बताती थी
उन्हीं काँधों के सहारे तुम्हें बहुत दूर छोड़ आया हूँ
बेजान जिस्म-सा देर तक अब मैं पड़ा
ठहरी-ठहरी हवा में तुम्हारा अक्स ढूँढता हूँ
देख मेरी तन्हाई तुम उदास होती होगी अक्सर सोचता हूँ

आईने में चिपकी है अब भी तुम्हारे माथे की बिंदिया
दराज़ों में वैसे ही रखे तुम्हारे श्रृंगार, चूड़ियाँ
सुबह से शाम इर्द-गिर्द डोलती थी मेरे

आज आँगन में उन्हीं परछाइयों के पीछे दौड़ता हूँ
कमरे के बियाबान वीराने आँखों में भरकर
आँसुओं में सौ दफ़ा घोलता हूँ
देख तन्हा मुझे तुम उदास होती होगी अक्सर सोचता हूँ

हर फ़ासला खुली बाँहों में सिमट जाता था
पल भर में ही रूठा लम्हा मुस्कुराता था
मेरी ख़ामोशियाँ तुम्हारे सीने में चुभती थीं
अब सर्द चुप्पियाँ ले यादों की तपिश में जलता हूँ
खुले आसमाँ के नीचे बैठा अकेला देर तक
दूर चमकते तारों में तुमको ढूँढता हूँ
देख मेरी तन्हाई उदास होती होगी तुम अक्सर सोचता हूँ

इस भीड़ में निपट अकेला हूँ तुम बिन और
बीते लम्हे संग है हर डगर, हर शहर
तेरे आँचल का छोर आ जाए हाथ फिर से
इस तलाश में आसमान तक भटकता हूँ
ज़मीं के चप्पे-चप्पे पर पसरा रंगीन मेला
मैं हूँ कि सब में मरघट वीरान देखता हूँ
देख मेरी तन्हाई उदास होती होगी तुम अक्सर सोचता हूँ

सूझे न राह उस जीवन में वापसी की जहाँ
गोरे मुखड़े को अँजुरी में भरता था
वो स्नेहिल सुबहें किस क़ीमत में लौटे
जब तेरी गुनगुनी खिलखिलाहट से तपता था
कातर पुकारते जब आख़िरी साँस ली थी तुमने

मैं क्यों न रोक पाया सिर ठोकता हूँ
देख मेरी तन्हाई उदास होती होगी तुम अक्सर सोचता हूँ

मैं गर तुमको हाथ छोड़कर जाता देखता
पकड़ कलाई हर हाल फ़ौरन रोकता
तुम्हारा जाना महज़ ख़बर दुनिया की ख़ातिर
मैं मरे मन से अब अपना जिस्म ढोता हूँ
जाते हुए राह में मेरा ख़याल आया था क्या
पूछने देर रात सूने आसमाँ में ढूँढता हूँ
देख मेरी तन्हाई उदास होती होगी अक्सर सोचता हूँ

तुम्हारे जाने से बेअसर जग वैसा ही चल रहा है
ये बेदर्दी देख मेरा मन ख़ामोश जलता है।
अपने भीतर के सन्नाटों से हो बेचैन सोचता
वो कौन-सी जगह जाकर पुकारूँ जहाँ से
आवाज़ का दायरा रूह तक पहुँचता है
एक बुरे ख़्वाब से नींद टूटेगी
नींद से उठ ख़ुद को नोचता हूँ
देख मेरी तन्हाई उदास होती होगी तुम अक्सर सोचता हूँ...

कविता पूरी करते-करते सीने में पत्थर-सा वज़न लगने लगा। सुधा ने मोबाइल देखा– रात के दो बजे थे। सुबह जल्दी उठना है नहीं तो यशु की बस छूट जाएगी। सुबह टिफ़िन बनाने के बाद ही यशु को उठाती है। उसकी वाटर बोतल भरो, बेल्ट, बैच, शॉक्स, नैपकिन देते-देते टाइम होने लगता– "जल्दी कर नहीं तो बस छूट जाएगी। मैं स्कूल तक छोड़ने नहीं जाऊँगी।"

यशु ने कहा, "छोड़ दो न मम्मी, आज कार से। वैसे भी दिन भर घर में आराम करते थक जाती होगी। पापा और मैं मेहनत करते हैं। कार से छोड़ दो।"

यशु का मज़ाक़ सुधा को गहरी टीस देता था। दूसरों के लिए हमेशा उपलब्ध रहने का कोई मेहनताना नहीं है इसलिए इसकी कोई क़ीमत नहीं है। कक्का, विरल और यशु तीनों का ही सोचना है कि यदि सुधा को कहीं काम है तो खाना रखकर चले जाओ, हम खा लेंगे। बात इतनी-सी है कि दो दिन लगातार खाना टेबल पर रखकर गई तो कक्का को अपमान और विरल को झुँझलाहट होने लगेगी। उस दिन सुधा यशु के स्कूल फ़ीस पटाने गई थी तो कितनी लंबी क़तार होगी नहीं मालूम था। जाने दोपहर कक्का के लंच तक आ पाऊँगी या नहीं सोचकर खाने की थाली ढाँककर डायनिंग टेबल पर रख चली गई थी। सुधा थाली ढँककर गई तो कक्का ने गीता को बोलकर फिंकवा दिया कि जाने कब से बनाकर गई है। गीता बर्तन की गर्माहट से जान गई कि एक घंटे से ज़्यादा नहीं हुआ है। उसने खाना ख़ुद खा लिया। सुधा को तसल्ली हुई कि चलो खाना कम-से-कम फेंका नहीं गया।

कक्का का यदि खाना बाहर हो तो वे अब सुधा को एक लाइन में बता देते– मेरा खाना मत बनाना। घर का सारा प्रबंधन सुधा के हाथ में होने से कक्का को अब खाना परसते समय सुधा का खड़े रहना अपने सिर पर खड़े रहना लगता। कमज़ोर से सेवा कराने पर दिल पर बोझ नहीं लगता है। सुधा की उपस्थित से अब उन्हें दबाव लगता था। कल की बात है, नायक अंकल बेटी की शादी का कार्ड लेकर आए तो कक्का ने उन्हें सुधा के हाथ में कार्ड देने को कहा। सुधा खीज गई। क्या कक्का के रहते कोई उसके हाथ में कार्ड दे, ये शोभा देगा? कक्का घर के बड़े हैं, मुखिया है, यशु के दादा, हमारे पिता। आज भी नहीं समझे कि उस दिन उन्हें अरोरा अंकल का घटियापन अखरा था न कि आमंत्रण का मान चाहिए। जब तक

कक्का घर में हैं उनके रहते किसी और के हाथ में कार्ड देना कक्का का अपमान है। वैसे भी अब अपने सम्मान की लड़ाई के लिए उसे कक्का की सहायता की ज़रूरत नहीं। नायक अंकल के आगे सुधा लज्जित हो गई, "अरे अंकल, आपने कक्का से कह दिया फिर मुझे अलग से क्यों बोल रहे हैं?"

सुधा अक्सर सोचती कि कक्का के व्यवहार में आई नरमाई से उनके प्रति प्रेम की जगह करुणा क्यों उपजती है! क्या ये इसलिए कि कक्का में आई मृदुता उनकी शारीरिक शिथिलता से उपजी है? ताक़तवर की नम्रता उदारता की परिचायक है और अशक्त की सलाहियत भी अक्षमता मान ली जाती है।

सुधा ने ढाल सिंह की सावित्री पर लिखी जो कविता साहित्यिक पत्रिका को भेजी थी उसे इस माह प्रकाशित किया गया है। यशु नीचे से पत्रिका उठाकर लाया, "मम्मा, आपकी पोयम इस मैगज़ीन में आई है। कक्का के फ्रेंड ने कक्का को लाकर दी है।"

सुधा ने पोयम के नीचे अपना नाम देखा, लेखिका– सुधा द्विवेदी। यक़ीन नहीं हुआ। उसे लगा नहीं था कि इतनी बड़ी पत्रिका उसकी रचना को स्थान देगी। दूसरी ख़ुशी कि कक्का को शायद भरोसा हो कि सुधा को नौकरी अपनी क़ाबिलियत की वजह से मिली। श्रम से हासिल उपलब्धि पर अनाधिकार दावा भूलना मुश्किल है। मैगज़ीन से अपनी कविता की तस्वीर लेकर विरल को सबसे पहले व्हॉट्सएप किया। माँ, बाबा, चीनू, बंटी, सनी, मामा, अनुराधा, शिप्रा सबने फ़ोन पर बधाई दी। विरल ने मैसेज पढ़ लिया था। सुधा को मालूम था कि अभी वो कोर्ट में होगा। विरल का रात में फ़ोन आया। इधर-उधर की बात करके फ़ोन रख दिया मगर सुधा की कविता के विषय में भूल गया। सुधा को आज नींद नहीं आ रही थी। मन की भरावट से एक ईंट और खिसकी, ख़ालीपन का विस्तार ज़रा-सा और हुआ। सुधा को एक बात समझ आई– आर्थिक रूप से अनुत्पादक

व्यक्ति की समस्याएँ और उपलब्धि हमेशा छोटी होती है। कक्का ने मैगज़ीन ऊपर भिजवाई इसी से सुधा को अच्छा लगा। पक्की बात है–कक्का को ख़ुशी हुई इसलिए मैगज़ीन भिजवाई।

यशु को बस स्टॉप छोड़कर आई तो ढाल सिंह लॉन में काले पत्थरों से बनी फ़ुटपाथ को झाड़-बुहार रहा था। दोपहर लंच टाइम पर ढाल सिंह जब लॉन झाड़ता होता तो भगवती धूप से बचने अपनी चुन्नी से चेहरा ढाँके हरी घास में लेटी उसके घर पर आधी रात तक चले झगड़े बताती रहती, "कल छोटा भाई रात को 12 बजे घर आया। शिखा खाना निकालकर दी तो उससे भी लड़ने लगा कि सब्ज़ी में तरी-तरी है। तुम लोग सब चिकन खा लिए, कहकर थाली पटक बहुत हंगामा किया।"

सुधा को किसी सोच में डूबकर अपनी बातों में कोई रुचि न लेते देख भगवती ने अचानक ही विषय परिवर्तन कर दिया, "मेडम, आप दिन भर अकेले कैसे रहते हो? ससुर नीचे चुप, आप ऊपर चुप। साहब हमेशा बाहर रहते हैं। आपको और साहब को भी ज़्यादा बात करते नहीं देखती हूँ। मैं उनको दिन भर मोबाइल में पेशी, प्रार्थी, हलफ़नामा, थाना, वारदात, एविडेंस कहते सुनती हूँ। अकेला नहीं लगता आपको?"

सुधा ने ठंडी आवाज़ में कहा, "उनके पास सचमुच बहुत मुश्किल से वक़्त निकलता है। ससुर बात नहीं करते मगर उनका काम समय पर कर दो फिर उनकी तरफ़ से कोई रोक-टोक नहीं है। जिनके यहाँ सास-ससुर से बात होती है वहाँ बंधन भी बहुत होते हैं भगवती। मैं फ़ोन पर बात कर लेती हूँ अपने क़रीबी लोगों से। दिन कट जाता है।"

सुधा धूप की तरफ़ पीठ करके सुन रही थी। ढाल सिंह झाड़ू लगाते हुए बताने लगा, "मैं इधर राजनांदगाँव में अकेला मर-मरकर बच्चों के लिए कमा रहा हूँ उधर वो गुटका खाना सीख गए हैं। राजा के सब दोस्त जुआ खेलते हैं।"

सुधा ने दबी आवाज़ में भगवती से चिंता ज़ाहिर की, "ढाल सिंह

कितना कमज़ोर लगने लगा है। हाँफता रहता है।"

भगवती ने कहा, "क्यों नहीं होगा कमज़ोर मेडम। मैं जो खाना लाती हूँ बस वही खाता है। रात में खाना ही नहीं खाता। आपके साइट में तो सब तरफ़ काँच, लेदर फ़र्नीचर, माइका, काउंटर बने हुए हैं। वहाँ चूल्हे में खाना कहाँ पकाएगा? जो रोज़ी मिलती है उसमें से घर के लिए बचाता है और बाक़ी बचा दारू पीकर सो जाता है। हफ़्ते में दो-चार बार मेरे घर रात में आ जाता है। मेरे भाई और बाबू के लिए एक बोतल ख़रीद लाता है तो वो लोग भी खाना खाने बैठा लेते हैं। ढाल सिंह अगर दूसरी शादी नहीं करेगा तो दुर्गत तो होगी मेडम। बीवी जितना क़दर कौन करेगा? देख रहे हो कैसा दिख रहा है। साइकिल में देर रात तक भटकता रहता है।"

सुधा और भगवती दूर खड़े ढाल सिंह के बारे में बात कर रहे थे जबकि ढाल सिंह उनकी बातों से अंजान पोर्च में यशु की साइकिल का हैंडल पकड़े कुछ सोच रहा था। सुधा ने ढाल सिंह को बुलाकर पूछा, "ढाल सिंह, अगर मैं तुम्हें खाना बनाने, बर्तन और गैस दे दूँ तो क्या खाना पकाया करोगे?"

ढाल सिंह ने प्रश्नवाचक दृष्टि घुमाई। वो समझ गया कि यह प्रस्ताव मैम और भगवती की किसी गुप्त वार्ता का नतीजा है। सुधा ने बिना लाग-लपेट लताड़ा, "अपनी सेहत देख रहे हो। बूढ़े लगने लगे हो।"

ढाल सिंह फीका हँसा, "बेटा 16 साल का हो गया है तो बूढ़ा तो हो गया न मैम। आपको क्या पता मेरे भाई की घरवाली मेरे को जेठ कम और ससुर ज़्यादा मानती है। कल गाँव गया था। भाई की बहू माँ से बहुत मुँह लड़ा रही थी। बस से उतरकर गाँव गया तो गली में घुसने से पहले ही गाँव के बच्चों ने बता दिया– 'काका तुम्हारे घर पर बहुत लड़ाई हो रही है।' मैं तेज़ी से घर की तरफ़ बढ़ा। देखता क्या हूँ कि हमारे दरवाज़े के बाहर भीड़ लगी है। गाँव के आदमी-औरत को ख़बर नहीं हुई कि मैं उनके पीछे खड़ा हूँ। सब लोग हमारे घर चल रही गाली-गलौज का मज़ा

ले रहे थे– 'अरे भाई... सास भारी पड़ रही है बहू पर। बहू की ज़ुबान कैंची जैसी चल रही है। गाँव भर की बहुओं को बिगाड़ेगी ये।' मेरी माँ को कोसती बहू की आवाज़ बाहर तक आ रही थी– 'डोकरी, तेरे हाथ-पाँव सलामत हैं मगर चलाएगी नहीं। चलती सिर्फ़ ज़ुबान है, वो भी मेरे ऊपर ऑर्डर चलाने। क़िस्मत वाली तो बड़ी बहू थी। मर के इस घर के नरक से छुटकारा मिल गया।' मैं सिहर गया।"

सुधा ने अचरज से पूछा, "फिर तुम घर के भीतर कब गए?"

ढाल सिंह ने कहा, "अरे मैम, पहले बाहर खड़े तमाशा देखते लोगों को फटकारा कि भागो सालों, यहाँ सिनेमा चल रहा है क्या? तुम्हारे घर क्या होता है मुँह मत खुलवाओ।"

भगवती ने कहा, "गाँव के लोग गाली खा के भी टस-से-मस नहीं होते। कौन जाने अभी झगड़ा और बढ़े और सास-बहू गुत्थम-गुत्था हों तो देखने से न चूक जाएँ।"

ढाल सिंह को भगवती की यह मसखरी अच्छी नहीं लगी, "नहीं, गाँव में मेरा दबदबा है। एक मिनट में दुवारी ख़ाली हो गई।"

सुधा की उत्सुकता बढ़ी, "तुम्हारी माँ और बहू की लड़ाई कैसे ख़त्म हुई?"

ढाल सिंह ने कहा, "बहू मेरा बहुत लिहाज़ करती है। बताने लगी– 'देखो भइया अम्मा सुबह से मेरे पीछे काम लेकर पड़ जाती हैं– नदी जा कपड़ा धो के ले आ, बर्तन जल्दी माँज, चूल्हे में लकड़ी ख़ाली जल रही है गंजी चढ़ा, गैया को सानी बिना नाद में डाल दी, जेठ के बच्चों को टाइम पे खाना नहीं देती है। भैया, सोनू के पहले मैं राजा और छोटू को खाना देती हूँ।' माँ के पास अपनी शिकायतें थीं– 'अपने बच्चों को छिप-छिप के दूध के गिलास पिलाती है। पूरा घर गंदा पड़ा रहता है। नदी जाती है तो इसके पीछे गई औरतें लौट आती हैं। घाट में गप्प मारती बैठी रहती है। बहुएँ ऐसी मुँहज़ोर होती हैं क्या? कुछ बोलो तो ज़ुबान लड़ाती है। फ़ोकट का

नहीं खिलाती है। मेरे बेटे से तीन हज़ार रुपया महीना झोंकती है तब खाना देती है। कहती है तुमको दो टाइम खाना मिल रहा है न?' यही सब।"

भगवती ने बीच में तारतम्य तोड़ दिया, "मतलब बहू लड़ाकिन है?"

ढाल सिंह ने कहा, "हाँ बहू तेज़ है और मेरी माँ बात-बात में गाली देने वाली।"

सुधा ने महिलाओं वाला प्रश्न किया, "तुमने किसकी साइड ली?"

ढाल सिंह हाथ जोड़ता बोला, "उनको मेरी मदद की ज़रूरत नहीं। गाँव की लगभग सभी औरतें खेती- किसानी, गाय-गोरु सब काम आदमी के बराबर करती हैं मैडम। औरत जब घर से बाहर निकल काम सँभालती है तब भले कुछ समस्याएँ आ सकती हैं, मगर उनमें समाधान निकालने की ताक़त भी आ जाती है।"

भगवती को सास-बहू की भीषण महाभारत का रूखा-सूखा अंत पसंद नहीं आया। सोचने लगी इतनी लंबी कथा सुनाकर ढाल सिंह ने महज़ उसका वक़्त बरबाद किया।

सुधा गार्डन पर ढाल सिंह के ही बनाए सीमेंट-बेंच में बैठ लॉन से तोड़ एक दूब चबाती कुछ सोच रही थी। ढाल सिंह खाना खाकर पोर्च के नीचे पंखा चला ज़मीन पर लेटा था। गर्मी बहुत तेज़ पड़ रही थी। लंच टाइम में दोनों द्विवेदी विला में इत्मीनान से टिफ़िन खाने आए थे। यशु के स्कूल से लौटने का टाइम हो चुका होता। सुधा कार लेकर यशु को बस स्टॉप लेने जाने ही वाली थी कि ढाल सिंह ने पूछा, "मैम, यशु भइया को बस स्टॉप से ले आऊँ?"

ढाल सिंह विरल की बाइक या स्कूटी पर यशु को बस स्टॉप से लाने लगा। इसमें सहायता का भाव कम और स्कूटी चलाने का उत्साह ज़्यादा होता। ढाल सिंह पोर्च में खड़ी गाड़ियों के हैंडल पकड़कर ख़ुद को गाड़ी चलाते हुए सोचता। कभी खड़ी बाइक का एक्सीलेटर घुमाता, कभी साइड मिरर में बाल ठीक करता, कभी बमुश्किल किक मारने से ख़ुद को

रोकता। ढाल सिंह गार्डन में पानी डालते-डालते आवाज़ लगाता, "मैम, आपकी कार पर पानी डाल दूँ?"

सुधा, "हाँ ढाल सिंह, लेकिन उसके बाद कपड़ा ज़रूर मार देना। पानी काँच पर ठहर जाने पर निशान पड़ जाते हैं।"

ढाल सिंह, "अपने गमछे से एकदम सुखा दूँगा।"

ज़रा देर बाद नीचे उतरी सुधा ख़ुश हो गई, "अरे वाह ढाल सिंह! तुमने तो गाड़ी चमका दी।"

ढाल सिंह गंभीर मुस्कान से गार्डन का सिंचाई वाला पाइप मोड़ने लगता। सुधा ने धीरे-धीरे दो-तीन साल में ही उसके शरीर को तेज़ी से ढलते देखा। उसका मन दुनिया से उचाट हो चुका था और ये बात साफ़ नज़र आती थी।

ढाल सिंह ने कहा, "मैम, मेरी सावित्री अगर आपको कार चलाते देखती तो बहुत ख़ुश होती। हम लोग गुजरात में थे तो सड़क पर दिखाती चलती थी वो देखो औरत कार चला रही है। खड़ी कारों को अंदर से देखने झाँकती थी। मैंने उसको कितनी बार डाँटा कि कोई तेरे को कार से ऐसा चिपका देखे तो चोर समझेगा। मेरी बाइक उसके इलाज में बिकने पर बहुत दुखी हो गई थी।"

सुधा ने पूछा, "ढाल सिंह, सावित्री बहुत सुंदर थी न?"

ढाल सिंह बोला, "हाँ मैम! गाँव की सबसे सुंदर बहू थी। अम्मा की उससे भी नहीं पटती थी। मेरी बरात में दो ट्रैक्टर बराती गए थे। लड़की वाले हमारा रुतबा देख दंग रह गए थे। सावित्री उस समय सिर्फ़ 17 साल की थी। बेचारी को कोई सुख नहीं दे पाया मैं। बड़े गाँव जाकर टॉकिज में पिक्चर देखने का बहुत मन था उसका। अम्मा को सावित्री के पड़ोसी की शादी का बहाना कर बस में दूसरे गाँव ले जाकर पिक्चर दिखा लाया था। जब कमाने गुजरात गया तो भी अम्मा को मन न था साथ भेजने का। रिश्तेदारों से खाने की दिक़्क़त होगी का दबाव बनाया तब जाकर अम्मा ने

मुँह फुलाकर विदा किया। अब सोचता हूँ कि कितना अच्छा हुआ उसको साथ लेकर गया था। उसे अपने साथ गुजरात नहीं ले जाता तो हमारे संग के आख़िरी दो साल और कम हो जाते। उधर ही बीमार पड़ी वो। मुझे इतनी तसल्ली है कि उसकी तकलीफ़ के समय मैं साथ था। इधर मेरे बिना गाँव में ख़त्म हो जाती तो मैं ख़ुद को माफ़ नहीं कर पाता।"

थोड़ा रुककर बोला, "सावित्री मेरे खाने का बहुत ध्यान रखती थी। हमेशा बोलती थी कि आप इतनी मेहनत करते हो, ठीक से खाया करो। आपको कुछ हो जाएगा तो मेरा क्या होगा? मैं लेकिन उसको कभी नहीं बोल पाया कि तेरे को कुछ होगा तो मेरा क्या होगा। हम चारों उतने बड़े शहर में एक कमरे के घर में बहुत ख़ुश थे। अभी भी कई बार मुझे लगता है जैसे वो कहीं नहीं गई है। मैं गुजरात के उसी घर में वापस गया तो वो सब्ज़ी काटती या खाना पकाती मिलेगी। अब कहीं मन ही नहीं लगता। देर रात तक भटकता रहता हूँ। इस शहर की रौशनी, गाड़ियाँ, बाज़ार सब कुछ आँख के आगे से निकलते रहते हैं मगर छूते नहीं, दिखते नहीं। अंदर बहुत ख़ाली-सा लगता है।"

भगवती की आँखें नम हो गईं, "ढाल सिंह सुनो, राजा और छोटू को तुम्हारी ज़रूरत है। ऐसा करोगे तो बच्चे कहीं के नहीं रहेंगे।"

ढाल सिंह, "उनका खाना पकाने गाँव में नहीं रह सकता। सावित्री के इलाज में खेती बिक चुकी है तो मेरे को तो कमाने यहाँ शहर में रहना ही पड़ेगा भगवती। बहू को बराबर पैसा देता हूँ फिर भी माँ जैसा ख़याल तो चाची नहीं रखेगी। दो वक़्त खाना खिलाकर भी जैसे एहसान करती है। खाने की थाली देखता हूँ तो चुप ख़ून का घूँट पी लेता हूँ। उसके बच्चों की थाली में सब्ज़ी रहती है और मेरे बच्चों की थाली में तरी। रसोई में अपने बच्चों के लिए अलग से छिपाकर रखती है। अम्मा इस बात को लेकर रोज़ किचकिच करती है।"

ढाल सिंह की बातें सुन सुधा के दिमाग़ में ख़याल आया कि क्या

भगवती और ढाल सिंह की शादी हो जाए तो इस समस्या का हल हो सकता है! ढाल सिंह के बच्चे कई बार भगवती के घर पर ठहरते हैं और भगवती को भी उनके लिए बड़ी ममता है। मगर इन दोनों का एक-दूसरे के प्रति अगाध सम्मान देख जैसे ये प्रस्ताव ही अनैतिक था। दोनों के मन में काश ऐसा आ जाए तो शायद चार लोग सुखी हो जाएँगे।

सुधा, "ढाल सिंह, तुम्हारे रात के खाने का ठिकाना तो रहता नहीं। मैं रसोई का पूरा इंतज़ाम कर दूँ तो क्या रात का खाना बनाने लगोगे?"

ढाल सिंह, "रसोई नहीं है इसलिए तो मैं बच्चों को भी चार दिन अपने पास लाकर नहीं रख पाता। वो लोग फ़ोन पर बोलते हैं कि उनको भी शहर में रहना है। यहाँ शहर आने पर भगवती के घर रुकते हैं। इस बिचारी के पीछे पहले कम आफ़त है? महँगाई में कौन कहाँ तक मेहमाननवाज़ी करे?"

सुधा, "देखो ढाल सिंह, अब दो महीने के अंदर बुटीक खुलने वाला है। तुम एक काम करो, यहीं घर पर बुटीक के वर्कशॉप वाले बने कमरे में आकर रह लो। मैं इसी हफ़्ते में तुम्हारे लिए रसोई की व्यवस्था कर दूँगी।"

ढाल सिंह ने हाथ जोड़ा, "मैम इस जन्म में क़र्ज़ा नहीं चुका पाऊँगा। जब भी गाँव जाता हूँ तो आप साहब का जो कपड़ा देते हो पहनकर जाता हूँ। दोस्त बोलते हैं– ढाल सिंह एक-से-एक पहनता है।"

ढाल सिंह की बात सुनकर सुधा का शर्मिंदा मन द्रवित हो गया। जिन कपड़ों को वो एक से बढ़कर एक बोल रहा था असल में विरल के रिजेक्टेड कपड़े होते थे। अपने वार्डरोब से सारे आउटडेटेड जींस, टी-शर्ट ज़मीन पर फेंक ढेर लगा देते– 'ये जैकेट नहीं पहनना, इसका रंग अब अच्छा नहीं लगता, ये टी-शर्ट बहुत पहन चुका हूँ। देखो ये जींस डल नहीं लगती? मैंने जब से वेट लॉस पर काम शुरू किया है ये पैंट ओवर साइज़ लगता है। ये कपड़े तो अच्छे हैं लेकिन मीटिंग में कपड़े रिपीट होने से अच्छा नहीं लगता।' सुधा सारे कपड़े ज़मीन से ऐसे बटोरती जैसे

कोई ख़ज़ाना हाथ लगा हो। लॉन्ड्री में धुलवाकर, आयरन करवाकर जब महकता ढेर ढाल सिंह को थमाती तो ख़ुशामद करता– 'मैम, आजकल तो राजा भी फ़ोन पर पूछता है कि पापा, मैम ने कपड़े दिए क्या।"

"अच्छा, राजा को ये शर्ट्स आ जाती हैं क्या ?"

ढाल सिंह ने कहा, "हाँ मैम, मेरे जितना लंबा हो गया है।"

ढाल सिंह की रसोई का जुगाड़ शुरू हो गया। थाली, गिलास, कटोरी, छोटे-छोटे भगौने जैसे बर्तन तो घर के एक्स्ट्रा सामानों से ही निकल गए। बस खाना पकाने के बर्तन की ख़रीदारी के लिए सुधा को मार्केट जाना पड़ा। जैसे ही कक्का किसी काम से कार से निकले तो सुधा भी फ़ौरन निकल गई क्योंकि उसे मालूम होता कि कक्का को कम-से-कम घंटे-भर लगेंगे ही। इस दौरान फटाफट काम निपटा उनके आने से पहले फिर घर में हाज़िर। ढाल सिंह के लिए कड़ाही, तवा, बेलन और चाय को दो-चार कप। इतना सब ख़रीदकर स्टाफ़ हाउस का ताला खुलवा दिया। उस धूल भरे कमरे को साफ़ करना भगवती के ज़िम्मे था। ढाल सिंह को जो कमरा दिया था उसकी खिड़की द्विवेदी विला के लॉन में खुलती थी, मगर ढाल सिंह के कमरे का प्रवेशद्वार बाज़ू वाली सड़क से था। मतलब ढाल सिंह को अपने कमरे में आने-जाने द्विवेदी विला का गेट नहीं खोलना पड़ता। स्टाफ़ हाउस की डिज़ाइनिंग सुधा ने इस तरह की थी कि स्टाफ़ की उपस्थिति से द्विवेदी विला की निजता अप्रभावित रहे। इन तीन सालों में ढाल सिंह आस-पास कई छोटी दुकानों, ठेले वालों की बेंच पर बैठ गप्पें मारता, पेपर पढ़ता परिचय का दायरा बढ़ा चुका था। इधर द्विवेदी विला के पास-पड़ोस के घरों के ड्राइवरों से भी धौल-धप्पा करता रहा था। उसे हँसता देख सुधा को सुकून मिलता। हालाँकि इन बाहरी रिश्तों से हासिल तो कुछ नहीं होता लेकिन आत्मा चीरती शून्यता पल भर को छिटकती है। ढाल सिंह की सड़क पर चलती गप्पों को कक्का और विरल के दर्शन विराम दे देते।

विरल हमेशा सुधा और यशु को हर महँगी जगह घुमाने आतुर रहता। जिन जगहों पर वे छुट्टियाँ बिताना चाहते वहाँ ले जाता, "सुधा, अगले हफ़्ते मनाली चलें?"

सुधा ने आँखों में अंगारे भरकर कहा, "आपको याद नहीं अगले हफ़्ते सनी की शादी है। दो हज़ार बार बता चुकी हूँ। यशु के साथ संडे को खेलने के अलावा भी कुछ जाना करो।"

विरल अपने लापरवाह स्वभाव से सहम जाता, "कोई नहीं, उसके अगले हफ़्ते चलेंगे।"

सुधा ने कहा, "तब तक कक्का आ चुके होंगे। उनके राजनांदगाँव आते ही हम घूमने जाएँगे तो मेरे को फ़ोन आने लगेंगे– 'अरे सुधा, कक्का घर पर अकेले हैं तुम लोग घूमने चले गए! आगे-पीछे चले जाते।' मन तो होता है कि उनसे कहूँ कि यशु के स्कूल वालों को बोलना पड़ेगा कि कक्का के आने के शेड्यूल से छुट्टियाँ दिया करें।"

विरल चिढ़ जाता, "तुमको जहाँ जाना है छुट्टियों में जाओ। वो अपने खाने का अरेंजमेंट कर लेंगे। पड़ोसियों को फ़ोन पर ब्लॉक कर दो।"

नौ

बचपन से बिना माता-पिता के विरल द्विवेदी विला में ऊपर अकेले रहता आया था इसलिए उसके पूरे व्यक्तित्व में 'डोंट डिस्टर्ब मी' वाला भाव हमेशा रहा। कक्का और विरल के एकाकी होने में दबंगई है और सुधा के अकेलेपन में हताशा। कल रात यशु की नैतिक शिक्षा की कॉपी में यशु ने अपने जीवन के आदर्श का नाम लिखिए के ख़ाली स्थान में विरल द्विवेदी लिखा। सुधा ने प्रेम से मुस्कुराते हुए पूछा, "अच्छा पापा से इतना प्यार करता है मेरा बाबू!"

यशु ने सुधा के गले में हाथ डालते हुए कहा, "प्यार तो मैं आपसे ज़्यादा करता हूँ लेकिन प्रश्न ये पूछा गया है कि आदर्श कौन है। आदर्श वो होता है जिसके जैसा जीवन हम जीना चाहते हैं, जिसके जैसा हम बनना चाहते हैं। मैं पापा की तरह सबसे रिस्पेक्ट अर्न करना चाहता हूँ।"

सुधा धक रह गई। यशु के लिए उसने अपना करियर छोड़ दिया मगर उसे ये क्यों लगता है कि मेरी इज़्ज़त नहीं है! क्या कक्का और विरल मेरी परवाह करेंगे तभी मेरा मान है! मन धीरे-धीरे ख़ाली होकर गूँजने लगा। मगर ये आवाज़ किसी को सुनाई नहीं देगी। क्या दुनिया द्विवेदी विला की बाउंड्रीवॉल के भीतर है? विरल के जीवन की सफलता बड़े-बड़े केस जीतना, ग़ैर-ज़मानती मामलों में लूप होल तलाश चतुराई से ज़मानत करवा लेना है। मेरे जीवन की सफलता सिर्फ़ ये होगी कि कक्का किसी दिन बेटा बोलकर पुकारें या विरल सिर्फ़ एक बार कह दे कि सच में तुम घर का बहुत ख़याल रखती हो। क्या कक्का, विरल, मैं, ढाल सिंह, भगवती सब

अकेले हैं? अम्मा और श्रीवास्तव आंटी भी अकेली थीं। दोनों का जीना और मरना ख़ुद के लिए भी महत्त्वपूर्ण नहीं था। बस स्टैंड से गुज़रती हर वो बस मेरी छाती से क्यों गुज़रती है जिस पर लिखा है– राजनांदगाँव से जगदलपुर। वहाँ भी मगर माँ-बाबा कभी नहीं कहेंगे कि यदि तू पल-पल मर रही है तो लौट आ। मैं अपना और यशु का ख़र्च नहीं उठा सकती। मैं जगदलपुर की पुरानी ज़िंदगी में क्यों वापस लौटना चाहती हूँ! माँ-बाबा ने अपने जीवन की सबसे बड़ी ज़िम्मेदारी से मुक्त हुए सोचकर मुझे विदा किया। अब मैं और बड़ा बोझ बनकर वहाँ नहीं जा सकती। द्विवेदी विला में सबके सुखों का अनवरत ध्यान रखना मेरी ज़िम्मेदारी है और मैं अब थककर इससे पलायन करना चाहती हूँ शायद! ज़िम्मेदारी तब बोझ लगने लगती है जब उसमें सम्मान का रिटर्न गिफ़्ट न मिले। जाने आज जगदलपुर, माँ-बाबा, चीनू, बंटी, शिप्रा सब इतने क्यों याद आ रहे हैं! सुधा ने यशु के सोने के बाद डायरी निकाली और लिखना शुरू किया–

तन है यहाँ अकेला-अकेला
मन दूर जा बसा है मेरे देश में
चाँद दूधिया यहाँ भी आसमान में
मामा था वो चाँद छूटा मेरे देश में
माँ के ताँबई लोटे से लेने अर्घ्य
सूरज रोज़ बैठता है वहाँ मुंडेर में
धूप आती है जाड़ों में यहाँ भी
सुनहले धागों के लच्छे फेंकती मेरे देश में
लोग मुस्कुरा देते हैं सामने पड़ने पर
दिल के रिश्ते छूट गए मेरे देश में
छत तो यहाँ भी है सिर के ऊपर
साझा तुलसी वाला आँगन मेरे देश में

भीड़ बहुत है कहने को शहर में
चंद चेहरे मेरी जान हैं जो छूटे देश में
रात भर कमरे की छत ताकते गुज़रती
ख़्वाब सिरहाने छूट गए मेरे देश में
माना कि नाचीज़ की कोई हस्ती नहीं यहाँ
कुछ लोग अब भी मेरी ख़ातिर तरसते मेरे देश में...

सुधा ने डायरी अलमारी में लॉक कर दी।

चमचमाते बुटीक साइट के एक कोने में ढाल सिंह की मुट्ठी भर की गृहस्थी एक मटमैले झोले में रखी थी। कभी वहाँ उसकी पुरानी पेंट शर्ट सूखती दिखती तो कभी बाथरूम में चगला हुआ दातुन। द्विवेदी विला के स्टाफ़ क्वॉर्टर का भगवती ने दो घंटे में हुलिया बदल दिया। कमरे में कूलर, गैस, पलंग, दो पुरानी कुर्सियाँ जैसी बुनियादी व्यवस्था सुधा ने घर के फालतू सामानों को बाहर करने के क्रम में पहले से ही कर दी थी। ढाल सिंह अपनी पूरी गृहस्थी साइकिल में लेकर कमरे में आ गया। सुधा ने भगवती के हाथ में चाय पत्ती, शक्कर, दूध का पैकेट देकर आदेश दिया, "जा, आज शाम की चाय ढाल सिंह के घर से बनाकर ला।"

ढाल सिंह धुले कमरे की सोंधी-सोंधी ख़ुशबू में चारों तरफ़ अचंभित हो देख रहा था। ये दो कमरे अब वास्तव में उसे शहर में अपना घर होने का एहसास करा रहे थे। सुधा ने मुस्कुराते हुए ढाल सिंह से कहा, "अब तुम राजा और छोटू को अपने साथ रख सकते हो। भगवती, मैं लॉन में बैठी हूँ तू वहीं चाय लेकर आ जाना।"

सुधा लॉन में बने बेंच पर बैठ व्हॉट्सएप मैसेज पढ़ने लगी। तभी एक थाली में तीन कप चाय रख भगवती गेट खोल अंदर घुसी। उसके पीछे-पीछे ढाल सिंह बाज़ू की दूकान से ख़रीदकर लाया हुआ एक पैकेट ग्लूकोज बिस्किट का पकड़े भीतर आया। दोनों सुधा के सामने लॉन की

घास में बैठ गए। तभी कक्का की कार सामने रुकी और सुधा कप थामे ऊपर भाग गई। हालाँकि कक्का कुछ नहीं बोलेंगे मगर उनके आगे वो कभी सहजता से बैठी नहीं रही तो अब भी सामने से हट जाती। कक्का और भगवती चाय का कप एक किनारे रख चुप खड़े हो गए। कक्का के भीतर जाते ही वे फिर ज़मीन में बैठ गए।

ढाल सिंह को विरल और कक्का को देखकर बहुत घबराहट होती थी। विरल ने उस दिन ढाल सिंह को बुलाया, "ढाल सिंह, कल गेट के बाहर जानवरों के पानी पीने के लिए सीमेंट की टंकी बना देना। काम कल ही हो जाना चाहिए।"

ढाल सिंह सुधा की तरफ़ असहाय देखते हुए मिमियाता-सा बोला, "साहब दो दिन बाद करूँगा तो चल जाएगा क्या?"

सुधा ने मध्यस्थता करते हुए बात सँभाली, "सुनो न, अभी ढाल सिंह को दूसरी जगह काम मिला है। कल-परसों दो दिन का ही काम है वहाँ। अगर कल अपने यहाँ काम करेंगे तो वो काम हाथ से निकल जाएगा। हमारे यहाँ काम करवाने की इमरजेंसी भी नहीं है।"

बात इतनी-सी थी कि सुधा उनकी छोटी-छोटी समस्याएँ भी आसानी से इसलिए समझ लेती थी क्योंकि उसे उनका डेली रूटीन मालूम था। ये दोनों अगर किसी एक घर का काम पकड़ते तो चार या पाँच दिन लगातार काम पूरा करने के बाद ही किसी और घर में काम शुरू करते थे। कई घरों के मालिक काम करवाने ऑफ़िस से छुट्टी लेते और नियत समय पर ये लोग नहीं पहुँचे तो गालियाँ खाते। कुछ लोग तय तारीख़ पर काम पूरा चाहते हैं क्योंकि उन्हें कहीं बाहर जाना होता था। काम पूरा ख़त्म होने के बाद ही ढाल सिंह को पैसा मिलता था। ज़रा-सी ऊँच-नीच हुई कि मालिक पैसे देने में आनाकानी करते। विरल को उनकी विवशता नहीं मालूम थी। वो किसी भी दिन अचानक ढाल सिंह को बुलाकर रौबीली आवाज़ में बोलता, "ढाल सिंह, बग़ीचे में आज ही क्यारी बना देना। आँगन के इस

एरिया का ढाल ठीक कर देना। गाड़ी धोने मोटर चालू करने पर इस हिस्से में पानी जमा हो जाता है। सुधा, तुम सीमेंट दुकान में फ़ोन करके पंद्रह मिनट में ही सीमेंट और रेत गिराने बोल दो। कल और परसों में काम पूरा कर देना।"

भगवती आश्चर्य से देखती। वो अपने घर से टिफ़िन लेकर काम पर आई थी कि आज शर्मा मैम के घर जाना है। यहाँ साहब तो आज अपने घर काम करने बोल रहे हैं।

सुधा को पता था कि अभी ये लोग किसी खूँखार शर्मा मैडम के गार्डन के फौवारे की टंकी स्थायी रूप से बंद कर उसके ऊपर सीमेंट का चौरा बना रहे हैं। फौव्वारे के पानी से डेंगू का ख़तरा जान शर्मा मैडम उसे बंद करवा रही थी। ढाल सिंह और भगवती वहाँ एक दिन काम कर चुके हैं। अब अधूरे काम में दो दिन छुट्टी मारेंगे तो वो ज़ालिम औरत कुछ-न-कुछ पैसा काट लेगी। विरल के आगे ढाल सिंह आज ही काम की हामी भरने के बाद सुधा की तरफ़ देखता खड़ा रहा।

सुधा ने विरल को उसकी मजबूरी बताई, "सुनिए न, ढाल सिंह अभी पास वाली वो प्रिंसिपल शर्मा के गार्डन में काम कर रहा है। उनके घर के आँगन में तीन दिन से सीमेंट-रेत फैला है। दो दिन छुट्टी मारेगा तो वो इन पर बहुत नाराज़ होगी। वहाँ का काम पूरा करते ही अपने यहाँ का कर देगा।"

ढाल सिंह को सहारा मिल गया, "हाँ साहब, वहाँ सिर्फ़ दो दिन का काम बाक़ी है।"

ढाल सिंह और भगवती जिस दिन द्विवेदी विला में दिहाड़ी मज़दूरी करते तो उन्हें बड़ा मज़ा आता। उस दिन की रोज़ी तो मिलती ही थी और घर पर होने की फ़िलिंग होती थी। शाम को काम ख़त्म हो जाने के बाद जब भगवती अपने हाथ-पाँव धोती तब ग्राउंड से खेलकर लौटे यशु को भी बुलाकर लाड़ से कहती, "धूल-मिट्टी में लपट गया है लड़का। यशु,

आजा इधर पैर धोकर घर में घुस बेटा।"

द्विवेदी विला में शिफ़्ट होने के बाद ढाल सिंह घर के सामने से दिन भर आता-जाता दिखता। कभी साइकिल के हैंडल में आलू, प्याज़ की पॉलीथिन टाँगे तो कभी आटे का पैकेट कैरियर में दबाए दिखता। लॉन में बैडमिंटन खेलते यशु को खिड़की से आवाज़ देता, "यशु भैया, इधर मेरे कमरे में आओ। आज ढाल सिंह अंकल के हाथ का बना खाना खाओगे?"

इस बीच राजा और छोटू भी दो-चार दिन के लिए आ गए। उन बच्चों के चेहरे देखकर समझ आ गया कि सावित्री सचमुच बहुत ख़ूबसूरत रही होगी। दोनों लॉन में खुलने वाली खिड़की से दिन भर द्विवेदी विला की बालकनी की तरफ़ देखते रहते। जैसे ही सुधा की नज़र उन पर पड़ती, फट से नीचे बैठकर छिप जाते। सुधा ने बच्चों के लिए मैगी बना भगवती के हाथ भिजवाई तो ढाल सिंह निहाल हो गया, "मैडम, इन लोगों को ये नमकीन सेवई बहुत पसंद है। गाँव में कहाँ पाएँगे!"

बुटीक की ओपनिंग पार्टी के पंद्रह दिन पहले सुधा ने ढाल सिंह से कहा, "ढाल सिंह, ओपनिंग पार्टी का टाइम आ गया और दो साल से सामने सड़क का सरकारी नाला नहीं बना। अब और इंतज़ार नहीं कर सकते। अपने ख़र्च पर ही सड़क और बुटीक के बीच के हिस्से में नाला बनाना पड़ेगा ताकि गाड़ियाँ सड़क से उतरकर बुटीक के सामने पार्क हो सकें।"

ढाल सिंह समझाने लगा, "मैडम, नाला बनाने में बहुत ख़र्चा पड़ेगा। पूरा 12 फ़ीट से ज़्यादा चौड़ा और 20 फ़ीट से ज़्यादा लंबा नाला है। बुटीक के सामने से सड़क तक लेंटर ढालना पड़ेगा।"

सुधा ने कहा, "हाँ ढाल सिंह, लेकिन अब और चारा नहीं है। सरकारी नाले का नक्शा पास हो गया है लेकिन काम कब होगा भगवान जाने! ओपनिंग तो सामने आन पड़ी है। अभी तो नाला सूखा है। तुम एक-दो

लेबर और पकड़कर लाओ लेकिन हफ़्ते भर में काम पूरा कर दो।"

ढाल सिंह और भगवती ने बुटीक के सामने उस नाले की दीवार बनाने कचरा साफ़ करके और खुदाई के बाद सुधा को फ़ोन किया, "मैडम, आकर देख लो कि नाला कितना चौड़ा रहेगा। आप बता दोगे तो वहाँ से दीवार उठाएँगे।"

सुधा वहाँ पहुँची तो ढाल सिंह सूखे नाले में उतरा था। वैसे तो वो नाले में सिर्फ़ बरसात के दो महीनों में ही पानी बहता था लेकिन मुख्य सड़क से बुटीक तक पहुँचने उसकी गहराई बाधा थी। ढाल सिंह ने उस सूखे नाले पर दीवार उठाने और अतिरिक्त तीन फ़ीट खुदाई की। खुदाई की वजह से भीतर की नमी में छिपा दुर्गंधयुक्त पानी बाहर आ गया। सुधा पहुँची तो ढाल सिंह कमर तक नाली के बदबूदार काले पानी में सना ठंड से काँप रहा था। वहाँ का दृश्य देख सुधा अवाक थी। अंदाज़ा ही नहीं था कि साल में 10 महीने सूखा रहने वाला यह नाला खुदाई से फिर से बदबूदार नाले में बदल जाएगा।

सुधा पर नज़र पड़ते ही सडांध में लथपथ ढाल सिंह हँसने लगा, "हालत देखो मैडम।"

सुधा अपराधबोध में जल्दी से वहाँ से हटना चाहती थी। अगर मालूम होता कि गटर का काला पानी निकलेगा तो अनजान लेबर्स से ये काम करवाती लेकिन ढाल सिंह और भगवती से किसी क़ीमत पर नहीं। सुधा को देखते ही भगवती बोली, "आज घिन के मारे हम लोग टिफ़िन नहीं खाए, मेडम। हाथ-पैर धोने के बाद भी बदबू मार रहा है।"

सुधा ने लाचारी से कहा, "बाहर आ जाओ ढाल सिंह। बस हो गया, इतना गहरा काफ़ी है।"

ओपनिंग पार्टी के दो दिन पहले सुधा ने ढाल सिंह को बुलाकर पार्टी वाले दिन राजा और छोटू को भी लाने कहा। ओपनिंग वाले दिन ढाल सिंह के बच्चे सुबह से ही स्टाफ़ क्वॉर्टर में आकर ठहरे थे और छिपकर

खिड़की से लॉन में चल रहा खाना देख रहे थे लेकिन सुधा ने उन्हें खिड़की से झाँकते नहीं देखा। ग्रामीण परिवेश के बच्चे सबके सामने आने से कतरा रहे थे। भगवती भी शिखा को लेकर आई थी। शिखा उन दोनों बच्चों के लिए टेबल में लगा नाश्ता एक प्लेट में निकालकर स्टाफ़ क्वॉर्टर में छोड़ आई। बुटीक में चली दो घंटे की पूजा के बाद सभी मेहमान लंच के द्विवेदी विला आ गए। इनवाइटेड गेस्ट लॉन में लगी चेयर्स पर चारों तरफ़ छोटे समूह में हँसी-मज़ाक़ करते बैठे लंच कर रहे थे। जिस लॉन को ढाल सिंह और भगवती रोज़ झाड़ते, बुहारते, जहाँ खाना खाते और धूप तापते लेटे रहते, आज वहीं से वे बहिष्कृत बाउंड्रीवॉल के बाहर आड़ में ऐसी जगह खड़े थे जहाँ से सुधा की उन लोगों पर नज़र पड़ जाए और वो उन सबको खाने के लिए अंदर बुला ले। तभी सुधा की नज़र बाहर ढाल सिंह, भगवती, शिखा, राजू और छोटू पर पड़ी। मेहमानों की वजह से वो लोग अंदर आने की हिम्मत नहीं कर रहे थे।

सुधा ने आवाज़ लगाई, "राजा, छोटू आओ बेटा। खाना ले लो।"

पाँचों बाउंड्रीवॉल की दीवार से चिपके-चिपके भीतर घुसे। सुधा ने ढाल सिंह के पास जाकर कहा, "ढाल सिंह, बच्चों को थाली लगाकर खिला दो।"

सुधा मेहमानों के साथ बैठी थी मगर उसका पूरा ध्यान उन पाँचों पर था। जाने कितने दिनों बाद बिन माँ के बच्चों को ढंग का खाना मिल रहा होगा और आज के बाद जाने कब अच्छा खाएँगे! सुधा रसगुल्ले का डोंगा उठा उनके पास चली गई, "ढाल सिंह, अच्छे से खिला दो। मुझसे शर्माएँगे।"

ढाल सिंह अपने बच्चों के सामने ख़ुशी से निहाल हो गया, "अरे मैडम, इन दोनों को मैंने फ़ोन करके बुलाया कि आज अगर तुम लोग नहीं आए तो मैडम ग़ुस्सा होंगी।"

भगवती और शिखा अपनी प्लेट पकड़े लॉन के एक कोने में बैठ गईं।

पाँचों की कोशिश थी कि बाक़ी के मेहमानों से पर्दादारी बनी रहे। सुधा को शादी के पंद्रह सालों में पहली बार बहू का सम्मान मिला लग रहा था। कक्का अपने दोस्तों से बुला सबसे परिचय करा रहे थे। बुटीक की आधुनिक साज-सज्जा और भव्यता से वो बहुत ख़ुश लग रहे थे। कक्का मुखर्जी अंकल को बता रहे थे, "सुधा की मेहनत है वो बिल्डिंग। पूरा बनने में दो साल से ज़्यादा लगा। न्यूज़पेपर और रेडियो के लिए लिखती भी है।"

घर में इतने मेहमानों के बावजूद भी विरल और कक्का अभी भी आमने-सामने नहीं हो रहे थे। विरल पूरे समय ऊपर ही रहे। विरल और सुधा ने अपने लोगों को घर में सम्मान न मिल पाने के भय से लोगों से दूर रहने की जो आदत बना ली वो अब उनका मूल स्वभाव बन चुका था शायद। विरल ऊपर लैपटॉप में काम कर रहे थे। कक्का का मन भी होता कि उनका कोई क़रीबी विरल से मिले तो वो उन्हें विरल से मिलने ऊपर भेज देते। सुधा को कक्का से बस इतना ही मान चाहिए था ग़ुरबत के दिनों में सुधा को आज कक्का में पिता मिले।

आज द्विवेदी विला में पूजा पाठ की वजह से भगवती और ढाल सिंह ने काम से छुट्टी ली थी। रोज़ कमाने खाने वाले का एक दिन की मज़दूरी छोड़ने का त्याग बड़ा था। ढाल सिंह के बच्चे उस रात स्टाफ़ क्वॉर्टर में रह दूसरे दिन सुबह की बस पकड़कर गाँव निकल गए।

सुधा ने बुटीक में कस्टमर अटैंड करने दो लड़कियों, सिलाई के लिए टेलर सहित छह लोगों का स्टाफ़ रखा। सुबह यशु को स्कूल के लिए तैयार कर बस स्टॉप छोड़ना, कक्का की दो चाय, किचन में लंच की तैयारी करने के बाद सिर्फ़ 10 से 11 बजे तक बुटीक में रह पाती। ये वो समय है जब कस्टमर ना के बराबर होते। फिर 11 बजे वापस घर आकर लंच, यशु को बस स्टॉप से लाना, खाना खिलाना, घर समेटना, होमवर्क करवाना, क्लास छोड़ना, सब्ज़ी ख़रीदना। उसकी स्वीमिंग या

ड्रॉइंग क्लास के एक घंटे के समय दौड़कर फिर एक घंटे के लिए बुटीक जाना। स्टाफ़ समझने लगा कि मैडम घर से सिर्फ़ एक या दो घंटे ही आ सकती है। स्टाफ़ इस बात का नाजायज़ फ़ायदा उठा आपसी सहयोग से बारी बाँधकर बीच में दो-दो घंटे ग़ायब हो जाता, कस्टमर को ध्यान देने की बजाय मोबाइल में ज़्यादा व्यस्त रहता। सुधा को बुटीक खुलने के बाद व्यावहारिक समस्याएँ समझ आने लगीं। घर या बुटीक दोनों में किसी एक जगह भी उसे ज़िम्मेदारी साझा करने सहयोग चाहिए था। वेतनभोगी स्टाफ़ से मालिक वाला समर्पण या ईमानदारी की अपेक्षा व्यावसायिक समझदारी नहीं थी। इस महीने तो स्टाफ़ की सैलरी, बुटीक का बिजली बिल इतना आया कि सुधा को विरल से माँगकर पैसे देने पड़े। सुधा ने स्टाफ़ को हर बिक्री पर कमीशन का प्रलोभन भी दिया ताकि वे सेल में ज़ोर लगाए, मगर बुटीक में संचालक की अनुपस्थिति उसे स्टाफ़ का पिकनिक स्पॉट बना रहा था।

सुधा को इतना भी आसरा नहीं था कि वो लंच बनाकर बुटीक आ जाए तो यशु को बस स्टॉप से लाकर कोई लंच करवा दे। इस सबके बीच सब्ज़ी लाना, राशन लाना, पेरेंट्स मीट, यशु को दोस्तों के बर्थडे में लाना-छोड़ना। यदि सुधा को फ़र्स्ट हाफ़ या सेकेंड हाफ़ भी पूरी तरह मिल जाए तो बुटीक आसानी से बहुत अच्छा चला सकती है और स्टाफ़ पर पकड़ बना सकती है। घर की ज़िम्मेदारियाँ पहले ही अकेले उठा रही थी अब बुटीक में सेल और स्टाफ़ से काम निकलवाने की ज़िम्मेदारी और बढ़ गई।

ओपनिंग के छह माह बाद की बात है। ढाल सिंह लॉन में झाड़ू लगाते तेज़-तेज़ हाँफने लगा। सुधा दौड़ते नीचे पहुँची, "क्या हुआ ढाल सिंह?"

ढाल सिंह, "कुछ नहीं मैम, हँफर गया बस।"

सुधा को बहुत दया आई, "किसने झाड़ू लगाने बोला था? तबीयत ख़राब लग रही है क्या? खाना खाए हो?"

ढाल सिंह ने कहा, "आज खाना नहीं बनाया। चावल ख़त्म हो गया था मैडम।"

सुधा जल्दी से एक थाली में रोटी-सब्ज़ी और दो केले डालकर नीचे ले आई, "लो खाना खाओ। खाना नहीं खाओगे तो कमज़ोरी तो लगेगी ही न! हद है!"

तभी काम पर जाने के लिए भगवती आ गई, "क्या हुआ? इतना पसीना-पसीना हो गए हो!"

सुधा ने चिढ़कर जवाब दिया, "भूखा था। चक्कर आ गया और क्या!"

भगवती ढाल सिंह के पास आकर बैठ गई, "आज काम पर नहीं जा सकेंगे फिर तो?"

ढाल सिंह, "नहीं भगवती, आज छुट्टी नहीं मार सकते। आज पेमेंट मिलने वाली है। राजा और छोटू का दिवाली का कपड़ा ख़रीदना है। आज नहीं गए तो कल संडे है।"

ढाल सिंह खाने की थाली लेकर अपने कमरे में खाने चला गया। सुधा ने भगवती को बताया कि ढाल सिंह की तबीयत शायद ज़्यादा ख़राब है।

भगवती, "इतने सालों से उसकी रात को खाना खाने की आदत छूट गई थी इसलिए रसोई का इंतज़ाम होने के बाद भी रात में खाना नहीं बनाता है। बोलता है अकेले के लिए कुछ करने का मन ही नहीं करता। दिन भर काम करके शाम को बाज़ार जाकर ख़ुद ही सब्ज़ी ख़रीदो, अकेले पकाओ और भूत जैसे अपनी परछाई के साथ खाओ। वो रात में भूखा ही सो जाता है।"

सुधा सकते में थी, "तो क्या दिन भर काम करके लौटने के बाद रात में बिना खाना खाए सो जाता है? मैं तो उसे शाम छह बजे वक़्त पर घर लौटते देखती हूँ।"

भगवती, "मेडम, वो दारू भट्टी से बोतल लेते आता है। पीकर मुर्दा बराबर रात भर पड़े रहो फिर सुबह काम पर।"

इस बीच ढाल सिंह खाना खाकर थाली धो-पोछकर लौटाने आया। उसकी पीली आँखों में जीवन के प्रति घोर विरक्ति थी।

ढाल सिंह ने कहा, "भगवती, आज काम ख़त्म होने पर उधर से ही मेरे साथ बाज़ार चलना। राजा और छोटू के लिए कपड़े ख़रीदवाने में मदद कर देना। कल संडे है तो बाज़ार से ही गाँव निकल जाऊँगा।"

शाम सात बजे द्विवेदी विला की कॉलबेल बजी। बाहर निकलकर देखा तो ढाल सिंह और भगवती खड़े थे। सुधा को आश्चर्य हुआ, "अरे क्या हुआ ढाल सिंह? गाँव नहीं गए तुम?"

ढाल सिंह, "जा रहा हूँ मैडम। नीचे आकर देखो न, राजा और छोटू के लिए कपड़ा ख़रीदा हूँ।"

सुधा आदतन दबे पाँव सीढ़ी उतरती। कक्का को किसी भी तरह पता न चले। उनकी टीवी की आवाज़ बाहर तक आ रही थी। सुधा नीचे आकर कपड़े देखने लगी, "बहुत सुंदर है ढाल सिंह। भगवती, तू मोलभाव कर सस्ते करवाई या नहीं?"

ढाल सिंह ने बताया कि उसके पूरे एक हफ़्ते की कमाई कपड़ों में चली गई और अभी गाँव जाने के लिए उसे पैसों की ज़रूरत है। सुधा को तब इतनी शाम को ढाल सिंह का गाँव न जाकर इधर आने का राज़ समझ आया। सुधा चुपचाप ऊपर जाकर पैसे ले आई, "ये लो। चलो आज कपड़े देख बच्चे ख़ुश होंगे।"

भगवती और ढाल सिंह की साइकिल शाम के झुटपुटे में विलीन हो गई।

दो दिन बाद ढाल सिंह गाँव से वापस आया। सुधा ने उसे दोपहर बारह बजे घर के सामने घूमते देखा। सुधा ने असमंजस में पूछा, "ढाल सिंह, आज काम पर नहीं गए?"

ढाल सिंह गेट खोलकर लॉन में आ गया, "मैडम, तबीयत ठीक नहीं लग रही। हॉस्पिटल जाना है। पैसा नहीं है तो बैठा हूँ।"

थोड़ी देर की चुप्पी के बाद सुधा ने सुझाव दिया, "सरकारी अस्पताल में पैसा कहाँ लगता है? चले जाओ।"

ढाल सिंह ने कहा, "अरे मैडम, वहाँ दो घंटे की लाइन में खड़े होकर चंगा आदमी बीमार हो जाए। यहाँ पास का डॉक्टर ढिल्लन अच्छा है। जब पेमेंट मिलेगा तब उसी को दिखाऊँगा। आज ही गाँव से लौटा हूँ। घर की ज़रूरतों में पूरा पैसा ख़त्म हो गया। माँ भी सौ-दो सौ हाथ ख़र्चा माँगती है। आप एक हज़ार रुपये दे दो। शनिवार को पेमेंट होते ही लौटा दूँगा।"

कुछ माँगते समय ढाल सिंह अक्सर दबी आवाज़ में बात करता ताकि पास खेलता यशु न सुनने पाए। वह सजग रहता कि यशु की नज़र में ढाल सिंह अंकल का सम्मान कम न होने पाए। सुधा को पहले के पैसे वापस नहीं मिले थे लेकिन ढाल सिंह की समस्या झूठी नहीं थी। सुधा को कुछ कहते न बना। सुधा ने बेमन से पैसे दिए।

ढाल सिंह पैसे लेकर डॉक्टर के पास चला गया। ज़रा देर बाद भगवती का फ़ोन आया, "मेडम, ढाल सिंह गाँव से वापस आ गया है क्या? उसका फ़ोन नहीं लग रहा है। खिड़की पर दिखे तो पूछकर बताना कि कल काम में जाने आऊँ या नहीं।"

सुधा ने उसे बताया कि वो डॉक्टर के पास गया है और फ़ोन चार्ज नहीं है शायद इसलिए फ़ोन नहीं लग रहा।

रात में सुधा सब्ज़ी के थैले कार से उतार रही थी तभी ढाल सिंह सामने से आता दिखा। सुधा ने रोककर तबीयत के बारे में पूछा, "ढाल सिंह क्या बोला डॉक्टर?

ढाल सिंह ने कहा, "मैडम, डॉक्टर बोला है लीवर में सूजन है। दवा दिया है 15 दिन की। कल सोनोग्राफ़ी भी कराना है।"

सुधा को उस पर बहुत दया आ रही थी। इतना बीमार होकर भी उसकी फ़िक्र करने के लिए कोई न था।

"ढाल सिंह, खाना खाए?"

ढाल सिंह ने 'नही' में सिर हिला दिया।

सुधा ने कहा, "दो मिनट रुको, मैं अभी आई।"

सुधा थाली में खाना निकालकर नीचे ले आई। ढाल सिंह ने चुपचाप हाथ बढ़ा दिया। तभी सुधा की नज़र ऊपर बालकनी पर खड़े विरल पर पड़ी जो कड़ी नज़र से देख रहा था। उसे थाली थमाकर सुधा चुपचाप ऊपर आ गई।

विरल ने सवाल किया, "ढाल सिंह खाना क्यों नहीं बना रहा है? तुमने तो उसे सब अरेंज करके दे दिया है न?"

सुधा ने बचाव किया, "अरे! उसके लीवर में सूजन आ गई है। तबीयत ख़राब है इसलिए खाना नहीं बनाया। उसने माँगा नहीं था। मैं ख़ुद ही दे आई।"

"मैं तुमको किसी चीज़ के लिए मना नहीं करता लेकिन अपनी इस हालत का ये ख़ुद ज़िम्मेदार है। माना कि बहुत दुखी है, पर दुख किसके जीवन में नहीं है! अभी तुम खाना देने गई थी तो वो नशे में हिल रहा था। पहले इसकी हिम्मत नहीं पड़ती थी ऐसे में सामने पड़ने की। तुमने सिर चढ़ा रखा है। मैं किसी दिन चमकाने वाला हूँ तुम्हारे इस ढाल सिंह को। हद है! फ़्री का घर, बिजली, पानी, चाय के बाद खाना भी इधर से जाए ताकि अपनी कमाई की दारू पिए। नशेड़ी को थाली पकड़ाती हो!"

सुधा ने थोड़ा रुककर बोला, "नीचे जितने अंकल आते हैं न पहले वे पीते हैं फिर कक्का उन्हें यहाँ खाने ले आते हैं। कोई भी अपनी बहू-बेटी को पिए हुए मर्दों को खाना नहीं सर्व करवाता। हाँ ढाल सिंह का नशे में होना सही नहीं है, वो ऑफ़िसर नहीं है। कक्का को ढाल सिंह के घर में आने-जाने से इसलिए दिक़्क़त नहीं क्योंकि वो उनके गैरेज का शटर उठाना, कार धोना कर देता है। यदि ये सिर्फ़ मेरे काम का होता तो कब का भगा दिया गया होता।"

विरल ग़ुस्से में बिफर पड़ा, "कल से ढाल सिंह को ऊपर डायनिंग

टेबल पर बैठाकर खिलाना। नीचे आने वाले कक्का के अब कितने दोस्त बचे हैं! तुमको इतनी दिक़्क़त है इस घर में तो रहती क्यों हो यहाँ! कार में सहेलियों से मिलने जाती हो, घर बुलाती हो, कक्का की कोई रोक-टोक नहीं!"

सुधा ने व्यंग्य से पूछा, "इतने साल यहाँ रह लेने के बाद भी मेरे पेरेंट्स इस घर में चार दिन नहीं रह सकते। ये घर मुझे कभी अपना लग पाएगा?"

सुधा सोने के लिए भीतर चली गई। विरल मोबाइल पर किसी केस की प्रोग्रेस रिपोर्ट ले रहा था। ढाल सिंह तो बेचारा कक्का और विरल के सामने पड़ना ही नहीं चाहता था। मैडम से ही उसकी सारी सिफ़ारिश होती– 'साहब की कोई चप्पल पुरानी हो गई हो तो देना। मैडम कपड़े धोने का साबुन है क्या?'

एक बार उदास होकर बोला– 'इतनी बड़ी दुनिया में हर आदमी का घर-परिवार है। दिन भर काम करके लौटने के बाद रात को पूरा परिवार साथ खाना खाता है। रात में सड़क में लोग अपने परिवार-दोस्तों के साथ चलते हैं तो लगता है मैं ही अकेला हूँ। पैसा होता तो बच्चे तो साथ होते। ज़माने में ग़रीब का कोई सगे वाला भी नहीं होता। हमारे से कोई रिश्ता भी क्यों निभाए?'

भगवती ने झिड़का, "कैसी बात करते हो! राजा और छोटू हैं तुम्हारी ख़ातिर।"

ढाल सिंह ने कहा, "अरे भगवती तू नहीं समझेगी। बाप और बच्चे को जोड़ने वाली कड़ी माँ होती है। मेरे घर वो कड़ी टूट गई है। अगर बच्चों के साथ एक घर में रहता तो कोशिश भी करता उनके क़रीब होने की। हफ़्ते भर बाद गाँव जाता हूँ तो दोनों लड़के रास्ते में मुझे देख भी लेते हैं तो घर नहीं आते। सीधे रात को आते हैं तब चेहरा देखता हूँ उनका।"

भगवती समझाने लगी, "ढाल सिंह ऐसे बोलोगे तो हर आदमी अकेला है। मैं कमा रही हूँ, घर ख़ुद बनवाई हूँ इसलिए निकाल नहीं पा रहे हैं

भाई लोग। कितनी शादीशुदा औरतें बेमन से संग में रह रही हैं कि जाएँ तो जाएँ कहाँ। मायके से विदा कर दी गई हैं फिर ससुराल में बेइज़्ज़त होते पड़ी रहती हैं। मेरी माँ रोज़ प्रार्थना करती है कि मेरा बाप मर जाए। दुनिया के लोग एक्सीडेंट में ख़त्म होते हैं इसी को मौत क्यों नहीं आती। मेरा बड़ा बाप शक्की स्वभाव का था। मेरी बड़ी माँ को पीने के बाद बहुत मारता था। एक बार मुक्का मारा तो एक आँख ख़राब हो गई बड़ी माँ की। मेरे बड़े बाप के मरने के बाद बड़ी माँ सुखी हुई। रोज़ की पिटाई से आज़ादी मिली। तुम सबसे पहले तबीयत सही करो। अकेलापन जितना सोचोगे उतना ज़्यादा लगेगा। कई लोग परिवार के बीच रहकर भी बिल्कुल अकेले हैं।" सुधा ने देखा कि आख़िरी लाइन बोलकर भगवती उसे कनखियों से देख रही है।

जिस रात सुधा ने ढाल सिंह को खाना दिया उसकी अगली रात ढाल सिंह सुधा को गेट के बाहर चक्कर काटते दिखा। सुधा को बालकनी में देखते ही चहक गया, "मैडम, शाम को काम से लौटकर आया तो मेरे कमरे का नल जा चुका था। एक बोतल पीने का पानी दे दीजिएगा।" सुधा को मालूम था उसे असल में भूख लगी थी और खाना चाहिए था। विरल ने सही ही कहा था कि ये अब हर रात का टंटा करेगा। सुधा ने देखा, विरल की कठोर नज़र उस पर जमी थी। किचन में जाकर प्यूरीफ़ायर से बोतल भरने लगी। नीचे भूखा ढाल सिंह पानी माँगने के बहाने खाने की प्रतीक्षा में खड़ा था और किचन के प्लेटफ़ॉर्म पर खाने से भरे बर्तन रखे थे। चुपचाप अख़बार में चार रोटियों के बीच सूखी सब्ज़ी दबाकर चुन्नी में लपेट लिया और विरल के सामने से हाथ में केवल पानी की एक बोतल हिलाती नीचे आई। गेट के ऊपर से ही जल्दी से बोतल और अख़बार लिपटी रोटियाँ थमा दीं। बिन कहे ढाल सिंह सुधा की यह चोरी समझ गया क्योंकि खाना उसे थाली की जगह अख़बार में मिला था। सबसे मुखर अभिव्यक्ति प्रायः मूक होती है। सुधा को सालों पुराना वो मंज़र याद आया जब अपनी ही

बनाई रोटियाँ चुन्नी में लपेट चोरी से ऊपर लाती थी। तब कक्का का डर आज विरल का। कैसे मैंने ऐसे दिन गुज़ार लिए इस घर में!

इस तरह सुधा यदि घर पर अकेली होती तो ढाल सिंह को थाली में खाना मिलता और विरल हो तो अख़बार में लिपटी रोटी-सब्ज़ी। कई बार सुबह-सुबह सुधा और विरल बालकनी में बैठे चाय पीते और सुधा की नज़र स्टाफ़ क्वॉर्टर की खिड़की से ढाल सिंह पर पड़ती तो अनमनी हो जाती। क्या पता उसको अपने सुखद गृहस्थ जीवन की याद आती होगी। हमें देख उसे ख़ालीपन और सालता होगा। जब से तबीयत ख़राब हुई वो अक्सर हँसते हुए बोलता– 'मुझे मरना नहीं चाहिए भगवती। बहुत बेज्जती हो जाएगी। लाश पर रोने एक आदमी नहीं मिलेगा।' सुधा बालकनी में अपनी पारिवारिक रौनक़ से उसके एकाकीपन, ग़रीबी को और ज़्यादा नहीं कुरेदना चाहती थी। जल्दी से किसी बहाने से भीतर चली जाती।

उस दिन ढाल सिंह और भगवती गार्डन में ही काम कर रहे थे। ढाल सिंह और भगवती की हँसी सुनकर सुधा नीचे आई, "क्या हुआ भगवती, इतना क्यों हँस रही है?"

भगवती हँसती ही जा रही थी, "मेडम, ढाल सिंह आपके साहब की मस्त एक्टिंग करता है।"

सुधा की उत्सुकता बढ़ी, "साहब की एक्टिंग कैसे करते हो ढाल सिंह? दिखाओ मुझे भी।"

ढाल सिंह ने विरल-सी गंभीर मुखमुद्रा बना ली और उनके लहजे की हूबहू नक़ल करते हुए कहने लगा, "सुनो ढाल सिंह, ये नाली पर पत्थर बिछाने का काम आज ही हो जाना चाहिए। तुम बहुत लापरवाह हो। हाँ-हाँ कहते हो और काम नहीं करते हो। इस बार कोई बहाना नहीं, समझे!"

उसने विरल की आवाज़ की इतनी अच्छी नक़ल की थी कि सुधा भी हँसने लगी, "कक्का की करके दिखाओ।"

ढाल सिंह ने कान पकड़ लिए, "मैं उनको डर के मारे देखता ही नहीं

हूँ मैडम। परसों आप ऊपर थे तो उनका गैराज धोया हूँ। आपकी सास नहीं रहने से ग़ुस्से वाले हो गए कि हमेशा से ही ऐसे हैं?"

सुधा ने कहा, "पहले ग़ुस्से वाले थे। अब शांत कहेंगे।"

भगवती ने कहा, "कल कक्का मेरे को उस पेड़ को उखाड़ने बोले। मैं बोली कि मेडम लगवाई हैं। एकदम ग़ुस्सा हो गए। मेडम-मेडम क्या कर रही है, मैं बोल रहा हूँ उखाड़। मेरा घर है कि उसका!"

सुधा का मन बुझ गया। भगवती को मुझे ये बात नहीं बतानी चाहिए थी। कक्का शांत भले हो गए लेकिन बाहर वालों के आगे भी मुझे बाहरी जताकर अपमान करते हैं। गीली मिट्टी के कीचड़ भरे ढेर को देख सुधा झुँझला गई, "ढाल सिंह, तुमने लॉन में ये मिट्टी क्यों खोद रखी है?"

साहब बोले हैं कि बारिश में छत का पानी पाइप से लॉन में आता है। ज़्यादा पानी से घास सड़ रही है। उस पानी को लॉन से बाहर लाने नाली बनाना है। लॉन वाली नाली सड़क की नाली से मिला दूँगा।

सुधा हैरान हुई, "तुम्हारा बनाया गड्ढा आधा लॉन ख़त्म कर चुका है। कक्का देखेंगे तो ग़ुस्सा होंगे। नाली के लिए कोई पूरी घास ऐसे खोदता है क्या! वैसे भी बाहर जिस निगम की नाली में तुम इसे जोड़ोगे वो इस नाली से ऊँची है। उल्टे मोहल्ले भर का पानी लॉन में न घुस जाए!"

लान के ठीक बीचोबीच ताज़ी खोदी गई मिट्टी के ढेर पर बैठी भगवती बोली, "साहब बोले हैं आज काम ख़त्म करना। आज कैसे ख़त्म होगा? बारिश शुरू हो गई है अब तो जुड़ाई नहीं कर सकते। वैसे भी दोपहर बाद ढाल सिंह को सोनोग्राफ़ी करवाने जाना है।"

ढाल सिंह ने मिट्टी खोदते-खोदते ही जवाब दिया, "आज नहीं करवाऊँगा सोनोग्राफ़ी और ब्लड टेस्ट। तीन हज़ार रुपया ख़र्चा है। मेरे पास तीन सौ भी नहीं है।"

इस बार सुधा ख़ामोश रही। ढाल सिंह ने पहले के पैसे वापस नहीं किए थे और न सुधा ने माँगे थे। द्विवेदी विला में काम करने पर सुधा ने

ढाल सिंह का उधार कभी भी मज़दूरी से नहीं काटा क्योंकि उसे मालूम था कि अगर मैं इसे आज पैसा न दूँ तो यह आज भूखा रहेगा। मन में पक्का निश्चय कर लिया था कि वो आज नाली का जो काम कर रहा है वो उसकी मज़दूरी उसे फ़ौरन थमा देगी लेकिन अब और उधार नहीं देगी। सुधा ढाल सिंह की सोनोग्राफ़ी के लिए तीन हज़ार रुपये न होने की बात अनसुना करके ऊपर आ गई। लंच टाइम में नाली का काम अधूरा ही छोड़ ढाल सिंह और भगवती बिना कुछ बताए चले गए। लॉन के बीचोबीच खोदी हुई मिट्टी का पहाड़ यूँ ही पड़ा रहा। सुधा को लगा कि लंच टाइम में काम अधूरा छोड़ सोनोग्राफ़ी करवाने निकल गए। दूसरे दिन सुबह दोनों काम पर नहीं आए। बारिश होने से लॉन की कीचड़ हालत देख विरल ने तंज कसा, "तुम्हारा लाडला ढाल सिंह कहाँ है? दूसरों के घर तो ऐसा पसारा छोड़ छुट्टी नहीं मारता। तुम्हारा काम बीच में छोड़कर छुट्टी करने से उसे डर नहीं लगता।"

सुधा छत पर जाकर चुपचाप ढाल सिंह को फ़ोन लगाने लगी। मन-ही-मन सोच रही थी अच्छा लताड़ती हूँ आज इसको। पूरा आँगन कीचड़ की लुगदियों से भर गया है। साहब सही कहते हैं तुम हमारे घर के काम के लिए बहुत लापरवाह हो। ढाल सिंह को फ़ोन नहीं लगा तो भगवती को फ़ोन लगाया, "भगवती, ढाल सिंह कहाँ है? साहब गुस्सा हो रहे हैं। पूरा आँगन, पोर्च, लॉन मिट्टी-मिट्टी पड़ा है। यशु चप्पलों में कीचड़ चिपकाकर घर के अंदर तक गंदा कर रहा है। वैसे ही बारिश की कोई कम किचिर-पिचिर नहीं है। कब आ रहे हो तुम दोनों?"

भगवती ने बताया कि ढाल सिंह गाँव गया है। कल वापस आएगा तो आपके यहाँ का काम निपटा देंगे। दूसरे दिन सुबह आठ बजे मोबाइल की घंटी बजी। स्क्रीन पर भगवती लिखा आया। सुधा ने एक सेकेंड में सोच लिया कि पक्का फिर आज काम पर नहीं आ रहे हैं यही बताने फ़ोन किया होगा।

बेरुख़ी से फ़ोन उठाया, "हाँ भगवती बोलो।"

भगवती बदहवास रो रही थी, "मेम... मेम... ढाल सिंह ख़त्म हो गया।"

सीने में झटके से दर्द की तेज़ लहर गुज़री, "क्या... क्या बोल रही है तू? तुझे किसने बताया? कब हुआ? परसों तो सब ठीक था।"

भगवती का रोना बदस्तूर जारी था। भर्राई आवाज़ में बताती जा रही थी, "मेडम, परसों आपके घर से दोपहर अपने गाँव लौट गया था। बोला कि तबीयत ठीक नहीं लग रही है। मन सही नहीं लग रहा गाँव चला जाता हूँ। मैडम को मत बोलना। ग़ुस्सा होंगी कि काम अधूरा छोड़कर गाँव जा रहा हूँ। डॉक्टर बताए थे मेडम, उसके लीवर में पानी भर गया था।"

भगवती रोते हुए और भी बहुत कुछ बता रही थी। सुधा को सुनाई देना जैसे बंद हो गया था और उसके बोले कुछ ही शब्द राजा, छोटू, डॉक्टर ढिल्लन, काठी, लीवर, हॉस्पिटल कानों में पड़ रहे थे। भगवती का फ़ोन कटने के बाद सुधा सकते की हालत में अकेली बैठी थी। यशु स्कूल जा चुका था। विरल रायपुर गया था। बाहर बारिश हो रही थी और सुधा ढाल सिंह के कमरे की खिड़की देख व्याकुल हो रही थी। आँखों से बहते आँसू थम ही नहीं रहे थे। कमरे की खुली खिड़की से दीवार की खूँटी पर टँगी जर्जर शर्ट-पैंट दिख रही थी। लान में उसकी खोदी हुई मिट्टी के ढेर पर बारिश के पानी की धारियाँ बह रही थीं। हँसता, मुस्कुराता ढाल सिंह, कभी बाइक पर टिका, कभी लॉन में बैठा, कभी झुककर नमस्ते करता, कभी काले पत्थर झाड़ता, कभी कार धोता, निवेदन करता– 'चाय मिलेगी क्या मैडम जी? यशु बाबू को बाइक में बस स्टॉप से लेकर आ जाऊँ क्या मैडम? मैडम, इस हफ़्ते राजा का जन्मदिन है एक हज़ार रुपये मिलेंगे क्या? अगले हफ़्ते 500-500 करके छुटा लूँगा।'

सुधा के पछतावे का अंत न था। क्या परसों उसे सोनोग्राफ़ी के पैसे दे देती तो उसकी जान बच जाती? जान न भी बचती तो भी ढाल सिंह

को तसल्ली होती कि वो सावित्री की तरह पैसे के अभाव में नहीं मरा। ढाल सिंह को तसल्ली न भी होती तो मुझे तसल्ली होती कि मैंने रिश्ते का लिहाज़ रख उसकी आख़िरी अर्ज़ी मंज़ूर कर ली। कब से वो सोनोग्राफ़ी-सोनोग्राफ़ी कर रहा था– 'मैडम, सावित्री सोनोग्राफ़ी से बहुत डरती थी पहले। फिर डायलिसिस शुरू होने के बाद मशीनों से उसका डर ख़त्म हो गया था। मेरा पैसा जुड़ेगा तो मैं जल्दी से सोनोग्राफ़ी करवा लूँगा। मैडम, सबसे पास वाला सोनोग्राफ़ी बस स्टैंड में है न? डॉक्टर बोला है सोनोग्राफ़ी वाले दिन कुछ खाकर मत आना।'

सुधा को लगता बहुत हो गया इसका डायलॉग– 'पैसा जुगाड़ हो जाएगा तब सोनोग्राफ़ी, पैसा जुगाड़ हो जाएगा तब सोनोग्राफ़ी', ये नालायक़ जान-बूझकर मुझे सुनाता है कि मैं उसे पैसे लाकर दे दूँ। बार-बार सोनोग्राफ़ी के लिए तीन हज़ार रुपये के उल्लेख को मैं व्यक्तिगत ताना मानने लगी थी जबकि ढाल सिंह ये बात सामान्य रूप से अपनी साइकिल के कैरियर में तसला फँसाते हुए बता रहा था। वास्तविकता यह थी कि सोनोग्राफ़ी के तीन हज़ार रुपये ढाल सिंह के जीवन में उसके ऊपर किया जाने वाला सबसे बड़ा ख़र्च होता जिसे लेकर जैसे वो गर्वित और रोमांचित था। ढाल सिंह सोनोग्राफ़ी के लिए यूँ उत्साहित था जैसे किसी बच्चे को मेला देखने जाना है– 'मैडम, डॉक्टर लोगों का कमाल देखो साला। बिना चीर फाड़ शरीर के भीतर का फ़ोटो निकाल लेते हैं।'

भगवती निर्विकार भाव से कुछ यूँ बोली थी जैसे तुझे हो रहा होगा अचरज पर मुझे नहीं, "हाँ-हाँ... देखी हूँ। भूत जैसे पूरा हाड़-हाड़ दिखता है।"

ढाल सिंह को ज्ञान प्रदर्शन का सुअवसर मिला, "हट पगली, वो एक्सरे होता है। जब मेरी सोनोग्राफ़ी फ़ोटो मिलेगी तो दिखाऊँगा। मुझे भी अपने भीतर का फ़ोटो देखना है। सावित्री कहती थी कि मेरा दिल सोने का है।"

आख़िरी दिन जब आया था उस दिन भी कितना हँस-हँसकर विरल की एक्टिंग करके दिखाया। मैं चाय लेकर गई और बस उसने 'सोनोग्राफ़ी नहीं करवाऊँगा, पैसा नहीं है' बोला कि मैं झटके से उठकर वापस आ गई। वो कितनी तकलीफ़ में था कि आख़िर कष्ट से मर गया! उसके पास फ़िक्र करने जैसा कोई रिश्ता नहीं था। उसे प्रेम से यह बोलने वाला कोई नहीं था कि सोनोग्राफ़ी ज़रूरी है। आख़िरी मुलाक़ात में मैं कितनी निष्ठुर थी! राजा और छोटू के चेहरे याद आने लगे। अब क्या होगा उन बच्चों का!

सुधा जाने कितनी देर सोफ़े पर बैठी रोती रही। काश परसों का दिन वापस आ जाए तो मैं उसे तीन हज़ार रुपये थमाकर कहती– 'ढाल सिंह, सबसे पहले सोनोग्राफ़ी करवा आओ। बस स्टैंड के महावीर सोनोग्राफ़ी में जाना।' हे ईश्वर! वो दिन वापस आता– ढाल सिंह मुझसे पैसे ले लो, सोनोग्राफ़ी करवा लो फिर चाहे उसके बाद मर जाना। मुझे ज़िंदगी भर के लिए ऐसा दर्द देकर मत जाओ। बिन माँ के बच्चों के सिर से पिता का साया उठ गया। बूढ़ी माँ जिस बेटे के बल बहू से लड़ती थी उसका अभिमान छिन गया।

सुधा थोड़ी-थोड़ी देर में पश्चाताप में अपना सिर 'नहीं-नहीं' कह हिलाती रही। अब द्विवेदी विला के गेट पर वो कभी नहीं आएगा।

दस

लगातार बारिश हो रही थी। जाने कितनी देर वो सोफ़े पर बैठी ही रही। तभी कॉलबेल बजी। बाहर देखा गेट पर भगवती लाल आँखें लिए खड़ी थी। बारिश से बचने उसने अपनी सूती चुन्नी सिर पर डाल रखी थी। सुधा के दौड़कर नीचे आते ही भगवती बुक्का फाड़कर लिपट गई। उसका रुदन सँभाले नहीं सँभल रहा था। भगवती का बेक़ाबू विलाप सुन सड़क से गुज़रती सब्ज़ीवाली रुक गई तो सुधा उसे गेट से खींचती अंदर ले आई। भगवती को सँभालते सुधा के आँसू नहीं रुक रहे थे जैसे आँखें आज सारे बाँध खोल बैठी हैं। भगवती बारिश में भीगती हुई साइकिल में सिर्फ़ रोने के लिए आई थी, "क्या हो गया है मेडम! बोलकर गया था कि परसों आता हूँ। कल उसका फ़ोन नहीं लगा। आज सुबह उसके छोटे भाई का फ़ोन आया। उसका भाई ढाल सिंह को बेहोशी की हालत में ही यहाँ शहर के सरकारी अस्पताल लाया था। लीवर पूरा ख़राब हो गया था। डॉक्टर बोले ले जाओ, नहीं बचेगा। ढाल सिंह मेरे को बोलता था तेरी शादी हो जाए भगवती फिर मैं अपने बच्चे लेकर गुजरात चला जाऊँगा। तेरे कारण जा नहीं पा रहा हूँ। अगर मैं वहाँ रहा और इधर तेरी शादी लग गई तो उतना टिकट ख़र्चा करके आना पड़ेगा। मैं अगर जानती कल उसे हॉस्पिटल इधर लाए हैं तो आख़िरी नज़र देख लेती मेडम।" भगवती अपनी चुन्नी से चेहरा ढाँक ज़ोर-ज़ोर से रोने लगी।

देर की चुप्पी के बाद सुधा ने पूछा, "भगवती, वो परसों सोनोग्राफ़ी के लिए गया था क्या?"

भगवती ने कहा, "मैं नहीं जानती मेडम। आपके घर नाली खोद रहा था तब आप भी तो थे वहाँ। मुझे बोला तबीयत सही नहीं लग रही है। आज मेहनत वाला काम नहीं हो पाएगा। फिर मैं घर चली गई। मुझे नहीं मालूम वो कब गाँव के लिए निकल गया। ये देखो साइकिल तो आपके लॉन में ही खड़ी है। मतलब गाँव बस से गया था।"

सुधा चुप भगवती की बात सुनती रही। कल्पना में ढाल सिंह का बेजान शरीर कफ़न ओढ़े दिखने लगा। अंतरात्मा चीख़ रही थी– ओह ढाल सिंह! ढाल सिंह! ढाल सिंह! काश मुझे मालूम होता कि तुम्हारी तबीयत इतनी ख़राब है!

सुधा से मिलकर भगवती सीधे बस स्टैंड गई जहाँ से धर्मपुरा की पहली बस पकड़ ढाल सिंह की अंतिम यात्रा में शामिल हुई। सुधा ने रात में भगवती को फ़ोन किया, "भगवती, गाँव से लौट आई क्या तू?"

भगवती, "नहीं मेडम, आज यहीं रुक गई हूँ। बच्चे लोगों को सँभालना मुश्किल हो रहा है। हालत ख़राब है दोनों की। डोकरी भी बेहोश हो जा रही है। भगवान जाने अब इन लोगों का क्या होगा! ढाल सिंह का काम आज हो गया। उसका पूरा चेहरा पीला हो गया था मेडम। पेट बहुत बड़ा सूज गया था।"

भगवती की बातें सुन सुधा के आँसू नहीं रुक रहे थे। उसने विरल को भी फ़ोन पर यह दुखद सूचना दी। सुनकर विरल बिलकुल ख़ामोश हो गया। फ़ोन रखकर सुधा सोचने लगी कि कितना आसान होता है बोलना कि बेवड़ा और लापरवाह था। भावुक व्यक्ति को जीवन से प्यार तभी होता है जब उस जीवन की ज़रूरत किसी और को भी हो। ये निराशावादी ख़याल बिलकुल नहीं है लेकिन एक औसत बुद्धि का इंसान क़रीबी रिश्ते से अकाल बिछोह सहन नहीं कर पाता। मज़बूत इंसान नये उद्देश्य ढूँढता है। ढाल सिंह के जीवन में बिछोह के संताप के साथ-साथ रोटी का संकट भी था। ख़ुद से प्रेम ख़त्म हो जाना धीमी आत्महत्या है। ढाल सिंह ने

अपने लिए यह रास्ता चुना था। ख़ुद को प्यार करना ख़ुद के प्रति सबसे बड़ी ज़िम्मेदारी है। बार-बार लगता था जैसे ढाल सिंह कॉलबेल बजाएगा और गले में गमछा डाले मुस्कुराता खड़ा मिलेगा। यह एक प्रेम-कहानी के नायक का चातक-सा त्रासद अंत था या ज़िम्मेदारियों से थक चुके अकेले पिता की हार! सावित्री की मौत से टूटे ढाल सिंह ने संसार को स्वयं ठुकराया था। ढाल सिंह की मौत के दस दिन बाद ढाल सिंह का छोटा भाई, ढाल सिंह का बेटा राजा और भगवती तेरहवीं का कार्ड लेकर द्विवेदी विला आए। राजा का सिर मुंडा था। राजा ने तेरहवीं का कार्ड बढ़ाया और फिर सिर झुकाए खड़ा था। सुधा का रोम-रोम उस बच्चे के लिए व्याकुल था। ढाल सिंह के भाई ने तेरहवीं में मदद माँगी, "मैडम, कुछ सहायता कर दीजिए।"

सुधा ने भगवती को एक तरफ़ ले जाकर पूछा, "पैसे भाई को दूँ या बेटे को?"

भगवती फुसफुसाई, "मेडम, पैसा मत पकड़ाओ। छोटा भाई खा जाएगा। तेरहवीं के लड्डू बनाने एक बोरी शक्कर दे दो।"

सुधा ने दुकान में फ़ोन करके इन्हें एक बोरा शक्कर और दो पीपा तेल देने बोल दिया। वह सोचती रही। ढाल सिंह की आत्मा हँसती होगी कि जब ज़िंदा था तो मैडम के हाथ से सोनोग्राफ़ी के पैसे नहीं छूटे, अब तेरहवीं के लड्डू बनवा रही है।

भगवती ने तेरहवीं के बाद फ़ोन पर सुधा को बताया कि ढाल सिंह की तेरहवीं के ख़र्च के लिए डोकरी ने अपनी चाँदी की चूड़ी बेच दी। राजा ने पास की गुड़ाखू फ़ैक्ट्री के मालिक से क़र्ज़ लिया। अब आगे उन्हीं की फ़ैक्ट्री में काम करके चुकाएगा। बैठे-बैठे ख़याल आता कि ढाल सिंह गाँव में अपनी अंतिम साँस से पहले क्या सोच रहा होगा! राजा और छोटू की चिंता बहुत थी उसे। बस पिता अपना प्रेम माँ की तरह जता नहीं पाता। दोनों बच्चों को बेसहारा छोड़कर जाते हुए कलेजा फटा होगा। उस रात

सुधा की डायरी में कविता उतरी–

रूह तड़पी होगी अपनों की ख़ातिर जब जिस्म छोड़ते हैं
'वो गए लोग' ये बताने भला कब लौटते हैं
मौत से बेख़बर कल मिलेंगे का वादा करते
ये आख़िरी मुलाक़ात है नादान कब जानते हैं
हर मोती झड़ता ही है दुनिया की माला से
बारी-बारी 'अंधे कुएँ' में गिरे कहाँ गुमते हैं
वो गए लोग ये बताने कब लौटा करते हैं...

याद में उनकी बिलखते लोग ज़मीं पर यहाँ
कौन जाने 'वो' भी शायद आसमाँ में रोते हैं
आख़िरी साँस का एहसास हुआ होगा जब
कौन जाने हिचकी में वो किसको पुकारा करते हैं
हादसों से बेख़बर इंसान बिना विदा कहे ही
न लौटने को जाने किधर निकलते हैं
वो गए लोग ये बताने कब लौटा करते हैं...

ढाल सिंह की मौत के एक महीने बाद सुधा ने भगवती को फ़ोन लगाया, "क्यों भगवती, इतने साल से रोज़ यहाँ आती थी। ढाल सिंह की तेरहवीं का कार्ड देने के बाद मिलने एक बार भी नहीं आई? पूरे एक माह हो गए।"

अगले दिन भगवती द्विवेदी विला आई। लॉन में आमने सामने बैठी सुधा और भगवती ढाल सिंह की अनुपस्थिति को शिद्दत से महसूस कर रही थीं। भगवती ने लॉन की मिट्टी साफ़ देखकर उदास आवाज़ में पूछा, "नाली किससे बनवाए फिर?"

सुधा ने पनीली आँखें बिना मिलाए ही जवाब दिया, "बरसात तो जा चुकी अब। ओवर फ़्लो की प्रॉब्लम नहीं होगी। मिट्टी को फ़िलहाल वापस भरवा दिया। अगले साल देखेंगे।"

पूरा लॉन सूखे पत्तों से भरा था। ये वही गुलज़ार जगह थी जहाँ सुधा, ढाल सिंह और भगवती हर दिन बैठते थे। सूखे पत्ते देख भगवती झाड़ू उठा लॉन झाड़ने लगी। सुधा ऊपर जाकर चाय बना लाई। बिना एक शब्द बोले दोनों को चाय का एक कप कम होना खल गया। इतने दिन में ढाल सिंह की मौत को लेकर सुधा जो ज़रा-सा सामान्य हुई थी, भगवती को देख फिर कंठ तक द्रव-सा भरा लगने लगा। भगवती मशीनी तरीक़े से चाय का कप मुँह से लगा कप ख़ाली कर रही थी। चाय ख़त्म होते ही भगवती चुन्नी में मुँह छिपा एक माह बाद फिर बदहवास रोई, "अब ये काम करने का मन नहीं होता मेडम। महीना भर से कमाई बंद है मेरी। पुराने ठेकेदार रवींद्र का फ़ोन आया था। बोल रहा था ढाल सिंह के बारे में पता चला, काम की ज़रूरत हो तो मेरे यहाँ आ जाना। ढाल सिंह बिना कहाँ जाऊँ? आपके घर आने पर ज़्यादा ख़राब लग रहा है इसलिए नहीं आ रही थी। आपकी बहुत इज़्ज़त करता था। हमेशा बोलता था– मेडम के पास भी हमारे सिवाय बात करने कोई नहीं है। पास-पड़ोस भी नहीं जातीं। मेडम, ढाल सिंह के कमरे साइड देखने पर लग रहा है कि अभी बाहर निकलकर मेरे से बोलेगा– कैसे भगवती आने में देर कर दी। मैं अब ये रोज़ी का काम छोड़ दूँगी। माँ के साथ सब्ज़ी बेचूँगी। उसके जाने के बाद अकेली हो गई।"

सुधा के पास उसको समझाने जैसा कुछ नहीं था। चुप सुनती रही। भगवती और सुधा को अब जोड़ने वाली कड़ी ढाल सिंह की स्मृतियाँ थीं। सुधा भगवती से इसलिए मिलना चाहती थी कि उससे मिलना ढाल सिंह से मिलने का एहसास कराता था और भगवती इसलिए नहीं मिलना चाहती थी कि द्विवेदी विला उसे ढाल सिंह की याद दिलाता था। लोग अपने मन

का जीवन जिए बिना मर जाते हैं और ज़िंदगी दूसरा मौक़ा नहीं देती। किसी से उसके मन की आज़ादी छीनना अपराध है। उम्र, रिश्ता या पद का दबाव बनाकर दूसरे की इच्छाओं का दमन करना जीने का हक़ छीनने के बराबर है। ज़िंदगी यदि एक है तो उसको बचाने की ज़िम्मेदारी दूसरों की नहीं है। ढाल सिंह की मौत से सुधा ने पहली बार जाना कि मृत्यु ऐसे अचानक आ जाती है। कोई कल दोपहर आने का वादा करे और अगली दोपहर उसी वक़्त चिता में लेटा रहे। मुझे यदि ऐसी मौत आई तो आख़िरी साँस के वक़्त मैं क्या सोचती रहूँगी! काश, मेरा ख़ुद का एक घर होता जहाँ गेट पर किसी को छोड़ने आने पर निडर आराम से खड़ी रह सकती, जहाँ मैं किसी अपने को तीन दिन रोक सकती, जहाँ दबी आवाज़ में नहीं हँसना पड़ता, जहाँ दुबककर नहीं घुसना पड़ता, जहाँ धूप तापते बैठने पर किसी के आते ही दौड़ते भीतर भागना न पड़े, जहाँ न्यूज़पेपर पढ़ने मौक़े की तलाश न करना पड़े! जहाँ एक कविता सिर्फ़ इसलिए अधूरी नहीं छोड़नी पड़े कि घड़ी ने चार बजा दिए ये चाय देने का टाइम है। जहाँ दीवार पर एक खीला ठोकने मालिक की अनुपस्थिति का सुनहरा मौक़ा न तलाशना पड़े, जहाँ कभी-कभी बिना अलार्म की नींद सोने मिल जाए। मरने से पहले क्या ज़िंदगी से ये बहुत बड़ी चाह है!

ढाल सिंह की मौत के एक माह बाद सुधा ने ढाल सिंह पर एक लंबी कहानी लिखी। कहानी की शुरुआत जब ढाल सिंह को सुधा ने साइट पर पहली बार देखा से भगवती द्वारा उसकी मृत्यु की ख़बर वाले फ़ोन कॉल पर समाप्ति। सुधा ने ये कहानी परिमल पत्रिका के संपादक को मेल कर दी। कहानी 'ढाल सिंह' को उस पत्रिका ने साल की सर्वश्रेष्ठ कहानी घोषित की। सुधा की कविताएँ कई जगह रेडियो जॉकी पढ़ रहे थे। सुधा को लैपटॉप की मदद से अपनी रचनाओं को सही जगह पहुँचने का रास्ता मालूम हो चुका था। वो उन अवसरों को छोड़ देती जहाँ एक या दो दिन के लिए किसी साहित्य उत्सव में बुलाया जाता था। यशु को सुबह टिफ़िन

कौन देगा? बस स्टॉप लेने छोड़ने कौन जाएगा? स्कूल से घर आएगा तो घर पर कोई नहीं होगा। यशु ने आज ही तो सुधा को टोका, "मम्मा, आप मेरे स्कूल में उस दिन सर से बात करते हुए एकदम नर्वस हो रहे थे। आपको पापा से बात करना सीखना चाहिए। असल में आपको किससे कैसे बात करते हैं आता ही नहीं है इसलिए आप स्टेज में जाने से डरते हो शायद!"

सुधा को यशु की बात बुरी लगी मगर सच लगी। सनी भी राखी बँधवाने आया तो बोल रहा था, "कोई परेशानी है क्या सुधा दीदी? आप एकदम घबराकर बात कर रहे हो।"

मैं पहले तो ऐसी नहीं थी। स्कूल ज्वॉइन करने के दो माह के भीतर प्रिंसिपल सर ने हाउस इंचार्ज बना दिया था। मेरे तैयार किए बच्चे डिबेट कंपटीशन के स्टेट टॉपर रहते थे। हर जगह इंटरव्यू में सबसे पहले सलेक्ट होने वाली कैंडिडेट रहती थी। ये सच है कि पिछले सोलह साल से ख़ुद को सीमित रखते-रखते अब ऐसी आदत हो गई है कि नये परिचय से जुड़ने या बात करने में एक झिझक आ गई है।

परिमल पत्रिका के संपादक ने आज सुधा को फ़ोन किया, "सुधा जी, आपकी कहानी 'ढाल सिंह' को पढ़ने के बाद महिलाओं के लिए काम करने वाली एनजीओ 'स्वयंसिद्धा' की संचालिका मिष्ठी चट्टोपाध्याय ने मुझे आपसे बात करने कहा है। वो शॉर्ट फ़िल्ममेकर भी हैं। वो चाहती हैं कि आप चार से छह महीने आसाम में रहकर चाय बाग़ान में काम करने वाली महिलाओं के शोषण पर रिपोर्ट तैयार करें। उन्हें महिलाओं से बात करने और उन पर लिखने एक संवेदनशील लेखिका की ज़रूरत है। मिष्ठी मैम का प्रपोजल है आप उनके साथ जुड़कर काम करें। आसाम में आपके रहने-खाने की व्यवस्था और उचित मानदेय दिया जाएगा। आप एनजीओ के लिए चाहे तो परमानेंट राइटर हो सकती हैं।"

सुधा ने संपादक महोदय को बाधित किया, "सर, घर छोड़कर शिफ़्ट

होना मेरे लिए पॉसिबल ही नहीं है। मैम ने सम्मान दिया, इसकी ऋणी हूँ मगर असमर्थ हूँ।"

ढाल सिंह की मौत के लगभग छह माह बाद आज भगवती अपनी छोटी बहन शिखा की शादी का कार्ड देने आई। उससे ही मालूम हुआ कि ढाल सिंह का छोटा बेटा छोटू किसी ठेकेदार के साथ मज़दूरी करने पुणे चला गया और राजा फ़ैक्ट्री में काम करते हुए तेरहवीं के समय लिया क़र्ज़ अब तक उतार रहा है। ढाल सिंह की मृत्यु के दो माह बाद ही उसकी माँ भी चल बसी थी। भगवती हमेशा की तरह लॉन में ही बैठी। वो ऊपर नहीं आती थी। सुधा चाय लेकर नीचे आ गई, "तेरे से पहले शिखा की शादी हो रही है। तू कब करेगी?"

भगवती ने कहा, "मेडम, कमाती हूँ। अपने बनाए घर में रह रही हूँ। मैं सिर्फ़ इसलिए शादी नहीं करूँगी कि अपना ख़र्च ख़ुद नहीं उठा सकती। जब मुझे किसी से प्यार हो जाए और लगे कि इस आदमी की संगत में ज़िंदगी और ख़ूबसूरत होगी, तभी मैं शादी करूँगी।"

सुधा सोचने लगी कि चाहे आभिजात्य वर्ग हो या मज़दूर वर्ग, यदि महिलाएँ अपना जीवन, अपनी मर्ज़ी से नियंत्रित कर सकती हैं तो उनकी उम्मीदें भी ख़ुद से रहती हैं। अपने हिस्से की ग़लतियाँ करेंगी, गिरेंगी, सँभलेंगी, सीखेंगी मगर हर दिन ज़्यादा मज़बूत बनेंगी। सुधा इसलिए कुंठित हो रही है कि शादी का लहँगा दूसरे से चाहिए, हनीमून दूसरे से चाहिए, स्कूटी दूसरे से चाहिए, दिल्ली में रहना दूसरे के आसरे, रहना दूसरे की कमाई के घर में, परिवार के रूप में सम्मान दूसरे से चाहिए। मैं ख़ुद का सम्मान क्यों नहीं करती? दूसरे मुझे मेरा मनचाहा देते नहीं तो दुखी हो जाती हूँ। मैं ऐसी क्यों नहीं हो जाती कि किसी से कुछ नहीं चाहिए? ख़ुद को इस जाल से आज़ाद क्यों नहीं कर लेती भगवती की तरह! सुधा के दिमाग़ में क्या चल रहा है इस बात से अनजान भगवती चाय के घूँट पी रही थी, "मेडम, एक बात बोलूँ क्या? शिखा शादी के बाद अपने पति के

साथ यहाँ ढाल सिंह वाले कमरे में रह सकती है क्या? आपको रसोई में मदद भी कर दिया करेगी।"

एक माह बाद शिखा अपने पति शेखर के साथ रहने आ गई। यशु को इस साल बोर्डिंग स्कूल का एंट्रेंस टेस्ट देना है। सुधा यशु को राजनांदगाँव से डोंगरगढ़ वाले पहाड़ी रास्ते में हर दिन ट्यूशन छोड़ने जाती। एक घंटे की ट्यूशन में छोड़कर वापस घर जाने-आने से बचने के लिए सुधा ट्यूशन के बाहर कार खड़ी कर एक घंटे की लंबी वॉक पर निकल जाती। ये एक घंटे की वॉक सुधा को नई ताक़त, नई ऊर्जा और नई उम्मीदों से भर रही थी। सुधा की मर्ज़ी का सफ़र टीवी की आवाज़ और रोटियों की गंध से दूर। किस दिशा में मुड़ना है, किस गली में घुसना है, कब वापस लौट जाना है... ये सब फ़ैसला सुधा का। शायद पिछले सोलह साल में पहली बार घर के बाहर की दुनिया को इत्मीनान से अकेली चलती निहार रही थी। इससे पहले ये फ़ुर्सत मिली ही नहीं। द्विवेदी विला में गेट पर ज़रा-सा खड़का हुआ कि दौड़कर बालकनी से देखो कोई आया तो नहीं। यदि गेट की आवाज़ पर कान न रखो और नीचे कोई आया तो सुधा को मालूम नहीं हो पाएगा। फिर एक नया मुद्दा होगा कि कक्का की बहू नीचे से कोई मतलब नहीं रखती और अब तो मेहमानों के आने पर नीचे भी नहीं आती। सुधा यहाँ अकेले वॉक करते हुए न द्विवेदी जी की बहू है, न विरल की पत्नी और न ही बस स्टॉप के यशु की मम्मी। इस हरी-भरी सड़क पर गहरी साँस लेती सिर्फ़ सुधा चल रही है– अकेली, आज़ाद और ख़ुश। इस समय मन की ख़ाली जगह सिकुड़ने लगती। दिन भर का ये एक घंटा सुधा का है। आज इस नई सड़क पर जाकर देखती हूँ। कितनी हरियाली है और ट्रैफ़िक है ही नहीं।

डोंगरगढ़ की ओर जाती सँकरी सड़क ऊँचे पेड़ों के हरे-भरे मंडप से गुज़र रही थी। भान होता था जैसे पंछियों के शोर से कान बहरे हो जाएँगे। हरे पेड़ों की ऐसी सघनता कि भर दोपहर सड़क पर शाम का भरम हो।

टहनियों पर जितनी पत्तियाँ उतने ही परिंदे। इस कलरव से सड़क के आस-पास के ब्रिटिशकालीन बंगले गूँज रहे थे। सुधा सड़क किनारे नीम चमेली के ऊँचे पेड़ के नीचे रुक गई। उसके सफ़ेद फूलों की तेज़ मीठी ख़ुशबू दूर से आ रही थी। काली, सूनी सड़क फूलों के गुदाज़ क़ालीन से सफ़ेद हो गई थी। सुधा ने पास जाकर देखा तो सुखद आश्चर्य में भर गई। अरे! ये तो वही फूल हैं जिन्हें वो चुनकर अपनी टीचर के लिए ले जाती थी। नीम-चमेली के घने पत्तों वाले उस ऊँचे पेड़ पर इसी तरह पंछियों की चहचहाहट सुनती हुई फ्रॉक के एक छोर को थामे झोला बना लेती और फिर फूल चुन-चुन उसमें भरने लगती। जगदलपुर की उस सड़क में फूलों की प्रचुरता का वो आलम था कि किसी भी फूल में एक दाग़ दिखा या मटमैला लगा तो छोड़ देती। फूलों से दामन भर जाता लेकिन सड़क से जैसे छँटाक भर फूल ख़ाली न हो। घर पहुँचकर उँगलियाँ बाबा के नाक से छुआती– 'बाबा देखो, मेरी उँगलियाँ महक रही हैं।' बाबा हल्की-सी 'हम्म' कह देते हैं। 'बाबा, आपने बिना सूँघे हाँ कह दिया है। अच्छे से सूँघिए।'

घर पहुँचते ही छोटी सुधा फूलों को एक थाल में पलटकर व्यवस्थित करती। सभी फूलों को उनकी लंबी डंडियों से पकड़ती हुई गुच्छा बनाने लगती ताकि पानी में डुबा सके। झोले में भरकर लाने की वजह से कुछ फूलों की पंखुड़ियाँ टूट चुकी होतीं तो उन्हें गुच्छे में शामिल होने से निष्काषित कर दिया जाता। ये सारे प्रबंध, इतने जतन, इतनी युक्तियाँ सिर्फ़ इसलिए कि अगली सुबह अपनी क्लास टीचर को अर्पित कर पुरस्कार में उनकी मृदु मुस्कान से उपकृत हो पाए।

दूसरे दिन स्कूल जाते समय चाहे सुधा टिफ़िन, पेंसिल या किसी विषय की कॉपी ले जाना भूल जाए लेकिन सफ़ेद फूलों का ये गुच्छा न भूलती। मोहल्ले के ही दो-चार और बच्चे भी रिक्शे में एक साथ स्कूल जाते थे। रिक्शावाला एक बुज़ुर्ग व्यक्ति 'तुलसी भैया' थे जो सबकी दादा की उम्र

के थे लेकिन सारे बच्चे उन्हें तुलसी भैया बुलाते थे। स्कूल के रास्ते भर रिक्शे में बच्चों के लड़ाई-झगड़े, शरारतें, चलते रिक्शे से कूद-कूदकर उतर-चढ़ जाने से तंग आकर हर पाँच मिनट में तुलसी भैया डाँटते– 'चुप रहो रे बाल गोपाल! अगले साल से मैं स्कूल के बच्चे नहीं ले जाऊँगा। प्रिंसिपल सर से बोलूँगा कि मुझे घंटी बजाने का काम दे दो। चपरासी बन जाऊँगा।' लेकिन अगले साल वह फिर हमें लेने आ जाते।

तुलसी भैया जिस दिन सुधा के हाथ में सफ़ेद फूल देखते तो बच्चों को कहते– 'सुधा को बाहर वाली सीट दे दो नहीं तो सब फूल झड़ जाएँगे।' कुछ बिसरी यादें इस हद तक धुँधली और पुरानी होती हैं कि भरम हो जाए कि ऐसा कुछ हुआ था भी या नहीं। सुधा को जगदलपुर में बचपन के किराये वाले घर, सड़कों, कुछ स्नेही नामों की ऐसी अस्पष्ट गड्डमड्ड कच्ची स्मृति है कि उनके प्रमाणीकरण या पुष्टि के लिए चीनू और बंटी से पूछना पड़ता। आज राजनांदगाँव में अनायास ही पकड़ी इस अनजानी सड़क ने उसे अतीत की उलझी गलियों में पहुँचाकर मन भारी कर दिया। एक हल्की-सी याद है कि तुलसी भैया सुधा को लेने के बाद एक और बच्चे को लेने उसके घर जाते थे। उस बच्चे का घर मुख्य सड़क से हटकर गली में था। बच्चों से भरे रिक्शे को कच्ची गली में खींचना दुष्कर कार्य था इसलिए तुलसी भैया रिक्शा किनारे लगाकर उस बच्चे को लाने पैदल ही गली में गुम हो जाते थे। ज़रा देर बाद तुलसी भैया एक हाथ में स्कूल बैग और दूसरे हाथ में उस बच्चे की उँगली थामे पुनः प्रकट होते थे। कभी-कभी कोई सरफिरा बच्चा रिक्शे से कूदकर तुलसी भैया के पीछे-पीछे उस बच्चे का घर देखने चला जाता और पूरे रास्ते भैया की डाँट खाता। जाने बच्चों को रिक्शे से बार-बार कूदने पर कौन-सा पराक्रम महसूस होता!

भैया जब उस बच्चे को लेने गए होते थे खड़े रिक्शे में यह वह वक़्त होता था जब बच्चों के बीच बेहद ज़रूरी चर्चा होती थी जैसे– 'तू टिफ़िन में क्या लाया है? टिफ़िन की आँटा-बाँटी करेगी क्या? ए उधर खिसक न

थोड़ा। कितना डट्टा पड़ा रहा है। कल से मैं इस सीट पर बैठूँगा। देखना मैं अपने भैया को बोल तुझे डाँट खिलवाऊँगी।'

जिस दुकान के सामने रिक्शा खड़ा रहता था उनकी 16 से 17 साल की बेटी सुधा के हाथ में जब-जब फूल देखती तो पास आ प्यार से बोलती– 'गुड़िया, एक फूल दोगी?' सुधा सिर हिलाकर निर्विकार 'ना' बोल देती। 'तुम फूल दोगी तो मैं कहानी सुनाऊँगी।' सुधा इस पर भी सिर हिलाकर मना कर देती। बावजूद इसके वो कहानी सुनाने लगती। सुधा को उस लड़की की सुनाई कहानी तो अब कुछ याद नहीं लेकिन रिक्शे के सारे बच्चे कहानी का आनंद उठाते। नल से पानी भर रही आस-पास की दो-चार महिलाएँ भी रिक्शा घेर कहानी सुनने खड़ी हो जातीं। कहानी ख़त्म होने के बाद वो लड़की मेहनताने के रूप में पूरे गुच्छे से मात्र एक फूल की माँग करती लेकिन उसे सदा निर्दयता से सुधा का इनकार ही मिलता। तुलसी भैया सुधा की ढिठाई देख फटकारते– 'सुधा, तुम्हें दीदी ने कहानी सुनाई है, एक फूल दे दो।' सुधा चिहुँक जाती– 'मैंने कहा था क्या उन्हें कहानी सुनाने?' रिक्शे के आस-पास खड़े लोगों में ठहाका लगता जिससे सुधा और चिढ़ जाती। ऐसा बहुत बार हुआ। बाद में सुधा को महसूस होने लगा कि दीदी को कहानी सुनाने से पहले ही पता होता था कि सुधा उन्हें फूल नहीं देने वाली। वो शायद सुधा को लाड़ के लिए ये सब करती थीं।

स्कूल जाते समय यदि सड़क पर कोई जुलूस या झाँकी निकल रही हो तो ट्रैफ़िक जाम हो जाता। बाज़ार की इस रेलम-पेल में रिक्शा फँस जाता। स्कूल के लिए लेट होने पर अजब-सी ख़ुशी होती थी। इस तरह लेट होने पर डाँट नहीं पड़ती थी क्योंकि जाम में स्कूल के कई और रिक्शे थोड़ी-थोड़ी दूर में खड़े दिखते थे। गाड़ियों के हॉर्न की चिल्ल-पों के बीच वाहनों की क़तार में यदि किसी दूसरे रिक्शे में अपनी कक्षा का बच्चा नज़र आया तो तत्काल कोई ग़ैर-ज़रूरी काम, बेहद ज़रूरी हो जाता। बिना देर किए बच्चे अपने रिक्शे से कूदकर दूसरे रिक्शे के पास पहुँचकर वो ज़रूरी

की फालतू बात पूछ आते। मसलन– 'तेरा छोटा भाई क्लास 2 में है न?' जवाब के हाँ या ना को अनसुना कर फिर दौड़कर अपने रिक्शे में वापस। रिक्शे के भीतर इधर-उधर होते बच्चों का हाथ टकराता और गुच्छे से एक या दो फूल टूटकर झूलते हुए अभिवादन की मुद्रा में सिर झुका लेते। सुधा रुआँसी हो जाती– 'तुलसी भैया, इसने मेरे फूल की डंडी तोड़ दी।' रिक्शा खींचते तुलसी भैया पसीने से तर माथे को गमछे से पोछते हुए सिर्फ़ 'नहीं रे लड़कों' कहते। पास से गुज़रते स्कूटर को देख सारे बच्चे ज़ोर-ज़ोर से चिल्लाते– 'अंकल जी नमस्ते... हम नहीं समझते।' स्कूटर वाले अंकल ने सुना या नहीं सुना, दोनों ही दशा में बच्चे देर तक खी-खी कर हँसते रहते।

कभी-कभी बड़ी मूँछों वाले ट्रैफ़िक पुलिस को चौराहे पर सीटी बजाता देख डरते-डरते चिल्लाकर 'नमस्ते पुलिस अंकल' कहने से मनोरंजक सफ़र रोमांचक भी हो जाता था। स्कूल पहुँचते ही जैसे सुधा के पैरों में पंख लग जाते। क्लासरूम में टीचर अपने रजिस्टर पर सिर झुका व्यस्त होती थी। सुधा फूलों का गुच्छा आगे बढ़ा 'गुड मॉर्निंग' बोलती और वो मुस्कुराकर 'थैंक यू' कह उन फूलों को टेबल पर रख देती। टीचर की एक मुस्कान पर बच्चे के मन में हुई गुदगुदी पर हज़ारों प्रणय निवेदन की स्वीकार्यता से उपजा हर्ष निसार है, असंख्य क़ीमती उपहारों से मिली ख़ुशी बेमोल है। वो टीचर नहीं जानती थी कि टेबल पर पड़े उन फूलों को चुनने सुधा घर से कितनी दूर जाती थी, रात में उन्हें ताज़े रखने का समुचित प्रबंध करती थी, रास्ते में एक नम्र कथायाचक के लिए निष्ठुर बनती और अंत में मैम ने इसे स्वीकार करके उस नाचीज़ को ऋणी कर दिया। जब तक मैम पढ़ाती रहती तब तक टेबल पर रखे उन फूलों से सुधा की नज़र नहीं हटती। आख़िर उन भाग्यशाली फूलों को टीचर का सामीप्य मिला था। अपने गर्व की अनुभूति होती कि देखो जिन फूलों को मैम ने थामा है वो मेरे लाए हुए हैं। पाँचवीं के बाद बाबा ने स्कूल बदलवा दिया। स्कूल के साथ-साथ तुलसी भैया छूटे, दोस्त, वो टीचर और कच्चे रास्ते की वो

गलियाँ भी छूट गईं।

यशु की ट्यूशन क्लास से कुछ दूर एक नई सड़क पर नीम चमेली के फूल हाथ में थामे सुधा का वर्तमान से नाता टूट गया। जगदलपुर की उस दुकान के सामने, जहाँ मेरा रिक्शा खड़ा होता था कहानी सुनाने वाली वो लड़की अब भी रहती होगी क्या? वो किसी और शहर में रह रही होगी, माँ, दादी या नानी बन चुकी होगी या फिर ढाल सिंह, पुणे वाले लड़के या भूपेंद्र मामा की तरह मर चुकी होगी। ये घटना वो शायद भूल भी गई हो। तुलसी भैया तो दुनिया से विदा हो चुके होंगे। उस स्कूल के हज़ारों बच्चे न जाने कितने टीचर्स को फूल गिफ़्ट करके अब अलग-अलग शहरों में निकल चुके होंगे। क्या जगदलपुर का वो नीम चमेली का सफ़ेद फूलों वाला पेड़ कट चुका होगा? अब वहाँ गौरैया भी नहीं आती होगी?

मैं अभी सफ़र में इतना फ़ासला तय कर चुकी मुसाफ़िर हूँ जिसने राहगीरों के चेहरे पढ़ना कुछ हद तक सीख लिया है। सफ़र के शुरुआती दौर का उत्साह विदा हो चुका है लेकिन बुज़ुर्गों जैसी विरक्ति अभी नहीं पनपी है। वो लड़कपन गुज़रने के बाद जैसे बहुत कुछ छूट गया, जैसे बटुए का सबसे क़ीमती पत्थर गिर गया। अपना बचपन याद करो तो लगता है जैसे जुग बीत गया! इस बीच न जाने कितने सावन बरस गए, कितने पतझड़ गुज़र गए, कितनी दीवाली गुज़र गई, कितनी शामें रातों में घुल चुकीं! कुछ कच्ची यादें इस हद तक धुँधली हैं कि भरम हो कि ऐसा हुआ था क्या, या नहीं!

इतने सालों बाद सड़क पर अकेली चलना कितना आत्मविश्वास भर रहा था! किसी के संग की चाह नहीं। पहली बार आत्मा के सानिध्य का एहसास हो रहा था। यदि अकेलापन चुनाव है तो यह बेहद सुखद है। आत्मनिर्भरता का एहसास ताक़त देता है। मैंने पहले कभी ऐसा क्यों महसूस नहीं किया जो अकेले वॉक करते वक़्त महसूस करती हूँ! मोबाइल चेक किया, यशु की ट्यूशन छूटने में दस मिनट थी, अब लौटना चाहिए।

कक्का को शाम की चाय देकर सुधा यशु को ट्यूशन लेकर आती। ट्यूशन के आगे कार खड़ी कर वॉक को निकल जाती और एक-डेढ़ घंटे में ट्यूशन ख़त्म होने के समय पर वापस क्लास के सामने होती। यशु को लेकर सुधा द्विवेदी विला पहुँची तो साढ़े सात हो रहे थे। कक्का को आठ बजे डिनर चाहिए। सुधा ट्यूशन जाने से पहले ही सभी तैयारी कर जाती थी ताकि आने के बाद बस रोटियाँ सेंकना रहे। कार गैरेज में डाल रही थी तो उसे लगा कि कक्का यशु से कुछ पूछ रहे हैं। ऊपर आकर सुधा ने यशु से पूछा, "कक्का अभी तुमसे क्या बोल रहे थे?"

यशु ने बेपरवाही से जवाब दिया, "अरे बोल रहे थे तू ट्यूशन में होता है तो तेरी मम्मी कहाँ होती है।"

सुधा को मालूम था कि ये सवाल महज़ जिज्ञासा में नहीं पूछा जा रहा था। शाम छह से सात कक्का से मिलने आने वाले दोस्तों का समय होता है। सुधा के न होने पर कोई चाय-पानी के लिए नहीं होता घर पर। सुधा चुपचाप रसोई में घुसी और तवा चढ़ा दिया। टीवी पर समाचार चल रहा था– आगामी चुनावों को देखते हुए बिहार में दोनों ही मुख्य दलों ने अपने-अपने उम्मीदवारों की घोषणा आरंभ कर दी है... बंगाल में निर्माणाधीन फ्लाई ओवर टूटने से चार मज़दूरों की मौत... आईपीएल के लिए खिलाड़ियों के नामों की घोषणा जल्द ही...

वॉक करने के अपराध को बारंबार दोहराने वाली सुधा चुपचाप सजी थाली कक्का के सामने रख फट से रसोई में आ गई। सुधा और कक्का अब सिर्फ़ चाय और थाली रखने के वक़्त आमने-सामने होते।

सोफ़े पर अकेले बैठे कक्का दिन भर सुधा, विरल और यशु को बिना बात किए सीढ़ियों पर बैग थामे चढ़ते-उतरते देखते। बुटीक से स्टाफ़ आता तो मैडम-मैडम पुकारता, बिल पकड़े पैसे लेन-देन वाले आते तो मैडम से बात करते। कई बार कहीं आते-जाते सुधा यशु को बोलती भी कि जा कक्का को बता दे कि हम ट्यूशन जा रहे, बाज़ार से आ रहे, पार्टी में

जा रहे हैं। कक्का स्वाभाविक जिज्ञासा से यशु से पूछ भी लेते 'क्या लाने जा रहे हो?' लंबी दमघोंटू चुप्पी चलने पर दोनों तरफ़ से कभी-कभी ऐसे कमज़ोर प्रयास हो जाते। 'द्विवेदी विला' के भाग्य में हमेशा से सन्नाटा था जहाँ साइलेंट ज़ोन का बोर्ड नहीं लगा था।

ये ख़ामोशी सुधा को अब नहीं अखरती क्योंकि कक्का सिर्फ़ काम बताने या नाराज़ होने के लिए सुधा से मुख़ातिब होते तो बेहतर है, जितना दूर रहो उतना कम निर्देश। सबसे प्रभावी संचार का माध्यम भाषा नहीं 'नीयत' होती है। कक्का को समझ आता था कि अब चुप्पी उनकी तरफ़ से नहीं सुधा की तरफ़ से है। विरल ने अपने हिस्से की चुप्पी का चयन शायद स्कूल के दिनों में कर लिया था जिससे कक्का उससे हमेशा नाराज़ रहे। माता-पिता का क्रोध संतान की सफलता के बाद ज़रा शांत हो जाता है। कक्का अब अपने दोस्तों के बीच विरल की उपलब्धियों की चर्चा फ़ख़्र से करते मगर सुधा से सिर्फ़ भोजन का संबंध रह गया था। यशु आठ घंटे की स्कूल, ग्राउंड, ट्यूशन से समय बहुत कम निकाल पाता कि कक्का के पास बैठे। कक्का कभी खिलंदड़े दादा भी नहीं रहे कि यशु आकर्षित हो। फिर भी कक्का और यशु का लगाव निःस्वार्थ है। कक्का उसे बेझिझक बुलाते और यशु उनसे निर्भीक बात करता। यशु अपने दोस्तों के बीच दादाजी के चर्चे बड़े गुमान से करता। विरल अपना ऑफ़िस रायपुर से बैंगलोर शिफ़्ट करते हुए वहाँ ला फ़र्म खोलने का प्लान कर चुका था। जल्द ही यशु बोर्डिंग चला जाएगा।

सुधा उम्र के उस मोड़ पर खड़ी थी जहाँ से हर आदमी उसको विदा कर अपनी यात्रा में निकल रहा था। कक्का तीन महीने से यहाँ थे और सुधा से उन्होंने आख़िरी बात पंद्रह दिन पहले की थी– 'मैं आज बाहर खाना खाऊँगा।' उसके माह भर पहले उन्होंने कहा था– 'मेरे कमरे के स्विच बदलवा देना।' उससे पहले उन्होंने कहा था– 'मेरा कूरियर आएगा ले लेना।'

यशु के जीवन में भी सुधा की उपयोगिता समाप्त होने वाली थी। व्यक्ति दूसरों के जीवन में उपयोगी होने पर ख़ुद के लिए भी महत्त्वपूर्ण हो जाता है। बुज़ुर्ग शायद इसलिए स्वयं को उपेक्षित महसूस करते हैं क्योंकि वे किसी की सहायता करने में ख़ुद को असमर्थ पाते हैं।

यशु हॉस्टल जाने से पहले अपनी लंबाई बढ़ाने ढेरों एक्सरसाइज़ कर रहा था, "मम्मा, आप ऊपर बालकनी में मेरे लटकने के लिए लंबा पाइप लगवा दीजिए।"

शिखा के पति शेखर को ऊपर बुलाकर सुधा ने दीवारों के बीच की लंबाई नापने बोला जहाँ यशु ने पाइप लगाने कहा था, "शेखर, पाइप कमज़ोर नहीं होना चाहिए नहीं तो यशु के झूलने पर लहकेगा। नाप लो कितना फ़ीट लगेगा। लोहा मंडी से उस नाप का पाइप कटवाकर रिक्शे में ले आना।"

शेखर ने पाइप फँसाने जैसे ही बालकनी में हथौड़ा चलाया कि नीचे से कक्का की आवाज़ आई, "क्या हो रहा है ऊपर? बंद करो ये तमाशा।"

शिखर हथौड़ा थामे सुधा का मुँह ताकने लगा। सुधा ने उसे पाइप बिना लगाए नीचे जाने कह दिया। सोलह साल की कोशिशों के बाद भी कक्का से वही फ़ासला है जो पहले दिन था। यशु को किसी तरह समझाया कि तुम सड़क के उस पार वाले गार्डन में जाकर लटक लो। पाइप के पैसे फ़ालतू चले गए। दो दिन बाद शेखर ने वो पाइप अपने लिए माँग लिया।

यशु का बोर्डिंग स्कूल में चयन हो गया। सुधा पंद्रह दिन बाद उसे छोड़ने मसूरी जाएगी। जगदलपुर छूटने के बाद यशु से अलग होना जीवन की सबसे बड़ी विरह वेदना है। इन ख़ाली कमरों में कैसे रहूँगी? बार-बार यशु को पास बुलाकर माथा चूमती, बालों पर हाथ फेरती। यशु चुप गोद में सिर रखे लेटा रहता। कभी-कभी देर तक गले लगा रहता। यशु अपने दोस्तों से मिलने फ़ुटबॉल ग्राउंड गया था। सुधा मोबाइल पर बुटीक के ऑर्डर के लिए नये डिज़ाइन के कुरते देख ही रही थी कि बुटीक

के पड़ोसी दुकानदार तिवारी जी का फ़ोन आया, "आप जल्दी आइए। यहाँ बहुत हंगामा कर दिया है पड़ोसी सोनी साहब के लड़कों ने आपकी बिल्डिंग के भीतर।"

सुधा दो मिनट के भीतर बुटीक के सामने सन्न खड़ी थी। बाहर मर्दों का हंगामा और हुजूम था। देखा तो पड़ोसी ने काँच के रैक और फ़र्नीचर तोड़ दिए थे। अपने ड्रीम प्लेस की ये हालत देख कलेजा मुँह को आ गया। सुधा को देखते ही पड़ोसी चिल्लाने लगा, "आपके यहाँ का ग्राहक मेरे घर के सामने अपनी कार खड़ी करके उसमें लड़की लेकर घुसा था।"

सुधा बुटीक में बिखरे काँच, टूटे कंप्यूटर और नये कपड़ों की हालत देख सकते में थी। पड़ोसी के दो आवारा बेटों ने स्टाफ़ के साथ मारपीट भी की थी। ये वही लड़के थे जिन्होंने बुटीक बनते समय चौकीदार गंगा प्रसाद को पीटा था। सुधा की ज़ुबान तक बात थी कि जो आदमी आपके घर के सामने कार पार्क करके ग़लत हरकत कर रहा था उससे उलझने का दम नहीं था तो क्योंकि वो आदमी आधा घंटा पहले बुटीक में कपड़े ख़रीदने आया था इसलिए बुटीक तोड़ दिया। पड़ोसी के उन आवारा लड़कों के ऊपर पहले भी थाने में कई केस चल रहे थे और बुटीक के एक स्टाफ़ से पुराना झगड़ा होने की वजह से आज उन्होंने ये तोड़फोड़ की। भारी हो-हंगामे के बीच सुधा ने स्टाफ़ को शटर गिराने कहा। सुधा ने घर आकर विरल को फ़ोन कर पूरी जानकारी दी। विरल को समझ आ रहा था कि सुधा बहुत हताश है। उसने नरमाई से कहा, "सुनो, मैं कल आता हूँ। थाने में बुटीक का सीसीटीवी फुटेज देकर इनकी रिपोर्ट करते हैं। नहीं तो वो फिर ये सब दोहराएँगे। तुम बुटीक में समय नहीं दे पाती तो दुकान मालिक का पास-पड़ोस में जो दबाव होता है वह नहीं है। पड़ोसी ने बुटीक में घुसकर इसी बात का फ़ायदा उठाया है।"

सुधा ने गहरा तंज़ मारा, "मेरे ऊपर मेरे मालिक का दबाव होता है तो बुटीक में कैसे समय दूँ?"

विरल थोड़ी देर चुप रहने के बाद बोला, "सुधा, कक्का के दबाव की वजह से यदि मेरी अम्मा और विभा जीजी उनसे बचते थे समझ आता है। मैंने तुम पर कभी कोई रोक-टोक नहीं की। किस दिन तुमको समझ आएगा कि कक्का को तुम्हारी ज़रूरत नहीं है। तुम यदि इस घर में हर दिन घुट रही हो तो इसकी ज़िम्मेदार तुम ख़ुद हो।"

सुधा बिफर गई, "सोलह साल में इस घर में किसी ने मुझे एक गिलास पानी दिया? कभी किसी ने पूछा कि जगदलपुर में सब कैसे हैं? आज सब्ज़ी अच्छी बनी है, ये लाइन कभी नहीं सुनी। जब कक्का गाँव में हों तो मायके से जिसको इनवाइट करना हो चोरी से कर लो। पास-पड़ोस भी जानता है ससुर नहीं हैं तो परिवार को बुलाती है चोर की तरह। एक दिन भूल से आँख लग गई तो कक्का होटल में चाय पीकर आए, ये बताने पाठक आंटी का फ़ोन आया। इसको परिवार बोलते हैं? जब जानते थे कि आपके घर में विभा जीजी, अम्मा के क्या हाल थे, आप शादी के बाद दिल्ली की जॉब छोड़ मुझे यहाँ चाकरी के लिए क्यों लाए? आपके घर का माहौल इतना अच्छा है तो नीचे के ड्रॉइंगरूम में जाकर दस मिनट बैठकर दिखाओ। हरनाम भइया उस दिन बता रहे थे कि कॉलेज के दिनों में हम विरल से मिलने बारह किलोमीटर साइकिल चलाकर जाते थे। कक्का की कार बाहर खड़ी देखकर विरल से बिना मिले वापस आ जाते थे। बहुत डर लगता था। मतलब इस घर में सिर्फ़ उनके लोगों का सम्मान हो सकता है। कार धोने वाला हमारी कार धोता था तो बोल दिया कल से मत आना। हम उनके बुलाए किसी आदमी को ऐसा बोल सकते हैं? बुटीक टूटने का ग़म भी मेरे अकेले का है।"

विरल अब आपे से बाहर हो गया, "तुम्हारे पास छोटी-छोटी बातों पर सोचने का भरपूर समय है। जब इंसान के पास कोई समस्या न हो तो बीती बातों को सोचते बैठता है– कक्का के किस दोस्त ने तुम्हारी जगह गीता को शादी का कार्ड दिया या कक्का ने अपने क़ालीन पर पैर रखने

मना किया। अब मुझे तो कमाना है। मैं तुमको अलग घर लेकर दे देता हूँ। तुमको राजनांदगाँव के परिचितों से शर्मिंदगी है कि ससुर को अकेले छोड़कर चली गई। मेरे संग बैंगलोर आ जाओ। मगर मैं जानता हूँ कि तुम यहाँ भी ख़ुश नहीं रहोगी। मेरे और यशु के पास अपनी ज़िंदगी में हर दिन करने को कुछ है। तुम अपनी लाइफ़ में कुछ भी प्रोडक्टिव नहीं कर रही हो और ये तुम अपने साथ बहुत बुरा कर रही हो।" कहकर विरल ने फ़ोन काट दिया।

सुधा नीचे जाकर किचन में लंच की तैयारी करने लगी। शिखा बर्तन माँज रही थी। सुधा सोचने लगी आज बुटीक में इतना हंगामा और नुक़सान हुआ, कल विरल पड़ोसी की पुलिस में भी रिपोर्ट करने जा रहे हैं। वे पड़ोसी गुंडई के लिए पहले ही यहाँ बदनाम हैं। इतनी बड़ी बात कक्का को बाहर से मालूम चलेगी तो उन्हें बुरा लगेगा। कक्का को बता देना चाहिए। मन-ही-मन ढेरों वाक्य बनाए और बिगाड़े। सुधा हिम्मत बटोरकर थाली टेबल में रख दूर खड़ी हो बोली, "वो बुटीक के सामने जो सोनी परिवार रहता है उनके घर के सामने यहाँ आए एक ग्राहक ने कार पार्क कर दी। वो शायद कार में अपनी किसी फ्रेंड को लेकर बैठा था। उनके लडकों ने हमारे स्टाफ़ के पास आकर..."

कक्का की नज़र टीवी पर थी। सुधा की तरफ़ देखे बिना गरजे, "साफ़ बोल, बोलना क्या चाहती है! फ़ालतू की कहानी सुनाती बैठी है!"

कक्का की गरज से सुधा काँप गई, "वो तोड़फोड़ हो गई कल थाने जाएँगे।" कहकर दौड़कर किचन के भीतर आई और गैस के प्लेटफ़ॉर्म पर टिक गई। कक्का की गरज से दिमाग़ को लक़वा मार गया।

कक्का की तेज़ आवाज़ से शिखा भी दौड़कर किचन में आई, "क्या हुआ मेडम? कक्का क्यों इतनी ज़ोर से चिल्लाए?"

नौकरों के आगे सुधा ज़्यादा बुरा महसूस करती, "अरे कुछ नहीं बुटीक में ज़रा तमाशा हुआ तो उनको बता रही थी।"

शिखा, "वो पीये हुए हैं मैम। क्यों बात करते हो? इतनी-सी बात पर कोई ऐसे चिल्लाता है कि दो घर तक आवाज़ जाए?"

कक्का के ग़ुस्से की वजह कुछ और थी। सुधा से मिलने आने-जाने वालों की ऊपर रौनक़ और उनका सामने पड़ जाने पर कक्का को एक औपचारिक नमस्ते कह ऊपर जाना कक्का को अखरता। सत्ता उसी के हाथ में होती है जो ज़िम्मेदारी सँभालता है। विरल 'द्विवेदी विला' में इतना कम रहता कि वो कक्का की रेंज से बाहर हो चुका था। आज रसोई में रोटियों की गंध में ज़्यादा घुटन थी। बुटीक से मन मर चुका था। उसके मन का काम था लिखना-पढ़ना। बुटीक के स्टाफ़ की तनख़्वाह और बिजली बिल तक घर से देना पड़ रहा था। स्टाफ़ कपड़े वापस तह करके काउंटर में जमाते तक नहीं। सबकी सोच थी कि सुबह की चाय और लंच की तैयारी के बीच दो घंटे मिलते हैं उसमें बुटीक में जाकर बैठ जाए। बुटीक के हुए नुक़सान या थाने में क्या हुआ जानने कक्का में कोई उत्सुकता नहीं थी।

सुधा बैठी थी तभी मोबाइल पर पाठक आंटी का फ़ोन आया, "क्या कर रही हो सुधा?"

सुधा, "कुछ नहीं आंटी। कैसे फ़ोन किए आज?"

"अरे! तेरे ससुर आए थे कल। बोल रहे थे सुधा को बोलो नीचे के किचन में मेरे लिए कुक रख दे। मुझे उस पर बोझ लगता है।"

सुधा ख़ून का घूँट पीकर रह गई, "आप उनके लिए कुक ढूँढकर ले जाइए।"

पाठक आंटी बौखला गईं, "मैं क्यों ढूँढने जाऊँगी? तुम जैसे सब सँभाली हो उनके लिए कुक ले आओ। वो नौकरों के साथ कम्फ़र्टेबल रहते हैं। कुक रहेगी तो अपनी पसंद का खाना बनवा सकते हैं। तुमको खुलकर कुछ बोल नहीं पाते।"

सुधा ने फ़ोन रख दिया। द्विवेदी विला को सचमुच नौकर की ज़रूरत

है। किसी को एहसास नहीं कि मैंने द्विवेदी विला में रहने का किराया पूरी दुनिया को छोड़ने की क़ीमत देकर पटाया है। अब मैं चालीस की हो चुकी हूँ। साथ के लोग डायबिटिक, बीपी से लेकर किडनी और कैंसर के तक पेशेंट हो चुके हैं। ढाल सिंह सोचता ही रह गया आख़िरी साँसें गुजरात में जाकर गुज़ारने मगर पहुँच नहीं पाया। कक्का देख चुके हैं कि शिखा किचन में सुधा की मदद करती है और द्विवेदी विला के स्टाफ़ रूम में ही रहती है। शिखा के रूप में उन्हें सुधा को नीचे की रसोई से हटाने का विकल्प मिल गया था इसलिए कुक रखने बोल रहे हैं।

सुधा ने आज उस पत्रिका के संपादक को आसाम में अपने ज्वॉइन करने का मेल कर दिया जिसने महिलाओं के शोषण पर काम करने का ऑफ़र दिया था। यशु को बोर्डिंग छोड़ते हुए वो आसाम निकल जाएगी। आज से दस दिन बाद वो किस घर में रहेगी नहीं मालूम, मगर उस घर की मालकिन वो ख़ुद होगी।

यशु का साथ छूट रहा था। उसके बिना कैसे जिऊँगी? यशु को मुझे छोड़कर जाना ही था। नाज़ुक-सा घुटने चलता मेरा लल्ला दुनिया में अकेले सफ़र करने की तैयारी करने चला है। लग रहा था जैसे पेट से कोई मांस नोच रहा है। विरल ने एक प्रस्ताव अपने पास बैंगलोर आने का भी दिया। कुक के बनाए खाने से उसका कोलेस्ट्रॉल बढ़ रहा था। सुधा ने उसे अपनी हेल्थ का ध्यान रखने की सलाह दी मगर आसाम जाने का फ़ैसला नहीं बदला। बच्चे को गोद में बिठाने के लिए नहीं बल्कि आकाश में उड़ने तैयार करना है। द्विवेदी विला का हर व्यक्ति उम्र और यात्रा के अलग-अलग पड़ाव पर है। कक्का के काँपते बूढ़े हाथों में सुधा अपना भविष्य देख काँपती कि वह भी इसी राह में बढ़ रही है। बस यही अनुभूति उसे कक्का के प्रति सहृदय रखे हुए थी। सुधा की कविताओं और लेखों की तारीफ़ जब कक्का के दोस्त और उनकी बीवियाँ करतीं तब उनके चेहरे पर आई मृदु मुस्कान विश्वास बनाए रखती कि कहीं-न-कहीं तार

जुड़े हुए हैं। सुधा ने बुटीक स्टाफ़ में से ही एक लड़के को पूरा बुटीक किराये से दे दिया। दो-तीन दिनों से शिखा को सिखाना शुरू कर दिया कि उसकी अनुपस्थिति में रसोई कैसे सँभालना है।

शिखा ने भगवती को फ़ोन करके बताया कि मैम राजनांदगाँव छोड़कर जा रही हैं। भगवती यशु के लिए दो किलो अंगूर लेकर मिलने आई। सुधा बहुत अच्छी तरह जानती थी कि कक्का शिखा और उसके पति शेखर के साथ बहुत स्नेह से रहेंगे। सच तो शायद यह था कि सुधा ने कक्का के घर में उनकी आज़ादी का अतिक्रमण किया था। ठीक है मैं भी 'ज़रूरत के समय' सबसे पहले खड़ी रहूँगी।

सुधा के आसाम जाने से विरल ख़ुश था, "तुम्हारी रिपोर्ट पर फ़िल्म बने न बने, फ़र्क़ नहीं पड़ता। तुम अपनी पसंद का काम कर रही हो इसलिए ख़ुश रहोगी। तुम्हारा रूटीन किसी से कंट्रोल में नहीं होगा। वास्तव में ख़ुश रहने के लिए ये दोनों शर्तें ज़रूरी हैं जो तुम्हारी लाइफ़ से मिसिंग थीं। किसी से कितना भी प्रेम हो मगर हर इंसान की अपनी यात्रा होनी ही चाहिए। मैं राजनांदगाँव की जगह तुमसे मिलने आसाम आ जाया करूँगा। वैसे भी महीने में दस दिन तो मेरा वर्क फ़्रॉम होम होता ही है।"

यशु ने आज नीचे जाकर कक्का को बता दिया, "मम्मा आसाम में जॉब ज्वॉइन कर रही है और मेरा भी उसी टाइम बोर्डिंग जाने का है।"

सुधा अलग-अलग सूटकेस में यशु और अपनी पैकिंग कर रही थी। घूम-घूमकर हर कमरे और अपनी गृहस्थी को डबडबाई आँखों से विदा कहा। टैक्सी वाला समय पर आ गया। घड़ी सिर पर आई देखकर सुधा का जी बैठने लगा। सुधा को डर था कि क्या जाने कक्का उसके जाने से नाराज़ हों। शेखर ऊपर आकर सारे सूटकेस नीचे ले गया। शिखा लिपटकर रोने लगी, "आपके और यशु बाबा के जाने से घर एकदम सूना हो जाएगा मेडम।"

यशु और सुधा नीचे उतरे। सुधा कक्का के द्वारा किए जाने वाले किसी

भी अप्रत्याशित अपमान के लिए तैयार हो कक्का के पैर छूने झुकी। कक्का ने दोनों हथेलियाँ सुधा के सिर पर स्नेहपूर्वक रख दीं। कक्का से मिला यह पहला स्पर्श था। उसकी पलकों ने किसी तरह नमी को सोखा फिर भी लथपथ हो रही थीं। कक्का सोफ़े से उठकर बाहर गेट तक छोड़ने आए। सुधा के लिए कक्का की तरफ़ से मिलने वाला ये सबसे बड़ा मान था। टैक्सी चल पड़ी। द्विवेदी विला और रोटियों की गंध पीछे छूटने लगी।